グラニテ

永井するみ

集英社文庫

グラニテ

第一章

1

花崗岩《かこうがん》のようにざらざらしたもの。

『グラニテ』というフランス語の意味である。

しゃりしゃりと口当たりが良ければそれでいいわけではないということだ。砕けたとはいえ、岩石のようなものなのだから、硬質で、強く、輝きを宿していなければ。

市ノ瀬《いちのせ》万里《まり》はフォークを片手に考える。

今、作っているのはリンゴと紅茶のグラニテ。

毎朝、七時半に娘の唯香《ゆいか》は家を出る。高校二年生。通っている私立高校は、自宅から三十分余りのところにある。三学期もあと少しで終わり。きょうは午前授業で昼過ぎには帰ってくる。

玄関で娘を送るとすぐに、万里はグラニテ作りに取りかかった。

熱い湯で濃く淹《い》れた紅茶には砂糖を溶かしておく。リンゴは芯を取り除き、皮ごと適当な大きさに切ってミキサーにかけ、レモン汁を振りかける。そこに紅茶を注ぎ、再びミキシング。バットに流し入れて、冷凍庫に入れる。

ここで一息。でも気を抜いてはいけない。

頃合いを見てフォークでかき混ぜるのだ。このタイミングと、どれくらい丁寧に、あるいは荒っぽくやるかによってでき上がりがまるで違ってくる。適度にザラメ状の美しいグラニテになるか、それとも、がりがりに凍った巨大なアイスキャンディ、というか、アイスプレートになってしまうか。

誰にでも作れるシンプルな氷菓だが、それゆえこだわり出すときりがない。

きっかり三十分後にタイマーをセットしてから万里はキッチンを離れ、部屋の掃除に取りかかった。柔らかな布で家具や電化製品の上の埃《ほこり》を払ってから掃除機を取り出す。それを見て、シュシュが、きゅうんと小さく鳴き、別室に逃げ込んでしまった。シュシュはオスのトイプードルで、掃除機が大の苦手。怖くてたまらないのだ。

「ごめんね。できるだけ早く終わらせるからね」

声をかけてから、掃除機のスイッチを入れる。3LDKのマンション暮らしなので、さほど時間はかからない。一通り掃除機をかけ終えたときに、ちょうど洗濯も終わった。洗濯物をバスケットに取り、ベランダに干す。部屋に戻ったら、タイマーが鳴った。

すごくいいタイミング。自分の段取りの良さに、万里は満足の笑みを漏らす。

シュシュが廊下からこちらを窺《うかが》っている。

「もう大丈夫よ」と言ってもすねているのか、反応がない。

撫《な》でてやろうと近寄ると、その手をすり抜けてキッチンに行ってしまい、自分専用のボウルから水を飲んでいるようだ。ちゃ、ちゃ、っと舌を鳴らしている。

万里は洗面所で丁寧に手を洗ってからキッチンに行く。入れ違いにシュシュはリビングに戻っていった。

シュシュは唯香の犬である。もちろん、万里もかわいがっているし、餌をやることも多いのだが、シュシュが心を許しているのは唯香だけだ。他の人間に対しては、根っこの部分によそよそしさを残している気がする。

冷凍庫に入れてあったバットをそうっと取り出した。まだほとんど水だ。ケーキ用のフォークで静かに混ぜる。リンゴの果汁と紅茶の混じり合った香りが立ち上る。均等に混じり合ったところで、再び冷凍庫に戻した。

タイマーをまた三十分後にセットして、今度はバスルームに向かう。バスタブには、たっぷり湯がはってある。気に入っているバスソルトを放り込んでから、溶けるまでの間に服を脱ぎ、髪をくるりとまとめて頭の高い位置にピンで留めた。熱いシャワーを浴びてからバスタブに身を浸し、万里はうっとりと目を瞑《つむ》る。仕事が休みの日に入る朝風呂ほど、幸せを感じさせてくれるものはない。

万里は三店舗のカフェを経営している。店名は、『ラ・ブランシェット』。本店は駒沢公園のすぐ近くで、あとは用賀と横浜の日吉に支店がある。

もともとは、当時住んでいた一戸建ての自宅に併設した小さなスペースで、手作りケーキを販売していた。その日焼き上がった分を並べ、売り切れたらそれでおしまい。贅《ぜい》沢《たく》な材料を使っていながら良心的な価格のケーキは、近隣の住人にたいへん好評だった。

その小さなケーキ屋は、夫の悠太郎《ゆうたろう》の後押しで始めたものだった。せっかくパリまで行って勉強したんだろう。その腕を眠らせておくのはもったいないよ、と言って。

仕事を終えた悠太郎が帰宅した折に、まだ万里が店にいると、「きょうは売れ残っちゃったのかな」と半分からかうような、半分は真面目に心配するような顔をした。

「しょうがないな。僕が残りを全部買ってあげよう」

本当に代金を支払おうとするものだから、万里が、いらないわよ、と言ってそれを押し戻し、売り物をただでもらうのは心が痛むと言って悠太郎が譲らず、しまいには二人で笑い出してしまったこともある。そして、店の片隅に立ったまま、二人で売れ残りのエクレアやサバランを頬張るのだった。

ケーキと一緒にお茶も飲めるようにしたらいいのに、などと馴染《なじ》み客から言われることもあったが、万里は笑って受け流していた。若い頃に打ち込んだケーキ作りを続けることができ、作ったものを喜んで買っていってくれる人がいる。その上、それをおいしいと言ってもらえる。十分、幸せだった。

優しい夫とかわいい娘がいて、おいしいお菓子を作って売る。ずっとこうして生きていけるなら、他には何も欲しいものはないと思っていた。

夫の悠太郎が急死しなければ、今もきっとそう思っていたはずだった。


悠太郎と結婚したとき、これで一生、私は一人ぼっちになることはないと思って、万里は心から嬉《うれ》しかった。悠太郎が私を一人にするはずがない、と信じていた。

なのに十年前、悠太郎は脳梗塞で突然、逝ってしまった。

早くに父を亡くした万里にとって、十歳年上の悠太郎は夫であるだけでなく、兄であり、父のような存在でもあった。

出会いは万里が高校二年生のとき。歯の治療のために万里が通った歯科医院の若手医師が悠太郎だったのである。

それまで虫歯に悩まされた経験がなかった万里にとって、歯医者は子供の頃にフッ素を塗布してもらっただけの場所。けれど、その日は違った。奥歯の治療が必要だった。

機械の音、振動、口内に入れられる唾液を吸い取るチューブ。すべてが不快で怖くて身を硬くしていた。万里の気持ちを少しでも和らげようとしてか、悠太郎はとても優しい声で話しかけた。と言っても、それは歯科医が患者にかけるごく普通の言葉ばかりだった。「あと、少しだからね」「痛かったら左手を上げておしえて。すぐに中断する」「大丈夫かな？」というような。けれど、万里にはそれはまるで魔法の言葉のように響いた。彼の声を聞いていると、恐怖が消えていった。

長くかかった治療がようやく終わったとき、万里は得意のマドレーヌを焼いて、悠太郎に持っていった。

「お世話になりました。これ、お礼です」と言って。

悠太郎はおもしろそうに万里を見て、食べ過ぎて虫歯にならないように気をつけるよ、と言った。

その後、お菓子のお礼にとランチに連れていってもらった。次には映画に。穏やかな交際が続いた。

万里が大学四年生のとき、卒業したらすぐに結婚しようと悠太郎はプロポーズした。が、万里はしばらく時間がほしいと言ったのである。大学では栄養学を学んでいたが、それと並行して洋菓子教室に通い、その面白さにとりつかれていた。できることなら、パリで勉強してみたいと思い詰めていたのである。万里の気持ちを聞いた悠太郎は、行ってきたらいいよ、待ってるから、と鷹揚《おうよう》だった。半年の予定で万里はパリへ旅立った。

離れたことで彼の存在感は、万里の中で増していった。心細いときや寂しいとき、万里はいつも悠太郎を思った。菓子作りを学ぶのは楽しかったが、それは悠太郎がそばにいるからこそなのだと思い知らされた。作った物を食べてくれる、愛《いと》しい人が身近にいる。それが万里にとっては大事だった。

帰国してすぐに結婚。娘にも恵まれ、幸せな時間が流れていった。

医者仲間の勧めもあって、悠太郎は年一回の人間ドックは欠かさず受けていた。

「唯香と万里のために元気でいないとな」よくそう言ったものだ。

テニスを愛し、週末にはメンバーになっているクラブで汗を流していたし、タバコも吸わなければ、酒もほどほど。四十代前半の男性としては、悠太郎は若々しく、健康的だった。

その彼が急死するなんて……。

悠太郎の死から二ヶ月経《た》っても茫然自失《ぼうぜんじしつ》の体《てい》でいる万里を心配して、母や友人が、早く店を再開した方がいいと勧めてくれたのだ。叱りつけられたというべきかもしれない。

家に閉じこもって泣いてばかりいてはいけないわ。お店はどうするの？　いつまで休んでいるつもり？　唯香ちゃんがかわいそうよ。万里さん、あなた気付いている？　唯香ちゃん、笑わないの。笑えなくなっちゃってるのよ。

言われて初めて気が付いた。唯香は表情を失い、目が空《うつ》ろで顔色が悪かった。おとなしやかな外見に相反して、唯香は体を動かして遊ぶのが大好きで、七歳だったあの頃はドッジボールに熱中していた。暇さえあれば公園に行き、男の子たちに交じってボール遊びに興じていたのだ。なのに父親の死以来、友達と外で遊ぶことはおろか、微笑《ほほえ》むことさえなくなっていた。いつも万里の側に寄り添い、黙って本を読んでいるか、無表情にゲーム機に向かっているか。

万里さん、あなたが泣いていたら唯香ちゃんだって笑えないのよ。面やつれした娘をもう一度見直して、万里はぎゅっと両手を握りしめた。しっかりしなくちゃいけない。

悠太郎がいないこの世界で、唯香と二人、生きていかなくてはならないのだ。つらいとか、心細いなどと言っている場合ではない。

店を開けよう。

翌週からケーキショップを再開した。久しぶりだったこともあり、ケーキの種類を少なくして、それまで以上に一つ一つ丁寧に作った。午前十一時にオープンして、午後二時には売り切れる盛況ぶり。店を訪れる客のほとんどが万里の友人や近隣の主婦で、悠太郎が亡くなったことを知っていた。

「頑張ってね」

「万里さんのケーキ、楽しみにしてるんだから」

「ここのケーキがないと、午後のお茶の時間が寂しくて」

「何かお手伝いできることがあったら言ってね」

温かな励まし。優しいいたわり。

ありがとう。娘のためにも頑張るつもり。もちろん、お店は続けるわ。ケーキを作るしか、私にできることはないもの。今後とも、ご贔屓《ひいき》にね。

明るく応じ、笑顔を作りながら懸命に万里は頑張った。店を再開して一ヶ月半が経ったときだった。

最後の客を笑顔で見送ってからCLOSEDのプレートをドアに掛けた。一人、店内に戻って空になったショーケースを見ていたら、万里の頬を冷たいものが伝った。いやだ、何？　と思いながら上を見た。どこから水が落ちてくるのかを確かめようとして。けれど、天井にも窓にも、水滴などついていない。なのに、また落ちてくる。それが涙だと分かるまでに少し間が要った。

私、泣いてる？

信じられない思いで、万里は頬に手を当てた。

どうして。みんなに励まされて、少しずつ元気を取り戻しているのに、取り戻しているはずなのに……。なぜ涙が出るのだろう？

止めようと思っても、涙はあとからあとから頬を伝う。その場を動くこともできないまま、万里はしゃくり上げた。

元気を出して。

お手伝いできることがあったら言ってね。

唯香ちゃんのためにもしっかり。

悠太郎が亡くなって以来、たくさんの人が言ってくれた言葉が頭の中で渦を巻く。

ああ。

万里は両手で顔を覆った。

胸の奥が痛い。

そのとき、店のドアがノックされた。

CLOSEDのプレートを掛けておいたのに、気付かないのだろうか。店に明かりがついているから、まだやっていると思い込んでいるのか。

泣いているのを見られたくなくて、ドアには目もやらずに横顔を向けたまま、申し訳ありません、というつもりで小さく頭を下げて店の照明を消した。これで閉店の意は伝わっただろう。

なのに、またノックの音がした。仕方なく万里はちらりとドアを見た。大柄な男が、ドアにはめ込まれたガラス越しにこちらを見ている。万里と目が合って、一瞬、笑顔になったが、すぐに眉が強く寄せられた。

「万里さん」

葛城怜司《かつらぎれいじ》だった。悠太郎の高校時代からの友人で、葬儀の折もひとかたならぬ世話になっていた。手の甲で頬を拭うと、万里は歩み寄ってドアを開けた。

「どうしたの？　何かあった？」入ってくるなり葛城が訊《き》いた。

「いえ」

万里は首を横に振った。心配そうに覗《のぞ》き込む葛城の顔を見たら、また涙が溢《あふ》れそうになったが、必死で堪《こら》えた。

「客に何か言われたの？」

誰かにいじめられたんじゃないかと心配している。娘が泣いているのを見た男親の反応そのものだ。普段の万里だったら笑っていただろう。けれど、そのときは笑えなかった。

実際は葛城が心配したのとは反対だ。周囲の誰もが万里を気遣い、力になってくれようとしていた。それなのに、涙が溢れてしまう。人々の厚意を受け止め続けるのが苦痛になっていたのだ。

葛城に向かって、その気持ちをどう表現すればいいのか分からなかった。

ようやく万里の口から出たのは、「疲れちゃったんです」という一言だった。

葛城は虚を衝《つ》かれたような顔をして、万里を見つめた。

「お客さんも、仕入れ先の人も、みんな優しくて」と言ったところで言葉に詰まってしまう。

　葛城はしばし考え込んでいたが、ぱっと顔を上げて気分を変えるように言った。

「悠太郎に線香を上げさせてもらっていいかな」

　万里はうなずき、ティッシュペーパーを手に取って洟《はな》をかむと、店の戸締まりをしてから棟続きの住居へ向かった。

　仏壇は居間にある。葛城が手を合わせている間にキッチンでお茶を淹れた。そうしているうちに、万里の気持ちはだいぶ落ち着いてきた。

　テーブルにお茶を置いて、どうぞ、と勧める。葛城は向かい側のソファに腰を下ろし、正面から万里を見つめた。彼が心配してくれているのは分かったが、口を開いたらまた涙がこぼれそうで、万里は黙っていた。

「万里さん」葛城が思い切ったように口を開いた。

「はい」

「どうせなら、もっと大きな店を切り盛りしてみたらどうだろう？」

　意外な言葉だった。疲れちゃったんです、と口走ったりしたから、しばらく店を閉めてゆっくりしたら？　とでも言われるのではないかと思っていた。なのに、葛城の提案はまるで逆。

　もっと大きな店を切り盛り？

「一人でいるのはよくないよ。特にあの店。あそこには悠太郎との思い出が染み付いているんだろう？　思い出を大事にするのはいいことだけど、今の万里さんにはもっと別の何かが必要だ。そんな気がする」

「だからって、大きなお店なんて」

「前から思ってはいたんだ。手作りケーキを売るだけじゃ、もったいないなってね。もちろん、万里さんのケーキ作りの腕は一級だろうが、何て言うのかな、万里さんはもっとトータルで人をもてなすことができる。ほら、この部屋。あと、悠太郎の歯科医院の待合室なんかも、万里さんが整えたものなんだろう？　居心地のいい空間を作り出すのがうまいんだ。プロのインテリアコーディネーターなんかとは違う。もっと親しみやすくて、商業的じゃなくて、家庭的なんだけど、くだけすぎていない。そういう場所」

「ありがとう。嬉しいです」

「カフェ、がいいんじゃないだろうか」

「カフェ？」

「そう。表参道や青山にあるのを真似《まね》る必要はない。万里さんらしいもの。たとえば、万里さんがパリに留学していたときに好きだった店をイメージしたら？」

万里は自分の中のカフェのイメージを探った。万里が好きだったのは、行きつけの本屋の隣にあった小さな店だ。年季の入ったテーブル。深いローストのコーヒーの味わい。

かりっと焼いたベーコンとグリュイエールチーズを挟んだサンドイッチ。そこに集う人々のくつろいだ表情。間断なく続くお喋《しゃべ》り。低い笑い声。思い出すだけで、胸の奥にさまざまな感情が湧き上がってくるあの場所。

いつも店の一角で、万里は東京にいる悠太郎を思った。手紙を綴《つづ》ることも多かった。当時の万里の寂しさや不安を吸い取ってくれたのがあのカフェだった。

「ヨーロッパに演奏旅行に行ったときなんかに、路地裏で小さなカフェを見つけて入ってみる。これが、驚くほど居心地がいい。コーヒー一杯と栗の菓子をもらって一時間も粘る。文庫本を読んでのんびりする。学生に戻ったみたいな気分になる。いい歳《とし》をしておかしいかもしれないけどね。万里さんがカフェを作ったら、ああいう店になりそうな気がする」

カフェを経営するなんて、思ってみたこともなかった。なのに、聞いた瞬間、胸の中が温かくなった。その場所が浮かんだ。そこにいる自分自身も。

霧が晴れて、目の前が開けていくようだった。新しい世界に出ていけば、もう一度、生きていける。

だが、次の瞬間には自問していた。

本当にそんなことができるのだろうか。今まで悠太郎に守られて生きてきた私に。

少し考えてみます、と言った万里の表情は硬かった。

「ゆっくり考えてみたらいいよ。不動産屋に知り合いがいるから、その気になったらいつでも言ってくれよ」

「ありがとうございます」

そのときインターフォンが鳴った。唯香が学校から帰ってきたのだ。玄関に行き、ドアを開ける。

「ただいま」と言いながら入ってきた唯香が、玄関に男物の靴を見つけて嬉しそうな顔になる。ばたばたとリビングルームに向かって走り出した。

「葛城のおじちゃま」唯香の声が弾む。

「お帰り。唯香ちゃん」

「ねえ、私のピアノ聴いて。メヌエット、弾けるようになったんだよ」ランドセルを放り投げ、早速ピアノに向かう。

「そりゃすごいね。では、拝聴しましょうか」

弾き始める。が、すぐにつっかえる。

「あ、失敗。もう一回最初からね。ちゃんと聴いててよ」

「はいはい」

クレセント交響楽団の常任指揮者である葛城に向かって、ちゃんと聴いててよ、と言ってのけるのだから唯香もたいしたものだと思い、ようやく万里は心から笑うことができたのだった。

迷いに迷ったのだが、カフェに立つ自分の姿が日増しに輪郭をはっきりさせていくのを認めるしかなくなったとき、万里はやってみようと決めた。

自宅を売却してマンションに引っ越し、残った金を事業資金にすることにした。葛城の知り合いに頼んで店舗となる物件を探してもらう一方、洋菓子作りを学んでいた頃の友人、天野秀美《あまのひでみ》に相談を持ちかけた。秀美とは、パリの菓子学校で一緒に勉強した仲だった。秀美は留学中に知り合ったベルギー人のパティシエと結婚し、向こうで店を構えて幸せに暮らしているとばかり思っていたのだが、数年前に離婚して日本に戻り、語学スクールでアルバイトをしていた。悠太郎が亡くなったとき、親身になって世話を焼いてくれたのも秀美だった。

「カフェ？」

秀美は驚いた声を出した。訝《いぶか》るような案じるような顔で万里を見た。

「新しいことを始めたいの」

万里が言ったら、それですべてを察したように、秀美は、万里ちゃん、えらいよ、ほんとにえらい、と言ってはらはらと涙を流した。

実際にカフェを始めてみると、秀美はとても頼りになった。調理師免許とパティシエの資格を持っているばかりでなく、とにかく骨身を惜しまない。黙々と仕事に精を出す彼女がいるから、自然に他のスタッフの質も向上していったのである。

万里は経営に関する用事で外出することも多いが、本店に秀美がいてくれるので安心だった。

十年。とにもかくにも続けてきた。小学生だった唯香は十七歳になり、万里は今年の夏、四十三歳になる。

四十三歳。

腕を目の高さに上げながら、改めて自分の年齢を嚙《か》みしめる。二の腕には年相応の脂肪がつき、たるんでいる。いつしか肌の張りもなくなった。

ついこの間、風呂上がりの唯香が、タオルだけ巻いている姿を目にして驚いた。首筋や胸元のぴんと張りつめた肌の上で、湯滴が躍っていた。シミも皺《しわ》もなにもない。上等な生クリームを思わせるすべらかな肌。その瑞々《みずみず》しさに見惚《みと》れそうになり、風邪ひくわよ、早くパジャマを着なさいと慌てて声をかけたのだった。

唯香の肌と比べたら、今の私なんて、冷蔵庫に入れっ放しのまま忘れ去られていたスポンジケーキのようにしなびている。

ぴぴぴぴぴ。高く耳につく音が響いた。

タイマーが鳴っているのである。

いけない。もう三十分経ったんだ。

万里は慌てて風呂から上がる。バスローブを羽織ってキッチンへ行く。冷凍庫からバットを取り出して、フォークでざくざくと混ぜる。いい感じに表面が凍り始めていた。

混ぜ終わると、再び冷凍庫に戻し、万里は洗面所に取って返す。コットンに化粧水をたっぷりしみ込ませて顔に叩《たた》き込んでから、今度はボディクリームを掌《てのひら》にとって全身にすり込む。簡単なマッサージ。細胞が蘇《よみがえ》っていくような気がするのは、クリームとマッサージのせいなのか、それとも、これから凌駕《りようが》に会うからなのか。

万里の休みの火曜日と、凌駕のオフの日が重なったのは久しぶりだ。

「ランチをして、午後はずっと一緒にいて、夜になったら、二人でパーティに行こう」

そんなふうに誘われたとき、万里はなんと言えばいいのか分からないほどうっとりと嬉しかったのだが、口をついて出たのは、なんだか疲れちゃいそうね、というかわいげのない言葉だった。凌駕は気分を害した様子もなく、疲れたら休めばいいさ、と応じた。

凌駕とは、十二時に下北沢で待ち合わせている。万里の自宅のある桜新町からなら、三十分みれば大丈夫だろう。グラニテを作ってから出かけるつもりだった。学校から帰ってきた唯香がきっと喜ぶ。

普段から仕事で家を空けることが多いのに、その上、仕事が休みの日まで娘を一人にしてしまうことに罪悪感を覚える。十七歳の娘は、一人で留守番をするのを寂しいとは感じていないかもしれない。一人の方が気楽でいいとさえ思っていそうな気もする。それでも何か、ちょっとした罪滅ぼしをしないと気が済まない。自己満足に過ぎないのだとしても。

昨夜のうちにカレーを用意してあるから、夕飯はそれを食べてもらえばいい。昼食用にはパンを買ってくると唯香が言っていた。

あとはグラニテ。

幼い頃から、唯香はこの氷菓が大好きだった。ことにリンゴの入ったグラニテが。同時に、彼女は世の中で最も厳しいグラニテ批評家でもあった。と言って、口に出して文句を言ったり、出されたものを残すわけではない。ただ、満足のいくものといかないものとでは、唯香の表情がまるで違うのだ。

リンゴは芯の周りに蜜を含んだ紅玉でなければならず、紅茶はフォートナム&メイソンのアッサム。砂糖やリキュールの量にも気を配らなければいけない。なにより、舌触りの善《よ》し悪《あ》しがもっとも大事なポイント。手抜きをして一度か二度かき混ぜただけだと、粗すぎるらしく、食べながら唯香は小首を傾《かし》げる。アイスバーのように固いものになってしまったときは、とても悲しげな顔になる。それでも残さずに食べてくれるから、作った万里としては、なんだか申し訳ない気持ちになってしまう。なんとしても唯香が合格点をくれるものを作らなくては。

それで万里は、きょうも完璧なグラニテを作るべく朝から気合いを入れて取り組んでいるのである。三十分ごとの攪拌《かくはん》厳守。

あと二、三度、かき混ぜれば、唯香が帰宅する頃には理想的な仕上がりになっているはずだ。その間、新聞を読み、ストレッチをし、着替えてメイクをする。グラニテを仕上げてから家を出ても、待ち合わせには間に合うだろう。

楽しげな足取りでリビングルームを横切りながら、ソファの上の犬を指先で撫でる。シュシュはじっとしていて、顔も上げなかった。

2

凌駕と待ち合わせたのは、下北沢の裏通りにある創作和食の店だった。新鮮な素材を使ったセンスの良い料理を食べさせてくれる。夜には何度か行ったことがあるが、ランチは初めてである。弁当がうまいんだよ、と凌駕が言っていた。

万里が店に入っていくと、凌駕は先に来ていて、奥の小上がりでビールを飲んでいた。光の加減でブルーにもグレーにも見えるニットに黒っぽいパンツ。最近、よく着ている組み合わせだ。左手には万里が贈った腕時計。その上に、旅先で目について買ったというごついブレスレットを一つ重ねている。大柄というほどではないが、肩幅が広く、引き締まった体つきをしている。癖のない短い髪。日焼けした肌。一見すると、一流ではないけれど二流とも言い切れないスポーツ選手といった風情だ。

グラスの脇に置いているのはペーパーバックで、最近、彼が凝って読んでいるトルコの若い作家のものだろう。右手にモンブランのボールペンを持ち、読みながらときどき手帳にメモを取ったりしているのを見ると、まるで現代文学専攻の大学院生のようだと思う。

万里の視線に気付いて、凌駕が視線を上げた。表情を緩め、本にしおりを挟んで閉じる。

「勉強熱心ね」

凌駕はちょっと笑って応じ、

「何飲む？」と訊いた。

「ビールを」

凌駕が店員にビールを注文する。

「食事は弁当を頼んじゃったよ。いい？」

「もちろんよ。お弁当って、懐石料理を盛り合わせたお昼のお弁当のことでしょ？」

「そうだよ。他にある？」

「凌駕がお弁当って言うと、日の丸弁当のイメージだから」

笑っていたら、ビールと茹《ゆ》でた空豆が運ばれてきた。まずは乾杯する。

「昼間からのんびりできるのっていいね」

「そうね」

凌駕も万里も自由な仕事をしているのだから、もっと好きなように時間を使えそうなものなのだが、二人の休みが合うこと自体が少ないし、夜に待ち合わせて会ったとしても、遅くても九時半には万里は帰る。いくら高校生になったからといって、娘に深夜まで一人で留守番させておくのはいやだった。

「唯香ちゃんは大丈夫?」凌駕が訊く。

「大丈夫よ。お昼にはパンを買ってくるって言ってたし、デザートにはグラニテを作ってきたの。夕飯にはカレー。多少、遅くなっても大目に見てくれるでしょ」

「ならいいけど」

弁当が運ばれてきた。刺身、煮物、揚げ物、それぞれが美しく盛りつけられ、とてもおいしそうだ。

「いただきます」早速、凌駕は箸をとる。「俺、和食って好きだけど、コースで順番に一品ずつ出されるのは苦手。揚げ物と一緒にご飯が食べたくなっちゃうからね。最後にご飯と味噌汁《みそしる》と漬け物だけだと、寂しいよ」

「ひでえなあ」

「情緒がないわね」

「お？　言ってくれるなあ。でも情緒派なんだよ、俺は」

「情緒派？　初耳だわ」

「映像の端々から情緒がにおい立つって批評されたことがある」

「確かに、映像からはね。でも、本人からはにおい立ってないわよ」

「見る目がないなあ、万里さんは」と言って笑う。

凌駕は映画監督である。彼と知り合ったのも仕事がらみだった。五年前、万里の経営するカフェで撮影をしたいと申し入れてきたのだ。

あの頃と比べれば、映画監督、五十嵐《いがらし》凌駕の名は広く知られ、彼の作品はもてはやされるようになったが、こうして向かい合っている彼は少しも変わらない。気取りのない、陽気な男だった。

お腹《なか》がすいていたようで、凌駕は食べるのに熱中している。本当は、牛丼とか大盛りラーメンとか、そういったものがよかったんじゃないのだろうかと万里は思ってしまう。この店を指定してきたのは、私への思いやりなのかな、と。凌駕にとっては、彩りや素材の良さよりも、量が食事のポイントなのだ。彼は若い。その彼に気を遣わせてしまっているのかと思うと、とても幸福なような申し訳ないような気持ちになる。

一回り以上年下の恋人を万里は複雑な思いで見つめる。

五年前、ラ・ブランシェットは、駒沢公園近くの一店舗だけで、経営者兼店長兼、ときにはパティシエとして万里はきりきりと働いていた。と言っても、開店当初の毎日が緊張の連続といった段階はとうに過ぎ、適度に力を抜いて、仕事を楽しむコツも身につけていた。

万里は開店前のひとときが好きだった。掃除の行き届いた店内。磨き上げられたグラスが輝き、鍋やフライパンが銀色の鈍い光を放つ。ケーキやパンを焼く香りが漂ってきて、コーヒーの準備も整っている。

一通り店内を歩いて見て回り、心の中でオーケーを出した後、テラスに立って公園を眺める。澄んだ空気が流れ、折々の季節の香りを運んでくる。大きく深呼吸をしながら、万里はしばしその場に佇《たたず》む。それが習慣だった。

その日もいつもと同じように、万里はテラスで深呼吸をした。自分の居場所を確保できた喜びと、きょうも一日がんばろうというささやかな自分への檄《げき》、そして悠太郎にもこの店を見てもらいたかったという、どこにも持って行き場のない思いを嚙みしめた。悠太郎がここにいたら、なんて言うだろう？　何も言わずにそばにいるだけだろうか。

胸の奥の方から突き上げてきそうになる切なさを押し込んで、さて、開店だ、と思ったときに、すみません、と声をかけられた。

振り返ると、若い男が立っていた。ジーンズにTシャツ、かなり履き込んだスニーカーという普段着なのに、とてもきちんとした印象を受けたのは、彼の生真面目な表情ゆえだったかもしれない。

「突然、すみません」

「いえ。なにか？」と万里は訊いた。

彼ははにかんでいるような、同時に絶対に退《ひ》かないといった頑固さを滲《にじ》ませた顔で、五十嵐凌駕と名乗り、実は僕、映画を撮っているんです、と言った。

「前から、この店に惹《ひ》き付けられていました。店の佇まい、満席で賑《にぎ》わっていても、ざわついていない感じ。すごくいいなと思ったんです。ここで撮影させていただけませんか？」

凌駕はそう言った。まっすぐに万里を見つめて。

万里が戸惑っていると、

「お願いします」彼は深々と頭を下げた。

立ち話では済みそうもなかったので、座るようにとテラスの椅子を勧め、従業員に言ってアイスティーを持ってこさせた。

彼は次の作品の舞台になる場所をずっと探していたのだと言った。恋人同士、友人、親子。何組かの人々が出会い、別れ、そうしながら、今の自分を乗り越えようとする物語だという。

その後、もう少し詳しい話を聞いた。凌駕はずっとアルバイトで生活費を稼ぎながら、自主制作映画を撮ってきたが、ようやく有名なフィルムフェスティバルで賞をもらい、プロとして仕事ができるようになったのだということだった。今回の作品に全力を注ぎたい、そのためにもこのカフェで撮影させてほしい、と続けた。凌駕の真剣な眼差《まなざ》しに半ば押し切られるようにして、万里は店での撮影を承諾した。

店のオーナーという立場上、万里は何度か撮影現場に立ち合う機会があった。若い監督の撮る映画ということもあって、何となく和気あいあいとした現場を想像していたのだが、実際に目にしたそれは、ぴりぴりとした緊張感に包まれたものだった。ノーギャラでもいいから凌駕くんの映画に出して、と志願してきたとかで大物女優が出演することになったのも大きかっただろうが、それ以上に凌駕の存在感が際立っていた。大声を出したり、怒ったりするわけではない。むしろ彼は穏やかで、もの静かだった。低い声で説明し、指示を出し、あとは役者とスタッフに任せる。そして、ただじっと見つめる。食い入るような視線を向ける。

「カット」という声がかかった瞬間、皆が凌駕の反応を待って息を詰める。

一瞬の間。期待や責任や不安や自信など、その場にいる人々のあらゆる気持ちが凝縮された一瞬だった。

満足がいかないと、凌駕はとても残念そうにゆっくり瞬《まばた》きする。そして、もう一度、イメージを伝え直す。その繰り返しだった。これだ、というものが撮れたときは、目の輝きがぱっと強くなる。それはもう、これ以上ないほどに明るく、子供のような無邪気さをたたえた表情を見せるのだ。

「よし！　これだよ。すっごくいい」という楽しげな声と開けっぴろげな笑顔。

役者もスタッフも、凌駕のその表情が見たいのだ。その声を聞きたいのだ。だから全力を尽くす。撮影現場に漲《みなぎ》る緊張感は、人々の情熱の証《あかし》だった。

作品の完成パーティに、万里も招《よ》んでもらった。万里が思っていた以上に映画は注目されたようで、映画以外のマスコミ関係者もいた華やかなパーティだった。大勢の人に囲まれた凌駕になんとか近付いて、万里はおめでとうございますという言葉だけを伝えた。

お義理程度にビュッフェの食事と飲み物をもらい、そろそろ帰ろうと思って会場を出た。クロークでコートを受け取っていたら、いつの間にか凌駕がそばに来ていた。

「また会えますか」と凌駕が言った。

「え？」

仕事に関することを言っているのかと思った。映画の宣伝用か何かに、ラ・ブランシエットを使いたいのかと。

「会ってほしい。連絡します」

　短く言うと、彼はパーティ会場に戻っていった。

　凌駕のアプローチは性急で直線的だった。

　パーティのあった翌日には電話がかかってきた。そして、夜、二人で会った。食前酒も飲み終わらないうちに、万里さんのことが好きです、と彼は言ったのである。

　万里は呆気《あつけ》にとられた。

　からかわれているのかと思ったが、彼は真面目な顔をしていたし、それまでに垣間見《かいまみ》た仕事ぶりからして、たちの悪い冗談で人の気持ちをかき乱すような人間ではないと分かっていた。

「でも……」

　ようやく言葉を押し出したものの、万里は何を言おうとしたのか分からなくなった。いや、本当は分からなくなったわけではない。続く言葉はいくつもあった。

　でも、私の方がずっと年上よ。

　でも、私は未亡人なの。

　でも、私たち、出会ったばかりでしょう。

　でも、あなたにはもっとふさわしい女性がいるわ。

　そのどれもが陳腐なばかりでなく、万里の本心ではなかった。

年上で未亡人で、出会ったばかりで、凌駕にもっとふさわしい女性がいるのだとしても、そんなことはどうでもいい。万里も凌駕に惹かれていた。撮影に立ち合わせてもらったとき、もしかしたら、初めて声をかけられたあの朝からずっと。それに気付いて、万里は狼狽《うろた》えた。

悠太郎を失ったとき、二度と男性によって心を動かされることはないだろうと思った。娘の成長を見守りながら齢を重ねていく。それが自分の人生だろうと。心の奥に炎が点《とも》ることなど、もうないはずだった。悠太郎と共に過ごした日々は、万里の人生においてとても重く、絶対的な価値を持つものだった。

なのに……。

凌駕との出会いは、ふいに飛んできた優しく美しい礫《つぶて》のようなもの。

「ありがとう。嬉しいわ」万里は言った。「信じられない気持ち。どうしたらいいのか分からない」

言った途端、胸が一杯になり、涙が溢れそうになる。本当に、どうしたらいいのか分からなかった。凌駕に心を持っていかれそうになっているのは本当だったが、彼はあまりにも若く、悠太郎と違いすぎる。でも、だからこそ惹き付けられたのかもしれない。

悠太郎が遥《はる》かに広がる海だとしたら、凌駕は波だった。押し寄せるときも、引いていくときも、そこにあるすべてを巻き込み、自分のものにしてしまう。万里はもう彼に搦《から》めとられていた。

「ラ・ブランシェットの従業員に情報収集して、万里さんが独身であるって知ったときは嬉しかった」と言って凌駕は笑った。「俺は、万里さんのことをずっと見てたんだよ」

撮影場所を探して歩くうちに、ラ・ブランシェットに出会い、最初は客として訪れてみたのだという。広くも狭くもない空間。大きめのカップでサービスされるカフェオレ。手作りのタルトやサンドイッチ。取り立てて変わったものがあるわけではない。なのに、なぜこんなに落ち着けるのだろうと不思議になったのだと。自分の家にいるような居心地よさとは違う。愛しい女性の部屋でくつろいでいる居心地の良さだった。

それから、何度かラ・ブランシェットを訪れた。店に入るときもあれば、外から眺めているだけのときもあった。その何度目かの往訪のとき、開店前、テラスで大きく伸びをし、深呼吸をする女性がいるのに気が付いた。従業員が、オーナー、と呼びかけるのを聞いて、ああこの人が、オーナーなのか、あの空間を作った人なのか、と思ったのだ。そして、いつしかラ・ブランシェットと、その場所を生み出した人物とに惹き付けられていた、時折、女性オーナーが寂しげな横顔を見せるのも気になっていたのだと。

その頃には、ラ・ブランシェット抜きでは、撮影はできないとまで思い詰めていた。

そして、あの朝、凌駕は万里に話しかけたのだ。

「万里さんのおかげで、あの映画が撮れた。俺の人生が開けたんだ」

彼の作品は小劇場を中心にロングランを続け、高い評価を得た。ラ・ブランシェットは人々が出会い、別れる場所として使われた。映画が封切られた後、店を訪れる人が増え、急遽《きゆうきよ》スタッフを増やしたり、営業時間を延長したりした。

人生が開けたのは万里も同じ。

その後、支店を増やすことになったのは、凌駕の映画のおかげだった。

あれから五年。

今ではすっかり馴染んだ凌駕の部屋。

「万里さん、コーヒー飲む？」キッチンから凌駕が訊いた。

食事を終えた後、彼の部屋に来て、日当たりのいいベッドの上で愛し合った。昼間の光の下で肌を晒《さら》すことには抵抗がある。四十二歳という自分の年齢をいやでも意識してしまう。カーテンを引いてほしいと万里は何度も頼んだのだが、凌駕はこのままがいいと言うのだった。

風呂で目にした自分の肌。衰えの滲む肉体。

凌駕は仕事柄、たくさんの美しい女性たちを見ている。その彼の目に今の自分がどんなふうに映ることか。考えただけで、おそろしい。

「お願い」

万里が言っても、

「万里さんを見ていたいんだ」

凌駕は万里に覆いかぶさり、唇を押し当て、万里が何も言えないようにしてしまった。

体を離した後、うとうととまどろんでいたら、もう夕方の四時を過ぎている。

「頭をすっきりさせたいから、濃い目にコーヒーを淹れてね」

「了解」

凌駕の知り合いの版画家が、青山の骨董《こっとう》通りにあるギャラリーで個展を催す。初日のきょうは、レセプションパーティが予定されている。一緒に行こうと誘われていた。凌駕と一緒に華やかな場に出かけることに、最近は抵抗がなくなった。前は、周りの人がどう思うのか、凌駕が気詰まりではないのかと気を回してばかりでちっとも楽しめなかったのだが、万里が心配するほど他の人たちはこちらに関心はないのだ。市ノ瀬万里さん、カフェを経営してるんだ、と凌駕が紹介して、どうも、と挨拶すればそれでおしまい。凌駕とどんな関係なのかと詮索されることもなければ、好奇の視線を向けられることもない。もしかしたら、あったのかもしれないが、少なくとも万里は気付かなかった。二人で一緒に街を歩いていても、まったく平気。凌駕には少しも気負ったところがなく、どこにいても違和感がない。

「映画監督なんて、名前はまあ知られたとしても、どんな顔をしてるかなんて誰も分からない。役者なんかと比べたら、気楽なもんだよ」と凌駕は言う。

「はいよ」

凌駕がマグカップを持ってきてくれた。注文通りの濃いコーヒーだ。こうして誰かが淹れてくれたコーヒーを、バスローブ一枚羽織った格好で飲む幸せ。

「おいしいわ」

「ラ・ブランシェットのコーヒーと、どっちがうまい？」

少し考え、

「それぞれ持ち味があるから」と答えた。

凌駕は少し笑い、そうだね、と言う。

「パーティには何を着ていくの？」万里が訊いた。

「いつもの」凌駕の答えはあっさりしている。

いつもの、というのは、一張羅と言ってもいいようなダークスーツだ。凌駕はセンスも悪くないし、ファッションに関心がないわけではないのだろうが、何枚も欲しいとは思わないようだ。気に入った服があると、そればかり着る。ダークスーツはその典型だ。改まった席に出るときは、いつもそれを身につける。

万里には凌駕のそんなところも好ましい。好きなものはとことん愛する。一途《いちず》な気質が感じられると思う。

その彼は仕事を愛し、万里を愛してくれている。

今は確かにそうだろう。けれど、いつまで？

彼は才能にあふれ、将来を嘱望されている。この先、たくさんのものを手に入れていくだろう。もはや駆け出しの映画監督とは言えず、しっかりとした実績を上げ、周囲に影響を与えていくに違いない。やがては家庭を持ち、子供も生まれるだろう。

いつか凌駕は離れていく。

それは予感というより確信だった。そうでなければならないという信念といってもいいかもしれない。

常に心の中で別れの準備をしておかなくてはならない。万里は自分に言い聞かせる。けれど、そうすればするほど愛おしさが募る。凌駕とともにいるこの時間が貴いものになる。彼との時間を一秒でも長く続けるためならなんだってする、と思ってしまう。

一方で、そういう自分を必死で牽制《けんせい》する。凌駕に重たいと思われたらおしまいだ。

「ごちそうさま」万里はカップを置いた。「先にシャワーを使ってもいい？」

「いいよ」

ベッドから立ち上がろうとしたら、凌駕に腰を抱かれた。バランスを崩してベッドに倒れ込む。

「やっぱりダメ」凌駕が言う。「もう一回しよう」

「何言ってるのよ」

笑いながら押しのけようとしたが、凌駕は万里の両手を押さえ、首筋に唇を押し当ててくる。

彼の熱い唇。今は私だけのもの。今は……。

泣きたい気持ちになる。

「時間がないわよ」できるだけ普段通りの声で言う。

「平気だよ」

「きりがないわね」

「きりがないんだよ」


地下に続く狭い階段を下りて行くと、思いがけず開放感のある空間が広がる。ギャラリー『A・O』。アオと読む。

受付で名前を記帳してから会場に入る。手前に飲み物のカウンターがあり、その奥には軽食のビュッフェ。

シャンパンをもらった。

開場が五時で、今は五時十分。まだ客は少ない。

「凌駕」

どこから現れたのか、小柄で金髪の男性が凌駕に飛びついてきた。

「おう。高田《たかだ》。おめでとう」

「サンキュ」

その男性が版画家の高田壱男《いちお》であるらしい。

「来てくれて嬉しいよ。そちらは？」にこにこしながら万里を見る。

「市ノ瀬万里さん。カフェを経営してるんだよ。前に作品で使わせてもらった」

「へええ、あのカフェかあ。いいなあ」

「お茶を飲みにいらしてくださいね」万里が言うと、

「いいの？　嬉しい。ほんとに行っちゃうよ」と言いながら、体をくねくねさせる。

「是非どうぞ」

「わあい。きょうは、ゆっくり見て行ってよ。この個展、すっごいリキ入れて頑張ったんだから。凌駕に誉《ほ》めてもらいたくってさあ」

おねえキャラの友達だと聞いていたので驚かないが、高田が身をくねらせながら凌駕にまとわりついている姿は、ちょっと見物《みもの》だった。

「あ、そうだ。凌駕、あっちに紹介したい人がいるんだよね。グラフィックデザイナーなんだよ」

凌駕が万里の方をちらっと見る。

「行ってきて。私は作品を見せてもらうから」

うなずいて、凌駕が高田について歩いて行く。

ふいに孤独を感じた。凌駕には華やかな交友関係があり、またそういった中に身を置くのが似合っている。やはり住む世界が違うのだとこんなときに思い知らされる。

入り口に近いところから順番に作品を見ていく。『元気一杯の火山たち』だとか『きれいな海で泳ぐ幸せなお魚』『竹やぶの中にはかぐや姫じゃなくて、蛇がいたのです』といったタイトルは、高田のキャラクターにぴたりとはまるが、作品はと言えば、どれも大自然をダイナミックに表現したもので、男性的な印象を受ける。荒々しい火山が直線と激しい色彩で表現されている。表面に散らされたざらざらしたものは、砂なのだろうか。

シャンパンを飲みながら作品を眺める。作風とタイトルのギャップがおもしろく、万里はときどき一人で小さく笑った。

しばらくすると、凌駕がそばに戻ってきた。

「お話は終わったの？」

「一応ね。あいつは話し足りないみたいだったけど、きょうの主役を俺が独り占めするわけにはいかないしね」

「そうよね。高田さんの作品って、すごく力強いのね。驚いちゃった」

目の前には、キラウエア火山の版画がある。

「あいつはあんなふうだけど、実は男の中の男なんだ」

「そうかもしれないわ」本気で同意した。

次第に人が増えてきた。入り口付近で賑やかな声がする。モデル風の若い女性を伴った男性や、年齢不詳の男性、裕福そうな女性のグループ。

「あー、テルちゃん、来てくれたんだ。ミッチーも。ありがとう、ありがとう。嬉しい」高田がはしゃいでいる。

「おめでとう」

「お招きありがとう」

「はい、お花」

また高田が喜びの声を上げる。

「何か食べる？」凌駕が訊いた。

「あんまりお腹すいてないわ」

「軽いものなら食べられるんじゃない？　適当に取ってくるよ」凌駕がビュッフェカウンターに歩いていった。

入り口で人声がする。新しい客が来たのだろう。高田は人気があるらしい。

万里はまた作品に向かい合った。海の絵だった。タイトルを確かめようと近付いたとき、お母さん、という声が響いてきた。反射的に振り返る。

ジーンズに紺色のTシャツ姿の若い女の子が立っていた。化粧気のない顔。髪が乱れ、肩で息をしている。ほっそりした手足は頼りなく長い。薄暗いギャラリーの中で、彼女のいる場所だけがぽっかりと浮かび上がって見える。

「唯香」

万里は驚いて走り寄る。

「どうしたの。なんでここにいるの?」

「お母さんこそ、どうして電話に出ないのよ! 何度もかけたのに……」もう少しで泣き出しそうな顔をしている。

心臓をぎゅっとわし摑《づか》みにされたような気がする。娘のこんな表情を久しく見ていなかった。悠太郎が亡くなったとき以来だ。いったいなぜ、唯香はこんな顔をしているのだろう。嫌な予感に体が震えそうになる。

落ち着け、と自分に言い聞かせる。私が落ち着かなくて、どうする。

「こっちに来て」

唯香を会場の外に引っぱっていった。唯香は黙ってついてくる。階段の一番下のところで向かい合う。

「何があったの?」不安に駆られながらも、努めて平静に万里は訊く。

「シュシュが……」と言って口元に手を当てた。

「シュシュがどうかした？」

「学校から帰ってきたら、様子がおかしかったの。ぐったりして、元気がなくて。ソファに吐いたあともあった」

「それで？」

「お母さんに電話をしたのよ。でも通じなかった」

「ごめん」

地下鉄でここまで来た上、ギャラリーは地下で電波が通じない。もしかしたら、凌駕の部屋にいたときにも着信していたのかもしれない。携帯電話はマナーモードにしたままバッグに突っ込んでいて、着信履歴を確認することもしなかった。言い訳のしようがない。

「シュシュを青柳《あおやぎ》先生のところに連れていったの。そうしたら、腎臓の病気だって。最近、水をがぶ飲みしてませんでしたかって訊かれた。してた？」

そういえば、よく飲んでいたかもしれない。今朝も舌を鳴らして飲んでいた。暖かくなったからだとばかり思って、気にしていなかったのだが。

万里の返事も待たずに唯香は続ける。

「今、点滴してもらってるの。あとでもう一度、来てくださいって青柳先生から言われてるの。そのときにシュシュを入院させるかどうか決めるからって。だからお母さんに相談したかったの。カレンダーに、『五時、青山、ギャラリーA・O』って書いてあったから、とりあえず青山まで来たのよ。ここの住所はネットで調べた。電話番号も載ってたから、お母さんを呼び出してもらおうと思って、さっき電話したんだよ」

「ここにも電話したの？」

「そう。でも、お母さんはいなかった」

「まだ着いていなかったんだわ、きっと。電話を取った人に言付けてくれればよかったのに。そうしたら、私の方から電話したわ」

「待っていられなかった。だから来ちゃったの。点滴で元気になればいいけど、もしならなかったら、シュシュ、危ないんだって。歳とってるし」

「そんなに悪いの？」

「朝は元気だったの？　お母さんが家にいたとき、シュシュはどうしてた？」

元気がなかった。ソファの上で丸くなり、小さな声で、くうん、と鳴いた。なのに万里は気に留めなかったのだ。唯香に向かって、それを告白することができなかった。

「帰りましょう。青柳先生のところに行かなくちゃ。ちょっと待ってて、一緒に来た人に、先に帰るって言ってくるから」

会場に戻ろうとしたとき、ちょうど凌駕がこちらに歩いてきた。万里と唯香をかわるがわるに見て、どうかしたの、と訊いた。

「飼い犬の具合が悪くて。帰らなくちゃならなくなったの」早口で言う。

「お母さん、早く」唯香が急《せ》かす。「シュシュが待ってる」目に涙が浮かんでいた。

凌駕が唯香を見ている。万里は慌てて紹介した。

「娘の唯香。私が携帯に出なかったから、ここまで捜しに来たの。唯香、こちら、五十嵐凌駕さん。映画監督の」

唯香はさっと凌駕を見て、申し訳程度に頭を下げた。腹を立てているような表情。こんな状況で母親の男友達を紹介されたことに戸惑い、不愉快に感じているのだろう。

「じゃ、行くわね。ごめんなさい」

凌駕に言うと、万里は身を翻して唯香とともにその場を後にした。

3

シュシュの容態が落ち着くまでに、一週間かかった。

「元気になってよかったね」凌駕が言う。

開店前のラ・ブランシェットのテラス席で、カフェオレを飲んでいる。

「数日入院して、獣医さんで点滴を受けてたの。一時は危なかったのよ。もち直してくれて、本当に良かった」

　腎疾患を持つ犬専用のドッグフードを与えているのと、唯香が以前よりももっとシュシュに甘くなったのを除けば、それ以外は普段通り。食欲もある。散歩に行きたがる。シュシュは元気になった。

「この間はごめんなさいね。パーティの途中で慌ただしく帰ったりして。唯香をきちんとあなたに紹介できなかったし」

「いいんだよ」

　黙ってカフェオレを飲む。向かいの公園の方から、桜の花びらが風に乗って飛んでくる。

　四月は万里の一番好きな季節だ。春の香りのする風を頰に受けていると、自分が新しく生まれ変われるような気がするから。そして、もう一つ。凌駕の誕生日のある月だから。十三歳違いの凌駕と、万里の誕生日のある八月まで、ほんのしばらくは十二歳違いでいられる。

　今年の誕生日のお祝いは何にしよう？

　昨年はバカラのグラスを贈った。凌駕は朝起きて一番に水を飲むときも、夜水割りを飲むときも、そのグラスを使っている。その前は、腕時計だった。それは今も彼の左手にある。

今年も何か、凌駕にずっと身につけてもらえるもの、そばにおいてもらえるものを贈りたい。この間、下北沢の和食屋でペーパーバックを読みながら、メモを取っていた彼の姿が浮かんだ。ボールペンか万年筆がいいかもしれない。

公園を眺めながら、万里は楽しく思いを巡らせていたが、凌駕の声で我に返った。

「唯香ちゃんって高校生だよね？」

「え？　ええ、そうよ。この四月で三年生になったわ」

「十七歳？」

「そう」

「何かアルバイトしてるの？」

「アルバイト？　してないわ。どうして」

「すごくきれいなコだったから。モデルか何かの仕事をしてるのかと思った。それか、子供の頃から劇団に所属してるとか」

「まさか」万里は笑って打ち消した。「あの子はそういうタイプじゃないのよ。内気で人見知りするし。派手なことはあんまり好きじゃないみたい。人前に出るなんて、とてもとても。将来はトリマーになりたいって言ってたわ。犬や猫の毛をカットしたり、きれいに整えてあげる仕事」

どうせだったら獣医さんを目指したら？　と勧めてみたら、怖くて手術なんかできない、と言っていた。

「もったいないな」凌駕がつぶやく。

「もったいないって何が？」

凌駕は少し考えてから口を開く。

「この間、ギャラリーに唯香ちゃんが現れたときのことだよ。お母さんっていう声がして、その場にいた人の多くが受付の方を振り返ったと思う。そして、みんな、驚いたんだ。唯香ちゃんの立っているところだけ、スポットライトが当たっているようだった。目が離せなくなった。万里さんが歩み寄って唯香ちゃんを階段の方に連れていって、ようやく呪縛が解けたけどね。でも、あの強烈な引力は天性のもの。貴重だよ」

「それは違うわよ」万里は笑いながら、顔の前でひらひらと手を振る。「みんなが見てたのは、唯香があの場にまったくそぐわない存在だったからよ。血相を変えて、お母さんって呼んでるんだもの。誰だって見るわ。まるっきり普段着だったし。あの子、すごく浮いていたのよ。それだけのことだと思う」

「違うよ。それだけじゃない」凌駕の声に力がこもった。「俺には分かるんだ。唯香ちゃんには、特別な何かがある」

「ないわよ」

「あるよ。今までに、唯香ちゃんがスカウトされたことはないの？」

ないわけではない。唯香と一緒に原宿や渋谷に買い物に行くと、それらしき人から声をかけられたり、名刺を渡されるのはしょっちゅうだ。けれど、そんなのは、年頃の女の子にはよくあること。怪しげな男もいたし、きちんとしたプロダクションの人もいた。いずれにしても、万里には娘を浮き沈みの激しい、人間関係の入り組んだところにやるつもりは毛頭なかったし、唯香自身も少しも興味を持っていなかったので、きっぱり断った。

客観的に見て、唯香が不細工でないのは分かる。顔立ちは整っている方だろう。けれど、ものすごい美人というわけではないし、身長も百六十センチそこそこで、ほっそりしていると言えば聞こえはいいが、簡単に言えばめりはりのないすとんとした体つきだ。モデル体形にはほど遠い。万里の目には、ごくごく普通の、どちらかといえば地味な女子高生に映る。

けれど、凌駕の目には違ったのだろうか。

青山のギャラリーに唯香がいたのは、ごく短い時間だった。だが、いくら短い時間だったにせよ、凌駕の視線が唯香に注がれていたと思うだけで万里の心はざわついた。はっきり言えば、不快だった。

なぜ凌駕は、唯香ちゃんには、特別な何かがある、などと言うのだろう。

「万里さんに頼みがある」

凌駕はまっすぐ視線を当ててくる。万里は思わず身構えた。

「唯香ちゃんを次の映画で使わせてもらえないだろうか？」

「え？」

「ずっと探してたんだ。主人公のイメージに合う女の子を。若手の女優はもちろん、アイドル、モデル、いろいろと当たってみた。でも、いなかった。妥協できない。このコだって思う相手に巡り会えないことには、映画を撮り始められないんだ」

「ちょっと待って。それが唯香だって言うの？」

「うん。唯香ちゃんを見た瞬間に分かった。俺が探していたのは、彼女なんだよ」

「冗談じゃないわ。あの子の何を知ってるの？　凌駕があの子を見たのは、この間のギャラリーの時だけでしょ。ほんのちょっとの間だけ。違う？」

「そうだよ。それでも分かる」

「分かってない。あの子は演技なんてできないの。人前に出て自分を表現するのは苦手なの」

「万里さんこそ分かってないよ。唯香ちゃんは、まだ何もやってみていないんだよ。始めてもいないのに、演技ができない、表現するのが苦手なんて、なぜ言えるんだ？」

「母親だもの、分かるのよ」

「いいや、分かってない。分からないふりをしているような気もする」

「ふり？　なんで私が分からないふりをしなければならないの？」

「唯香ちゃんが心配だからなんだろうね」

「母親が娘を心配するのは、当たり前でしょう？」

「唯香ちゃんを心配しているのは嘘《うそ》じゃないだろうけど、万里さんが本当に心配しているのは自分自身のことなんだよ。万里さんは不安なんだ。唯香ちゃんを離したくないんだ。自分だけのものにしておきたいんだ。失いたくないんだよ。ご主人を亡くしてから、万里さんには唯香ちゃんしかいなかった。唯香ちゃんにしがみついてる」

「ひどいわ」唇が震える。

なぜこんなことを言われなければならないのだろう。

どうして、凌駕と言い合わなければならないのだろう。

「ごめん。言葉が過ぎたかもしれない。でも、唯香ちゃんを束縛してほしくない。唯香ちゃんには唯香ちゃんの道があると思う。それを認めることが、万里さんのためでもある」

凌駕のためなら何でもする。力になりたいとずっと思ってきた。けれど、これだけは譲れない。唯香を映画に出演させるなんて。

「唯香ちゃんをもう一度、紹介してほしい。撮影にかかるまで、あまり猶予がないんだ。今すぐにでも唯香ちゃんに会わせてほしい」

「無理よ。たとえ会わせたところで、結果は見えてるわ」

「映画に出るか出ないかは、彼女が決めることだ」

「いいえ。あの子はまだ子供なの。唯香は映画には出ません。それは私が決めることです。お願いだから、唯香には関わらないで」

万里は立ち上がると、凌駕をその場に残して店に入っていった。

家に帰ったら、唯香の部屋に『DON'T DISTURB』のプレートが掛けられていた。とはいえ、素通りするのもどうかと思い、ドアを小さくノックして、ただいま、と声をかける。

「あ、お帰り」唯香の声がした。「今、DVD見てるの。あとちょっとで終わるから」

唯香はアメリカのドラマシリーズにはまっている。時折、レンタルショップや友人からごっそり借りてきて、立て続けに見るのだ。邪魔をすると機嫌が悪くなるから放っておくことにした。

洗面所で化粧を落とし、部屋着に着替えてリビングルームに落ち着く。紅茶を淹れていたら、唯香が部屋から出てきた。シュシュも一緒である。

「夢中になって見てたみたいね。熱でもありそうな顔してる」

「そう?」と言って唯香は頬に手を当てた。

頰が少し火照っている。DVDを見ながら泣いていてでもいたのだろうか、瞳が潤んで、睫毛がいつもよりも長く、くっきりと見える。鼻の頭も赤くなって、雪合戦に夢中になってい た子供のようだ。

唯香から目が離せなくなったという凌駕の言葉が蘇り、万里は苦笑する。あのときはシュシュのことで切羽詰まっていたから、その緊迫感が唯香の表情を引き締めたのだろう。が、素の唯香はいつもこんなふうに緩みきった、ぼんやりとした顔をしている。やはり、まだまだ子供だ。何も心配することはない。

「紅茶、私にもちょうだい」唯香が言うので、はいはい、と応じて背を向けた。

シュシュが、くんくん鳴いている。

「シュシュも何かほしいの？」唯香がしゃがんでシュシュに話しかけている。

「シュシュは食事制限があるんでしょう？　お菓子やなんかはダメよ」

「ダメだって。かわいそうにね」

シュシュは恨めしそうに万里を見る。

「しょうがないわねえ。ガムがあったでしょ。あれをあげれば？」

「そうだ。ガムを買っておいたんだ。シュシュ、ちょっと待っててね」

唯香は戸棚をかき回し、ペットショップの袋に入った犬用のガムを取り出す。骨の形をしたガムをシュシュに与えた。シュシュは夢中になってかじりつく。

紅茶が入ったので、クッキーと一緒に持っていく。

「はい、どうぞ」

おいしそう、と言って、すぐに一枚クッキーを頰張った唯香が、あ、そうだ、と立ち上がる。もごもご口を動かしながら、

「手紙が来てたんだ。はい、これ。葛城のおばさまから」

宛名は市ノ瀬万里様、唯香様とあるが、唯香は封を切らずにおいたらしい。葛城怜司の妻、寿々子《すずこ》の字だ。達筆である。封を開けて手紙を読んだ。

正月に会食した折、話のついでのように寿々子が、今年の五月で私たち夫婦も結婚二十五周年になるのよ、と言った。それを聞いたときから、お祝いをしようと思っていたのだ。それで食事に誘ったのである。交友関係の広い葛城夫妻のことだから、祝いの席は数々あるのだろうと思っていたのに、意外なことに彼らが銀婚式を迎えることをおしえてもらっていたのは、万里と唯香だけのようだった。

「お忙しい中、お時間を取って頂くのは申し訳ないみたいですけど」と言った万里に対して、

「葛城が常任指揮者になって何周年だとか、クレセント交響楽団創立何周年といった催し物やお祝いはあっても、結婚二十五周年を一緒に祝う相手はいないのよ」と寿々子は笑ったのである。

電話であらかじめ誘い、了解を取り付けてあったが、食事会の日時と場所を記した招待状を、先日、唯香から送らせた。伊東屋で唯香が選んできたカードは、アイボリーの地色の紙にエンボス加工された金文字でINVITATIONと記された美しいもので、そこに唯香が、銀婚式おめでとうございます、私たちも一緒にお祝いさせてください、と書いた。寿々子の手紙はそれに対する返事だった。要は、喜んで出席させてもらうという内容である。自分たち夫婦には子供がいないので、唯香ちゃんからカードをもらってとても嬉しかった。唯香ちゃんと万里さんに銀婚式をこんなふうに祝ってもらえて幸せです、と書き添えられている。

招待状に対してまでこんなに丁寧な返事をよこすのだから、食事会の後はこの三倍くらい丁寧な礼状が届くに違いない。礼を尽くす、というのが茶道教室を開いている寿々子のモットーであるようだが、それでは、自分と唯香はこれまで葛城夫妻に礼を尽くしてきただろうかと改めて考え、万里は少々不安を覚えてしまう。

「なんだって？」

唯香が訊いたので手紙を渡した。さっと目を通し、ふうんとうなずきながら、

「今度の土曜だよね？　みんなでご飯食べるの」と言う。

「そうよ。忘れないでね」

「大丈夫。忘れないよ」

紀尾井町《きおいちょう》のフレンチレストランを予約してある。味に定評があり、個室のある店なのでこういった折には重宝する。

使いやすい店の情報を常に頭にインプットしておき、必要に応じて手配する。今の万里は、それが当たり前のようにできるようになった。

ふと、悠太郎が亡くなってからの十年を意識する。悠太郎がいた頃なら、万里は自分で店を探したり、予約の電話をかけて集まりの趣旨を説明し、個室を用意してもらうことなどしなかった。できなかったわけではないと思うが、進んでしようとはしなかった。悠太郎が全部やってくれたのだ。何もしなくてもいいよ、万里はそこにいるだけで、などと悠太郎は真面目な顔で言ったものだ。悠太郎は万里を甘やかすのが好きだった。

「先にお風呂入っていい？」唯香の声で我に返る。

見ると紅茶を飲み終わり、クッキーもあらかた平らげている。

「どうぞ」と答えた。

「ほいじゃ、ごちそうさま」

「若い女の子が、ほいじゃなんて言うものじゃないわよ」

「じゃ、何て言えばいいの？」

「ただ、ごちそうさまって言えばいいの」

「なるほどね。んじゃ、ごちそうさま。あ、これもダメか」

笑いながらティーカップをキッチンに下げ、唯香は一つ、大あくびをしてからバスルームに向かう。ただでさえ伸びてしまっているTシャツの襟ぐりから手を突っ込んで背中をかいている姿は、だらしがないを通り越して、見ていて情けない。情けないのだけれど、今の万里には嬉しい。

この娘《こ》はどこにもいかない。ここにいる。

その思いを密《ひそ》かに抱きしめる。

シュシュが唯香の後を追う。

「お、シュシュ」唯香が振り返った。「一緒にお風呂に入る?」

シュシュは迷うように立ち止まった。

4

店には早めに着いて、葛城夫妻を迎えようと思っていたのに、出がけに得意客から呼び止められたせいで遅くなった。タクシーに乗ろうかと思ったが時間が読めないので、結局、地下鉄で永田町まで来た。改札を通り抜けると、万里は走り出す。

携帯電話には唯香からのメールが入っていた。

〈あとはお母さんだけだよ。早く来てね。〉

はいはい。ごめんなさい。今行くから。

返信を打つ間ももどかしく、心の中でつぶやいただけで細いヒールをものともせずに走る。目当ての店はビルの地下にある。階段を駆け下りると、ドアがさっと開けられた。

「いらっしゃいませ」

優雅な身のこなしのボーイに迎えられて、息せき切ってやってきたのが急に恥ずかしくなる。

「ご予約ですか」

「市ノ瀬と申します」

「お待ち申し上げておりました。お連れ様はもういらっしゃっています」

奥まったところにある個室へと案内してもらう間、万里は額に滲んでいた汗をハンカチで拭い、何度か肩を上下させて深呼吸をした。

ボーイが個室のドアを開けた途端、唯香の笑い声が響いてきた。

「お母さん。やっときた」と言って唯香が立ち上がる。

外でこうして会うと、唯香は万里が知っている娘とは別人のように見える。抜けるように白い肌。ぱっと光を放つ瞳。唯香のいる場所だけ、他のところよりほんの少し明るく感じられる。凌駕が言っていたのは、このことなのか。唯香には特別な何かがある、というのは。万里は探るように娘を見る。

「万里さん」

葛城と寿々子も立ち上がって万里を迎えてくれる。葛城はダークスーツ、寿々子は薄いグレーの和服で、髪を結い上げ、はんなりと美しい。

「遅くなって申し訳ありません」

詫《わ》びながら、ボーイが引いてくれた椅子に座る。唯香の隣の席だ。

「忙しいところ、きょうは僕たちのためにありがとう」葛城が言う。

「いいえ、こちらこそ」

テーブルの上には水しかない。食前酒もまだ頼んでいないようだった。

「ごめんなさい。何か飲みましょう。シャンパンでよろしいかしら。唯香はペリエ？」

うなずいたのを見て、てきぱきとオーダーする。料理も持ってきてほしいと伝えた。

ボーイが下がっていく。

「改めまして、結婚二十五周年、おめでとうございます」万里が言うのに、唯香もおめでとうございます、と声を合わせた。

「ありがとう。なんだか照れくさいね」

葛城が笑うと、寿々子も、ふふふ、と小さく笑った。

「おじさまとおばさまは、私の憧れ。私も結婚したら、おじさまたちみたいな夫婦になりたいな」唯香が言う。

「そりゃ光栄だね。唯香ちゃんの憧れを壊さないようにしないと」葛城が言う。

「唯香ちゃんのお父さんとお母さんの方が、ずっと素敵なご夫婦だったと思うけど」寿々子が言う。

そうかなあ、と唯香が首を捻《ひね》った。

「お父さんとお母さんがどんな夫婦だったか、あんまり覚えてないの。お父さんがうんと優しかったのは、よーく分かってるんだけど」

「まだ唯香は子供だったから」万里が言う。

「そうだな。十年前だから、唯香ちゃんはまだ七歳だったのか」

皆の思いが十年前に飛ぶ。悠太郎が亡くなったあのときに。

「おめでたい席なのにしんみりしちゃったわ。だめだめ。きょうは楽しまなくちゃ」

万里が言ったとき、ちょうどシャンパンとペリエが運ばれてきた。乾杯する。

すぐに前菜が出て魚料理へと続く。しばし会話は食べ物のことが中心になる。葛城は仕事柄、日本各地はもとより、世界中を旅していて、おいしいものをいろいろ食べ歩いている。けれど、やはり東京で食べる料理が一番好きだと言う。

「パリやブリュッセル、ローマ、食通を唸《うな》らせる街はたくさんあるが、やっぱりくつろいで食べるのが一番。気の置けない仲間と、あれこれ喋りながら食べるのが一番うまい。あとは、空気かな」

「東京の湿気とか、そういうもの。ものを食べるときは、自然に空気も口の中に入ってくるだろう。あまり意識してないかもしれないが、空気の質っていうのも、食べ物を味わうには大事なファクターなんだ。僕は日本人だからね、この空気の中で食べるのが一番なんだよ」

「空気？」唯香が訊く。

「大口開けてばくばく召し上がるから、空気ばかりが口に入ってくるんですよ」寿々子が茶化すと、そうかもしれないね、と葛城が言った。

「僕はどうも、がつがつ食べるくせがあってね。指揮者は肉体労働者だから仕方がないんだよ」

葛城は大柄な体躯《たいく》にふさわしい健啖家《けんたんか》で、気持ちいいほどよく食べる。一緒に食事をするときはいつも、万里は彼の食べっぷりを好ましく見ていた。

今も、ぺろりと魚料理を平らげてしまった。それに比べて、唯香の皿にはまだ半分以上残っていた。唯香の大好きなスズキのポワレなのに。

「唯香、あまり食べないわね。どうかしたの？」

唯香は、ううん、と首を横に振る。

「まさか、ダイエットなんてしてないわよね？」冗談めかして訊いた。

「やだなあ。してないよ」

「そうよね。唯香ちゃんは今のままでも十分ほっそりしているもの。今夜、唯香ちゃんの食が進まないのは、別の理由からよね。緊張しているんじゃないの？」寿々子が優しく問いかける。

　唯香が答えるより先に、万里が口を出してしまう。

「緊張？　なんで緊張するの？　ここのレストランが改まった感じだから？」

「違うわよね。唯香ちゃん、そろそろおっしゃいよ。万里さんにお話ししたら？　じゃないと、この後のお肉料理も喉を通らなくなっちゃうわよ」

　唯香がうつむいて困った顔をしている。葛城がそれを見て、納得顔でうなずく。

「そうか。緊張してたのか。僕としたことがうっかりしたな」などと言う。

　自分を除く三人の間で共有されている事情があるようだ。怪訝《けげん》な思いで、万里は唯香の言葉を待つ。けれど、唯香はすぐには話し出そうとしない。ほら、ともう一度、寿々子に促されて、ようやく口を開いた。

「お母さん、あのね」

　そこでいったん言葉を切り、グラスのペリエを一口飲む。それからは一息に言った。

「映画に出たいの。ううん、もう出るって決めたの。いいでしょ？」

「え？　何を言ってるの」わけが分からず唯香の顔を見返した。

「唯香ちゃん、もっとちゃんとお話ししなきゃ、万里さんだって返事のしようがないわよ。ね？」寿々子が励ますように言う。

唯香は少し考え、それからゆっくりした口調で話し出した。

「先週、五十嵐さんから家に電話がかかってきたの。お母さんは仕事でいなくて、私が一人のときに。映画に出てほしいって言われた。すぐに会って話を聞いてほしいって」

「まさか、会ったの？」

「その日の朝、お母さんに私に会わせてほしいって頼んだけど、断られたって言ってた。だから直接、私に電話をするしかなかったんだって。どうしても映画に出てほしいって繰り返してた。お母さんは、映画なんてとんでもないって言ったんでしょ。私には向いてないって、無理だって。そうだよね。私だってそう思う。人前に出るの好きじゃないし、目立つのもいやだもん。でも、凌駕さんが言うの。映画に出ることは、目立ちたがり屋かどうかっていうのとは別なんだって。心の中に表現したいものがあるかどうか、それを相手に伝える力があるかどうかの問題なんだって」

話の内容もさることながら、唯香が凌駕のことを、凌駕さん、と呼んだのに、万里は衝撃を受けていた。万里の心の中で、得体の知れない不気味な生き物がむくりと首をもたげたような気がした。

「とにかく、今まで撮った作品を見てほしいって言われたの。ＤＶＤを渡すから、それを見て考えてほしいって」

唯香の部屋のドアに掛かっていた『DON'T DISTURB』のプレート。DVDを見ているの、と言っていた。あのとき唯香は凌駕の作品を見ていたのだ。

「あの作品は、前にも見たことがあった。ラ・ブランシェットが舞台として使われた映画だもんね。でも、見たときはまだ小さかったから、私、よく分からなかった。ただ、お母さんのお店が出てくるって喜んでただけ。もう一度じっくり見たら、全然違ってた。もちろん、お母さんのお店もすてきに映ってる。でも、そこで出会ったり、別れたりする人たちが、すごく生き生きしてて、すてきだったの。ただ静かに座ってカフェオレを飲んでるおばあさんとか、恋人に手紙を書いてる女の人とか、静かなのに、強い感じがして」

「確かに、あれはいい映画よね」と寿々子が言い、葛城もうなずいた。

「他の作品も、そう。登場人物がみんな、なんだか、じっと見てる気がした」

「じっと見てる？」万里が訊く。

「うん。自分の心の中とか、相手の心の中とか、見えないものをじっと見てる気がしたの」

唯香の言いたいことは分かる気がした。凌駕の作品に出てくる人物は、どこかしら内省的なところがある。外に向かって放射するよりは、内側に抱え込んでいこうとする人を好んで描くようだ。見えないものをじっと見てる気がした、というのは、唯香なりに感じたことを伝えようとした言葉だろう。

「凌駕さんの作品を見て、私、すごく感動したの」唯香が言う。

「彼の作品が優れていることは認めるわ。でも、それに出演するのは、また別の話でしょう」

万里の言葉に、唯香は首を横に振り、

「あんなすてきな映画を撮る人に、次の作品に出てほしいって言われたんだよ」

「唯香、作品がすてきでも、それが生まれる世界がすてきだとは限らないのよ。監督や助監督はもちろん、役者さん、演出家、照明、衣装、スタッフはみんな大人なの。経験を積んだ大人の世界なの。そこにあなたみたいな子供が入っていって、やっていけると思う？　あなたも役をもらったら、プロとして仕事をしなければならないのよ。周りの人は、あなたが子供だからって甘やかしてくれないわ。優しくしてくれるとは限らないのよ。私はあなたが不必要に傷つくのを見たくないの」

「お母さん」唯香がかすれた声で呼ぶ。「私、傷つくかな」

「たぶんね。知らない世界で、何もできない自分に嫌気が差すこともあるでしょうし、誰にも頼ることができずに心細い思いをすることもあると思うわ。嫌な想像だけど、批判や中傷だって受けるかもしれない」

うつむいて考えていた唯香が、ぱっと顔を上げて正面から万里を見た。その瞳の強い光に射すくめられそうになる。

「私、傷ついてもいい。やりたいと思ったことをやって傷つくのなら、いい」はっきりとよく通る声で言った。

答える言葉もなく、万里はただ唯香の顔を見つめる。悠太郎に似た、切れ長で意志的な目をしている。

「万里さん、実はきょう、唯香ちゃんから相談があると言われてね。少し早く待ち合わせたんだ。万里さんが来る前に話を聞いてほしいってことだったんでね」葛城が言う。

自分の知らないところで、唯香が葛城夫妻を頼り、おそらくは力を貸してほしいと頼み、夫妻もそれに応えていたのかと思うと万里はやるせなかった。だが、一方で、それほどまでに唯香は本気なのだとも思った。凌駕の映画に出たいという気持ちをストレートにぶつけただけでは、万里が到底、了解しないと分かっていたのだろう。

「正直言って、家内も僕も驚いたんだ。唯香ちゃんと芸能界っていうのかな、そういうのを結びつけて考えたことがなかった。もちろん容姿は申し分ないと思うけど、唯香ちゃん自身がそういう世界にはまったく興味がないようだったからね」

「私もよ。唯香ちゃんはどちらかと言うと、控えめでおっとりしているでしょう。だから、あまり考えたことがなかったの。でも、きっとそこが唯香ちゃんの美点なのでしょうね。映画監督の五十嵐さんという方は、唯香ちゃんの存在そのもののきれいさに打たれたんじゃないかしら。そう思った途端、これは素晴らしいチャンスだと思えてきたのよ」寿々子が言う。

「僕もだよ」葛城が深くうなずく。「五十嵐監督は見る目があるね。唯香ちゃんには、確かに人をはっとさせるものがある。本人が意識していないにもかかわらずね」

「買いかぶりです」万里は言う。「役者さんなんて、そう簡単になれるものじゃないわ。映画に出るなんて。それも学生の自主制作とでも言うのならまだしも、五十嵐さんは人気のある監督さんよ。映画にあなたが出て、もしも五十嵐さんの評価を下げるような結果になったら、取り返しがつかないわ。ほら、あなた、トリマーになりたいって言ってたじゃない？　そういうお仕事の方がずっと合ってると思うわ」

「トリマーには今も憧れてる。かわいいワンちゃんや猫ちゃんを、もっとかわいくしてあげるなんて、いいなと思う。でもね、今はそれよりももっと凌駕さんの映画に出てみたいの。凌駕さんは、失敗してもいいって言った。何も心配しないでいいからって」

「唯香」

「まあまあ、万里さん」葛城が割って入る。「どうかな。一度、唯香ちゃんにチャンスをあげてみては」

「でも……」

「唯香ちゃんが自分から何かをやりたいとこんなに熱心に主張したのは、これが初めてじゃないかな」

確かにその通りだった。唯香はあまり自己主張の激しいタイプではなく、子供の頃から、どちらかと言えば受け身。お友達同士のおもちゃの取り合いにも加わらず、残ったおもちゃで十分満足して、楽しく遊んでいるような子供だった。食べ物にしろ、着るものにしろ、万里が用意したものに不満を言ったことはなく、いつも嬉しそうにしていた。

もっとわがままを言ってもいいのに、と思ったこともある。けれど、別に無理をして聞き分けよくしているようでもなく、唯香は目の前にあるもの、与えられたものに心から満足を覚えているようだったから、万里はわがままを言わない、おっとりとした娘に慣れてしまっていた。

「失敗したっていいと思うんだよ。傷ついたってね。取り返しのつかないことなんて何もない。万が一、唯香ちゃんが傷ついたら、戻ってくればいい。そのために万里さんや僕たちがいるんだから」

葛城の言葉に寿々子もうなずき、

「それに五十嵐さんと万里さんは、面識がおありでしょう。見ず知らずの相手に、唯香ちゃんを託すわけじゃないんだから、安心できるんじゃないのかしら」と言った。

「そうだよ。五十嵐監督の作品なら間違いないと思うね。それは万里さんが一番よく分かっているんじゃないのかな。今、やってみなかったら、唯香ちゃんも万里さんも、この先ずっと後悔するよ」葛城が言った。

ふいに、私は五十嵐凌駕の恋人なのだと大声で叫びたい衝動に駆られた。面識があるとか、見ず知らずの相手ではない、という程度の関係ではなく、最も親しい間柄なのだと、この場で宣言したくなる。

唯香がじっと万里を見ている。その瞳に、自分はどんなふうに映っているのだろうかと万里は思う。娘を案じ、眉を寄せた四十二歳の女。凌駕の恋人としてふさわしい女に見えているのだろうか。

こんなときに私は何を考えているのだろう。

唯香の人生において、とても大切な瞬間になるかもしれないというのに。

万里は胸に手を当てた。

「分かりました」

低く言った瞬間、唯香の表情がぱっと明るんだ。

「いいの？　お母さん」

「だって、もう私には止められそうもないもの。しょうがないじゃない。でも、ちゃんと学校には行かなきゃだめよ」

言っているうちに、喉の奥に熱い塊がこみ上げてきた。なんだって、涙が溢れそうになるのだろう。

「お母さん」唯香が心配そうな顔になる。

万里は一度ゆっくり瞬きをしてから、意識して明るい声を出した。

「あなたも知能犯ね。葛城さんと寿々子さんを巻き込んで、搦め手からお母さんを説得にかかるんだから」

唯香がほっとしたような笑顔を見せる。ふっくらとした頬。陶器のようにすべすべとした肌。なんてきれいなんだろう。ふいに胸を衝かれた。

今の今まで唯香の美しさに本当の意味で気付いていなかった。気付かずにいられた。けれど、もう知ってしまった。この娘はとても美しい。五十嵐凌駕を一瞬で魅了するほどに。

「あのね、凌駕さんの次の映画のタイトル、『グラニテ』っていうのよ」唯香が楽しげに言う。

「グラニテ？」万里は目を見開いた。

「お母さんの得意な氷菓子だよね」

「映画の内容は？」

「堅く閉ざされた心は一度砕いて、丁寧に攪拌してやらないと美しい輝きを取り戻すことはできないっていうのがテーマだって。教えてくれたのは、それだけ」

ぼんやりと万里はうなずく。凌駕はいったい、どんな作品を撮るつもりなのだろう。

以前、一度だけ凌駕にグラニテをふるまったことがある。夏の盛りの日で、凌駕は汗ばんだままベッドで眠りこけていた。その間に、キッチンを借りて、グレープフルーツのグラニテを作った。途中で目を覚ました凌駕が何してるの？　と訊いたから、冷たくておいしいものをごちそうするわね、もう少し待っててと言いながら、三十分ごとの攪拌を繰り返したのだ。作業を続けながら、これはお店では出さないの、唯香と亡くなった夫にしか食べさせたことがなかったのよ、素の自分になったときにだけ作るものなの、などと話したものだ。凌駕は物珍しそうに、凍った果汁を攪拌する万里を眺めていた。

「見て。ほら」寿々子が、個室に入ってきたボーイの方を見た。「お口直しを運んできてくださったみたいよ。グラニテじゃない？」

「柚子《ゆず》を使ったグラニテでございます」ガラスの小さな器をそれぞれの前に置いてから、ボーイが説明する。

うっすら黄緑色の美しいグラニテ。柚子のいい香りがする。

「お母さんのと、どっちがおいしいかな」唯香はさっそく一さじすくって口に運ぶ。

「どう？」

「おいしいよ。お母さんのと同じくらい」

万里もスプーンをそっと差し入れ、一口食べた。

花崗岩のようにざらざらしたもの。口に入れると、どこにも尖《とが》ったところがなく、ふわりと優しい。

「ね？」

唯香が同意を求めて万里を見る。

「ほんと、おいしいわね」

そう応じながら、今この瞬間を境に、確実に何かを失っていくのだという予感に万里はおののいていた。

第二章

1

凍った果汁の入ったバットを左手で抱え、フォークで丹念に混ぜる。

難しいことは何もないし、母が何度もそうやってグラニテを作る姿を見ているから、イメージもしやすかった。おそらく、わざわざ練習するほどのこともないのだろう。

映画の中で必要なのは、グラニテを作っている姿だけである。もちろんでき上がったグラニテも映像になるのだろうが、それはまたプロに作ってもらえばいいだけのこと。唯香の作ったものが、多少、大味であったり、見た目が悪かったとしても問題はない。

しかし、唯香は妥協できなかった。

母が作るようなグラニテを自分でも作りたかった。それを凌駕に見てもらいたかった。

簡単だと思ったのだ。母にもらったレシピもある、手順も単純作業を繰り返すだけ。

なのに、思っていたのと仕上がりが違う。舌に馴染んだあの味にどうしてもならない。

「あーあ」

今回もダメだ。

凍った果汁の入ったバットを見下ろして唯香は嘆息する。もうこれでできあがりなのだが、指先ですくって一口嘗《な》めてみた感じでは、舌触りがざらざらと粗すぎる。原因は分かっている。攪拌がたりなかったのだ。分かってはいても、今さらどうにもならない。こんなに固まっている状態から、手作業で細かく砕くのはとても無理。

そういえば、こんな失敗作を前に食べたことがある。今では熟練の域に達しているような母だけれど、そこに至るまでには何度も失敗を繰り返しているのだ。

「何度も作ってみないとダメってことか」

一人つぶやき、唯香はデニムのエプロンを外した。

バットは再び冷凍庫へ。こうなったら固く凍らせてから、ミキサーで細かくしてかき氷にしてしまうつもりだった。

「失敗は成功のもと、と思うのが失敗のもとなんだよねえ、シュシュ」足下でくんくん鳴いているシュシュに話しかける。

くうん、とひときわ甘えた声。

いけない。目が合ってしまった。つぶらなシュシュの目が、期待を宿してきらきら輝いている。これに唯香は弱かった。

「分かったわよ。お散歩でしょ」

シュシュが嬉しそうに玄関に向かう。

お手、おすわり、待て、などに関しては知らん振りを決め込むが、散歩、ご飯、かわいいわね、そろそろ寝よう、といった言葉をシュシュは完全に理解し、行動する。

薄手の上着を羽織りながら、ついでに獣医さんにシュシュを連れていこうと思いつく。

シュシュが体調を崩して以来、散歩はごく近場で済ませている。自宅からほんの数分のところに遊歩道がある。シュシュは道路を歩くのをいやがるので抱いてそこまで連れていき、遊歩道を十分ほどうろうろしておしまい。シュシュは不満顔だったが、薄曇りの天気が続いて肌寒く、シュシュがくしゃみをしていたので大事をとったのだった。

元気になったとはいえ、常に気を付けていないと、いつまたこの間のように体調を崩すか分からない。月に一度は定期的にシュシュを診せにくるようにと獣医の青柳先生から言われている。そろそろ連れていく時期だった。

シュシュは獣医に行くのを毛嫌いするので、散歩がてらの寄り道といった感じで何げなく誘導しなくてはならない。それでも、すぐにシュシュは察知する。公園のベンチの下に隠れてしまったり、木の根元に座り込んで動かなくなる。結局、最後は唯香がシュシュをなだめすかしてなんとか抱き上げ、連れていくことになるのだが、恨めしそうな顔でにらまれるのが何よりつらい。少しでもシュシュのご機嫌をとるのに役立てばと思い、犬用のクッキーをバッグに入れた。

「今のところ、問題はないようですね」

青柳先生の言葉に唯香は心から安堵《あんど》する。

診察台の上のシュシュは、ほら見ろ、と言わんばかりの顔で唯香を見る。それに気付いたらしく、青柳先生の隣にいたアシスタントがちょっと笑った。

「平気なのは分かってるんだ。医者に来る必要なんかなかった、そう言いたいみたいだね」とアシスタントが言う。

「多分、それ、当たりです」唯香も笑いながら応じた。

「表情豊かで面白いな」と言って笑う。

彼は最近、青柳動物病院で働き始めたらしい。先月、シュシュの具合が悪くなって点滴を受けていたときも顔を合わせてはいたのだが、あのときはシュシュのことだけしか考えられず、唯香はまともに彼と喋ったことはなかった。

「ドッグフードはまだある？」と青柳先生が訊いた。

「もうそろそろなくなりそうなんです」

「じゃ、一袋でいいかな」

「お願いします」

「谷《たに》くん、腎疾患の犬用のドッグフード持ってきて」

谷と呼ばれたアシスタントが、奥の倉庫らしきところからドッグフードを取ってきた。代金を支払い、ドッグフードの入った紙袋と自分のバッグを右手で持ち、空いている左手でシュシュを抱きかかえる。

「お世話様でした」

病院を出て歩いていると、市ノ瀬さん、と呼ばれた。振り返ると、先ほどの谷というアシスタントが追いかけてくる。何か忘れ物をしたのだろうかと、反射的に手に持っているものを確かめた。

「持ちますよ」

谷は唯香の右手から、ドッグフードの入った袋を受け取ろうとした。

「大丈夫です。このくらい、持てますから」

「僕も同じ方角だから。なんだか危なっかしいし。シュシュくんが落っこちたら大変だ」

確かに腕の中でシュシュがもぞもぞ動くので、さっきから困ってはいたのだ。どうしようかと思ったが、意地を張るようなことでもない。谷の言葉に甘えることにした。

「じゃ、すみません」

紙袋を持ってもらった。唯香の手に残ったバッグは、財布と携帯電話などが入れてある小さめのものなので、手首に引っかけて持っていても、シュシュを抱く邪魔にはならない。

「シュシュくん、九歳だっけ?」谷が言う。

「はい。もうすぐ十歳になります」

「若く見えるけどね」

「エイジレスなんです、この子」

「なるほど」

「いつから青柳先生のアシスタントをしてらっしゃるんですか」

「三ヶ月前から、アシスタントというか、勉強させてもらってる。僕、まだ学生なんだ。S大学の獣医学部」

「獣医さんの卵」

「そう」

「すごいですね」

唯香が素直に言うと、谷が不思議そうな顔をして、

「何がすごいの?」と訊いた。

「だって獣医さんの仕事って、たいへんでしょう? 動物は口をきけないからどこがどう痛いのか分からないし。青柳先生を見ていてもそう思います。犬や猫だけじゃなくて、ハムスターや小鳥の病気も診てあげてらっしゃいますよね。小さな動物の命って、はか

なそうで怖い」

「馬や牛なんていう大きな動物も診るよ」

「そうですよね。あと、場所によっては野生動物も持ち込まれたりするかもしれませんよね。亀なんかはどうなのかな」

「診るんじゃないかな。昆虫なんかでも、分かる範囲でアドバイスするみたいだよ」

「うわー、やっぱりたいへん」思わずシュシュを抱く手に力がこもる。シュシュが低く鳴いた。「ごめん、シュシュ、痛かった？」

「この辺りは車が少ないから、シュシュくんを少し歩かせたらどうかな」谷が言う。

「でも、この子、道路を歩くのいやがるんです。公園なんかだと喜んで歩くんだけど」

「贅沢だな」谷が笑う。

「甘やかし過ぎたかも」

「かもね」

「でも、もう九歳だし。人間の歳にしたら、五十五歳くらいなんですよ。今さら厳しくしても……」

うーん、と言って考えてから、そうだね、と谷もうなずいた。それから、

「じゃあ、もうちょっと広いところに行こう」と続ける。

「え？」

「ダメ？」

「ダメじゃないですけど。でも、谷さん、大丈夫なんですか」

「何が？」

「用事とかないのかなあって」

「別にないよ。近くに公園があったよね」

「はい」

公園という言葉に敏感に反応したシュシュが、尾を振り始める。

「決まりだな」

谷は言い、速足で歩き始めた。

「私、トリマーになりたかったんです」公園のベンチに座って冷たいお茶を飲みながら、唯香は言った。

「なりたかったって言うと、今は違うの？」

唯香はうっすら微笑んで、

「今はもっとなりたいものができちゃった」と答えた。

「何？」

少し考えてから、言えません、とつぶやいた。

「どうして」

「よく分からないけど、今は言えないんです。思わせぶりな言い方でごめんなさい」

「別にいいけど。ただちょっと残念だな。市ノ瀬さんにはトリマーっていう仕事が合ってる気がするから」

「母にもそう言われました」

「そうなんだ」

「ええ。もしかしたらシュシュもそう思ってるかも。ね？　シュシュ」

リードを思いきり伸ばして気ままに歩き回っていたシュシュが立ち止まって、唯香を見る。鼻の頭に芝生がついていた。

「やだ、シュシュったら変な顔」唯香がくすくす笑う。

シュシュは気にせず、また辺りを歩き始める。

「シュシュは、父が亡くなった年にうちに来た犬なんです」

「お父さん、十年前に亡くなったの？」

「はい。脳梗塞で。父が亡くなってしばらく経ったときだと思うんですけど、母は急に仕事人間になったんです。家にいる時間が少なくて、家政婦さんを雇うようになって。寂しくないようにって、私にシュシュをくれたんです。だから、シュシュはパパの代わり」

「シュシュ・パパ」

「そう。だから、元気で長生きしてもらわないと」

「そうだね」

「谷さんは、どうして獣医になろうと思ったんですか」

「他の仕事が考えられなかったんだ。親父《おやじ》が動物好きでね。子供の頃から、おそらくは僕が赤ん坊の頃から、犬や猫が常にたくさん家にいた。で、いつの間にか、動物たちの体調管理は僕の役目みたいなことになっていたからね」

「天職ですね」

「こういうのを天職って言うのかなあ」

「言いますよ。だって、神様が与えてくれた仕事だもん」

「そうか。そう思うことにしよう」

「天職って言えば、うちの母はお菓子作りが天職みたい」

「お母さん、お菓子屋さんなの？」

「昔は家で作ったケーキをちょこちょこ売ってたみたいだけど、今はカフェを経営してるの。普段は母のレシピをもとに、ケーキ職人さんが作ってるみたい。でも、時間があるときは母が作るようです。家でもよく作るし」

「ケーキ作りが好きなんだね」

「そうみたいですね」

「市ノ瀬さんは？」

「え？」

「市ノ瀬さんもケーキ作ったりするの？」

失敗作のグラニテを思い浮かべながら、

「たまに作るけど、私は食べる方がいいかな」

「僕も食べるの専門。少し歩こうか」谷が立ち上がった。「リードを持ってもいいかな」

「どうぞ」

リードを渡すと、谷はシュシュに、行くぞと声をかけて少し強く引いた。一瞬、シュシュは驚いたような顔をしたものの、すぐに素直に歩き始めた。唯香がリードを引いているときとはまるで違う歩き方だ。寄り道もせず、急に立ち止まったりもせず、一定の速度で歩を進めている。

「すごい、すごい」唯香は思わず手を叩いた。「シュシュ、コンテストにも出られそうな歩きっぷり」

「少し強めに引くといいんだよ。行くよ、という気持ちを絶えず犬に伝え続けるんだ。そうすることで、犬は主人の気持ちを理解するようになる。ちゃんと歩けたら、誉めてやること。めりはりが大事」

言いながら谷は立ち止まり、目線をシュシュに合わせて撫でてやる。シュシュが舌を出して、はあはあ言いながら前足を谷の足に置いた。

家に戻ってシュシュに水をやり、自分自身のためにはアイスティーにオレンジを絞ったものを用意した。

ソファに座り、唯香は、ああ、楽しかった、とつぶやく。谷と一緒に散歩をしたのは一時間足らずだったが、久しぶりに心から楽しいと思える時間だった。

中学からずっと女子校だったため、同年代にしろ、先輩や後輩にしろ、唯香には異性と話をした経験があまりない。もちろん近隣の男子校との交流はあるし、ボーイフレンドと学校の行き帰りはいつも一緒という友人も多くて、唯香にも誰か紹介してあげる、とおせっかいを焼かれることはしょっちゅうだ。けれど、そういうことにあまり積極的でない唯香は、いつも断ってきた。通学路で待ち伏せしていた男子校の学生から、付き合ってほしいといきなり言われたこともあるが、相手にしなかった。

いずれ好きになる人ができるだろうが、今でなくてもいい。何も急ぐ必要はない。私は私でいいのだと思っていた。

それに、誰かを好きになっても、いつかはその人を失うのだ。母と唯香を残して逝ってしまった父のことを思うと、臆病になってしまう。父を失った母の悲嘆と喪失感を、唯香は頭ではなく魂で感じた。あんな思いをするのは怖い。誰かを愛するのはまだ先でいい。

それが揺らいだのは、つい最近のこと。凌駕に会ったせいだ。

彼に会った瞬間、今までに一度も誰かを真剣に好きになったことがないという事実が、とてつもないハンディキャップに思えた。経験不足で子供だということ。それがどんなふうに凌駕の目に映っているのかを想像すると、悲しくなる。

凌駕は母の恋人だ。凌駕も母も言葉にして言ったことはないし、もし尋ねたとしても、友人だとか、お世話になっている人、とお互いのことを表現するのだろうが、唯香には分かる。二人は何年も前から恋人同士なのだ。おそらくあのラ・ブランシェットを舞台にした映画がきっかけとなって。

青山のギャラリーで母と凌駕が並んで立つ様を目にした瞬間、二人の関係がはっきりと分かった。とても親密で優しい空気を感じた。そして、母も凌駕も唯香に気を遣っていること、母親にうんと年下の恋人がいるのを知ったら唯香が不愉快に感じるのではないかと、母親の中に生々しい女の部分を見て、たじろいでしまうのではないかと心配していることまで、唯香には透けて見えてしまった。

母に付き合っている相手がいるのは、なんとなく分かっていた。ときどき仕事ではない用事で帰宅が遅くなることがあったし、そういうときに限って、母は唯香のために食事やデザートなど、手間のかかるものをきちんと用意してくれた。そして、そういう日、帰宅した母はいつもより和らいだ穏やかな表情をしている。

母にそういう存在の人がいるのを、唯香は決していやだと思ってはいなかった。母が寂しい思いをするよりはずっといい。けれど、正直言って、五十嵐凌駕のような男性が母の恋人だなどと想像したことはなかった。

漠然と、母よりも年上の、落ち着いた雰囲気の男性と付き合っているのだろうとばかり思っていた。

もちろん、母が年下の男性と恋愛して悪いわけではない。そんなのは分かっている。ただ唯香にとって衝撃だったのは、母と凌駕を目にした瞬間、自分がひどい痛手を受けたという事実だ。なぜあんなに驚き、気持ちが揺さぶられたのか分からない。シュシュの容態が悪かったせいで動揺していたのも、もちろんあるだろうが、それだけではない。あのとき感じた気持ちは、一言で言えば嫉妬だった。認めたくはないが、唯香は母に嫉妬した。凌駕の恋人である女に。

打ちのめされた。母にはとてもではないが敵《かな》わない。

娘の目から見ても、母は美しい。ぱっと人目を引く美貌というのとは少し違う。知れば知るほど親しみを覚え、見れば見るほど好きになる顔。ポイントは表情なのかもしれないと唯香は思っている。

母に初めて会った人は、もしかしたらとても落ち着いたクールな女性という印象を受けるかもしれない。だが、あまり当たっていない。それは本当に上辺だけの印象に過ぎないからだ。雑踏に紛れて一人でいるようなとき、母は確かにクールに見えなくもない。一人でいることに十分満ち足りているような。

けれど、向かい合って少し話をすれば、その印象が改まる。じっとこちらを見つめてくる母の目にまず引き込まれ、次に、曇りのない母の表情にいつの間にか心の構えが外されてしまう。母は、哀《かな》しいときは哀しく、嬉しいときには嬉しく、寂しいときには寂しい顔をする。幼い子供ならば当たり前のことだろうが、自然にできる大人は少ない。父が生前、万里といると、いくらでも話したいことが湧いてくる、と言っていたのを幼かった唯香はよく耳にしていた。

「実はね、一目惚《ひとめぼ》れだったんだ」と父が唯香にこっそり打ち明けてくれたことがある。

「お母さんが、お父さんの勤めている歯医者に患者としてやってきたんだよ。当時のお母さんは高校生だった。セーラー服を着ててね。歯の治療が怖いらしくて真っ青な顔をしていた。少しでも安心させてあげたかったんだけど、なんて言えばいいか分からなくてね、それで、大丈夫だよ、って一言だけ言ったんだ。そうしたら、お母さんがびっくりしたようにお父さんの顔を見てね、それからにこっと笑ったんだよ。その瞬間だったなー。お母さんには内緒だぞ」

その話を聞いたとき、幼かった唯香は母に嫉妬した。父の心を一瞬にして摑んでしまった母に。私にもできるだろうか、と思って、鏡の前で微笑む練習をしてみたこともある。若かった母が父に向けた笑顔がどのようなものだったか、なんとなく唯香にはイメージできた。母はときどき驚くほど、無防備で優しい笑顔を見せたから。

それに、母が自覚しているかどうかは疑問だが、母には激しいところもある。少なくとも唯香はそう思っている。

唯香が小学四年生のときだった。何がきっかけだったのかは分からないが、同じクラスの男の子から、バカ、死ね、母子家庭、といった言葉を毎日のように投げつけられたことがあった。唯香の前の席に座っていた男の子で、機会さえあれば、授業中も、休み時間も、給食のときも、繰り返し唯香に嫌なことを言うのだった。教師は注意をしてくれるのだが、治まるのは一時《いっとき》。すぐにまた言葉の暴力が始まるのだ。毎日が憂鬱だった。母に相談したら、相手にしなければいいのよ、と言うだけだったから、ああ、我慢するしかないのだな、と半ば諦めていたのだ。

そしてあの日。いつものように嫌な言葉を浴びせられ、それに対して唯香が言い返したら、逆上した男の子が鋏《はさみ》を持ってきて唯香の髪を切ったのだ。怖かったのと悔しかったのとで唯香は号泣した。

その後、教師からの連絡で駆けつけてきた母のことを今でも唯香はよく覚えている。

ショックを受けていた唯香は保健室で待っていた。そこに入ってきた母は、普段とはまるで違っていた。化粧もしていなければ、髪も整っていない。コンタクトレンズを入れる間もなかったのか、黒ぶちの眼鏡をかけていた。保健室のドアをがらりと開けて入ってくると、まっすぐに唯香のところにやって来て抱きしめた。

しばらくすると、担任教諭に連れられて問題の男の子がやってきた。担任に叱られたらしく仏頂面で、唯香の方を見もせずに、ごめんね、と言った。

「もっとちゃんと謝りなさい」と担任が言った。

男の子が詫びの言葉をもう一度、口にしようとした瞬間、

「こっちを見なさい！」母が低く言った。唸ったと言った方がいいかもしれない。

男の子は怯《おび》えた目を向けた。

「謝ったくらいじゃ許さないわよ。唯香が許したとしても、私が許さない。今度、同じようなことがあったら、どうなると思う？」

そう言って、男の子の胸ぐらを摑んだのだ。相手にしなければいいのよ、と言っていたときの母とは別人だった。眉根が寄せられ、目がぎらぎらと光り、首に筋が立っていた。

「お、お母さん」

担任が慌てて割って入ったが、母は男の子を睨《にら》みつけたまま、

「私はいつだってあなたを見てる。あなたが唯香を傷つけようとしたら、すぐに飛んでくるわよ。絶対に見逃さない。覚えておきなさい」と言った。

今思えば、大人げない行動である。分別のある大人が、まがりなりにも謝ろうとしている子供に向かって言うような言葉ではない。母はあのとき、俗にいう『キレた』状態だったのだ。男の子には、鬼の形相に見えたことだろう。教師の目にも、みっともない母親に映っていたに違いない。けれど、唯香は母を今までで一番きれいだと思った。母に愛されているのだと実感できた。

凌駕もきっとそうなのだろう。母といると、いくらでも話したいことが湧いてくるのだろうし、全身全霊で愛されていると実感できることもあるのだろう。

母にはとてもではないが敵わない。

思いはそこに行き着いてしまう。

母は父を心から愛していた。おそらく今も愛し続けているのだろう。凌駕はその母に惹かれたのだ。つまり、大人の女性に。誰かを死ぬほど愛した歴史を持つ女性に。

次の作品に出てほしいと言われた後、唯香は彼のこれまでの作品をすべてＤＶＤで見た。そのときにはもう映画に出ると決めていた。唯香は自分でも驚くほどの強引さで母を説得し、凌駕の作品に出ることを了承させた。それを伝えたとき、凌駕は子供のように大喜びしてくれた。

唯香の手を握り、「嬉しい。本当に嬉しいよ」と言った。

唯香は胸が一杯になった。

「万里さんに感謝しなくちゃな。唯香ちゃんに会えたのは、万里さんのおかげだからね」

凌駕がそう言ったときに不器用に黙り込んでしまった自分を思い出すたび、唯香は舌を噛み切ってしまいたい気持ちになる。凌駕の口から、万里さん、という言葉を聞くのが耐えられなかった。それを凌駕に知られるのは、もっと耐え難い。

凌駕の前にいると、ろくに口がきけなくなってしまう。子供っぽく、物馴れてなくて、ひたすら格好悪い十七歳の自分。

けれど、きょうは谷と自然に話すことができた。ほとんど初対面の年上の男性と、楽しい時間を過ごすことができたのだ。ほんの少し自分に自信が持てた気がする。

谷といると、流れるプールを思い出す。イルカやシャチをかたどった大きな浮き輪に摑まって、ゆるゆると流れていくあの心地よさと楽しさ。力を抜いて日差しを楽しんでもいいし、居眠りしたっていい。

谷が流れる水だとしたら、凌駕はやはり火だろうか。

彼の熱っぽい目や、自分の作品について語る口調にはただただ圧倒されるばかりで、どのように反応すればいいのか見当もつかない。自分の存在がどうにもならないほどちっぽけに思えて自己嫌悪に陥る。苦しくてたまらないのだけれど、その彼に映画に出てほしいと言われたことに思い至ると、とてつもない喜びと誇らしさに包まれて、もうどうしていいのか分からなくなる。

そして、彼の映画のことしか考えられなくなる。『グラニテ』という次回作。その中で、唯香は翡翠《ひすい》という名の少女を演じる。翡翠は十七歳。唯香と同じ歳だ。しかし、同じなのはそれだけ。境遇も性格も違う。どんなふうに違うのかは、よく知らない。まだ台本をもらっていないのだ。脚本も凌駕が書いており、今、仕上げている最中だという。でき上がったらすぐに渡すよ、と言っていた。

翡翠。

どんな女の子なのだろう。

演じることに、もちろん不安はある。けれど、それ以上に使命感のような感じ、あるいは、今を逃したら二度と自分らしく生きることはできなくなるという強迫観念じみたものを感じている。

葛城夫妻の銀婚式を祝ったあの晩から二週間が過ぎたが、母はずっと不機嫌だ。必要なこと以外は唯香と話をしない。結果として映画出演を許可したものの、心から賛成していないのは明らか。唯香に対してなのか、もしかしたら引きずり込んだ凌駕に対してなのか、ひどく腹を立てているようだ。

もしも今、父がいたらと唯香は考える。おそらく父は、唯香の決断を誉めてくれるだろう。葛城がそうだったように、最初は驚いただろうが、唯香が心からやりたいと思えることに出会えたのを祝福してくれたのではないだろうか。眉を顰《ひそ》める母のことも、そんなに心配しなくても大丈夫だよ、見守っていこうよ、と上手に心を解きほぐしてくれたのではないか。

父についての記憶は少ないが、優しく、どんなことでも受け止めてくれる人だったのは間違いないと思う。父がそばにいると安心だった。

父が生きていてくれたら、母はもっと違っていただろう。

母にはひどく危なっかしいところがある、と唯香は思う。カフェを経営し、成功させているのだから、それなりにタフさとしたたかさを持っているのだろうが、何かをいつも恐れているような危うさがあって、それはたとえば唯香が中学生だったとき、オーストラリアに短期留学してサマースクールに行くという友人に影響されて、私もホームステイしてみたい、と言い出した際などに露《あら》わになる。どういうわけか母はひどく傷ついたような顔をして、

「どうして海外に行かなくちゃいけないの？　英語の勉強なら、日本にいたってできるでしょう」とヒステリックな声を上げるのだ。

過剰な反応に唯香の方がびっくりしてしまい、

「そうだよね。日本でだってできるよね。ちょっと言ってみただけ」とすぐに希望を引っ込めてしまった。

思い返してみれば、そういうことはたびたびあった。小学生の頃、スキーキャンプに行きたいと言ったとき、友達の家に遊びにいって話が弾み、泊まっていけばと誘われて、母に泊まってもいい？　と電話で尋ねたとき。いつも母は意表をつかれたように黙り込み、どうして、と訊くのだ。

そう訊かれると、唯香は母に対してひどいことをしてしまったような罪悪感に襲われた。そして、すぐに自分の望みを引っ込める。どれも、取り下げられないほどの望みではなかったから、別に惜しいとは思わなかった。それよりも母の穏やかな顔を見ていたかった。次第に唯香は学習し、母が傷ついた顔をして、どうして、と言わなければならないような状況を作らなくなった。

今なら母が何を恐れていたのかが分かる。唯香が離れていくこと。母を置いて、どこかに行ってしまうのを恐れていたのだ。

父を失ったことが母を臆病にさせているのだろうと思う。

「お父さん。あなたのせいで、私が苦労してるのよ」心の中でつぶやく。

悪いね、と苦笑いする父が見えるようだった。

「あ、そうだ」

唯香はソファから立ち上がった。冷凍庫にグラニテを入れておいたのを思い出したのだ。

冷凍庫を開けた。アイスプレートにしちゃえ、と半ば自棄《やけ》気味に冷凍庫に突っ込んでいったそれは、表面がぎざぎざした見栄えの悪い氷の塊。予定よりも長くシュシュと散歩に出ていたので、かちんこちんになっている。

ナイフを隅に差し込んで、アイスプレートをまな板の上に空ける。ナイフで適当に切り、ボウルに入れる。ハンドミキサーの電源を入れ、一気にかき混ぜる。見る間にかき氷ができる。

砕け過ぎ。細か過ぎ。

ガラスの器に盛りつけ、たっぷりとシロップをかける。こうなったら思い切り甘くしてしまおう。

一口スプーンですくって食べる。まずくはないが、ザラメ状のきらきらしたグラニテとは別物。意地になって食べる。口の中も喉もお腹の中も、きんと冷えていく。

2

凌駕から手渡された台本は台詞《せりふ》とト書きだけだが、それを何度も読み返し、唯香は頭の中で自分なりのストーリーを組み立てた。

「唯香ちゃんの心の中に生まれた翡翠を演じてみて」と淩駕は言った。

稽古に入ればまた違うのかもしれないが、今の時点では彼は何一つ、ここはこうして、あそこはこんなふうに、といった指示もアドバイスもしようとはしなかった。

もともと読書は好きなので台本を読むのは少しも苦にならないし、イメージを作り上げることもできると思う。問題はそれをどう演じるかということだ。

翡翠。十七歳。高校には行かず、家で菓子を作って過ごしている。もともと体が弱かったこともあり、子供の頃から家で過ごすことが多かった。菓子作りは、母親が翡翠に教えてくれたもの。翡翠にとっては唯一の自己表現手段である。

母親は数年前に亡くなり、祖母と暮らしていたが、その祖母も他界して、現在、翡翠は一人暮らし。

翡翠にとっては、菓子作りだけが外の世界と自分とを繋《つな》ぐものだ。タルトやレモンパイ、マドレーヌ。翡翠の作った菓子は、近所のカフェに置いてもらっている。その菓子がきっかけで、幹生《みきお》という名の男性と知り合い、奇妙な同棲《どうせい》生活が始まる。

二人はキッチンに仲良く座ってグラニテを食べ、微笑みを交わす。それが二人の愛情表現だ。翡翠の堅く閉ざされていた心が、グラニテを作り、幹生に食べてもらうことで、少しずつ溶け出していく。

幹生は翡翠に指一本触れない。おとぎ話のようなラブストーリーだ。

「シナリオを読んでみて、どうだい？」

一昨日、唯香の携帯電話に葛城から電話がかかってきた。映画に出たいという唯香の気持ちを理解し、母を説得してくれた葛城は、同時に新しい世界に唯香を押し出した責任を感じてもいるようだった。ときどき電話をくれる。

母に相談できない分、唯香は葛城に映画に関するあれこれを報告してきた。まだシナリオができないの、早く読みたい、凌駕さんの映画ってやっぱりすごいと思う、きょうシナリオを渡されたの、凌駕さんは、私の心の中に生まれた翡翠を演じてみて、って言っていた。葛城は唯香の話を黙って聞き、励ましや、焦る必要はないよ、といった言葉をかけてくれる。

「おじさま、私、翡翠になれるのかな」一昨日の電話で唯香は不安を伝えた。「翡翠って、すごく無口なの。シャイっていうのともちょっと違う。感情と言葉が結びついていない感じ。少ない台詞で、翡翠の複雑な心の中をどうやって表せばいいのかな」

「まずは翡翠を理解することだよ。彼女がなぜ無口なのか、なぜ複雑な心を持っているのか、理解することだ」

「少しは理解できる気はするの。翡翠には幹生っていう恋人が現れるのよ。翡翠と幹生は一緒にグラニテを食べるの。それが二人の愛し合う形なのよ」

「一緒にグラニテを食べるのが？」葛城が訊き返した。

「そう。プラトニックな恋愛。夢のような、美しい恋物語なんだって、凌駕さんから聞いてる」

「そうか。作品について僕は、あれこれ言える立場にはないからね。とにかく五十嵐監督と、自分自身を信頼して、遠慮せずにやることだよ。唯香ちゃんの思う通りに演じてみればいい」

葛城のアドバイスは凌駕の言葉に重なった。

「主人公の翡翠の台詞は多くない。言葉でなく、存在で語ってほしいと思っているんだ。唯香ちゃんの思う通りにやってみて」

そう凌駕は言ったのである。

唯香もそうしたいと思う。自分の感じるままに、思うままに演じてみたい。

でも……。

日を追うにつれ、不安の方が大きくなっていく。

対人恐怖症気味で、一日の大半を家で菓子を作って過ごす翡翠の台詞は、確かに多くはない。幹生という男性と出会い、一緒に暮らすようになってからも、会話は多くはない。

すでに唯香は、そのほとんどを暗記してしまっている。けれど、台詞を完璧に覚えればそれでいいというものではなく、むしろその逆だ。凌駕の言うように、言葉ではなく存在そのもので表現しなくてはならない。

いったいどうすればそんなことができるのだろう。

唯香はソファの上で膝を抱きしめる。

翡翠。

心の中に自分なりの翡翠が生まれているのかどうか、それさえ唯香には分からなかった。

体が小刻みに震えていた。

怖い。

翡翠は私ではない。

当たり前の事実を前に怖《お》じ気《け》づく。自分ではない人間を、一人の人として、女性として演じる。息吹を与えなければならない。

どうやったら『表現』などという怪物を手なずけられるのか、見当もつかない。知識も経験も才能もない自分が、こんなに難しい役を演じられるわけがない。

やはり、母の言う通りだった。自分の能力のなさを思い知らされ、立ちすくみ、呆然としている。凌駕に映画に出てほしいと言われて、有頂天になって引き受けてしまったのは、あまりに無謀だった。

無理です。できません。ごめんなさい。そう言って心から詫びれば、許してもらえるのだろうか。そして、私は、自分を許すことができるのだろうか。

こんなとき、母に相談できたら……。

唯香なら大丈夫よ、と言ってもらえたら……。

でも、そんなことは絶対にできない。母の前で弱音を吐くくらいなら、舌を嚙み切ってやる。

テーブルの上に置いたままの台本にちらりと目をやる。

厚いとは言えないその本の中に、翡翠が生きている。暗がりが怖くて、人と関わるのが苦手で、苦しみや孤独に押しつぶされそうになりながら、おいしいお菓子を作ることだけにすべてを注ぎ込んでいる翡翠。

翡翠を演じるのを諦めることは、自分を見捨てること。そんな気がした。

唯香は、ぱっと手を伸ばしてテーブルの上の台本を摑んだ。誰かに横取りされるのを恐れてでもいるように。

3

主な撮影場所は横浜である。翡翠の家と、翡翠が菓子を届けにいくカフェ。

住宅街の一角にあるコンクリート造りの建物が翡翠の家になるらしい。個人の住居だが、ここで暮らしていた家族は海外に渡り、先月から賃貸に出されている物件だという。そこに翡翠の家のセットを用意したのだということは凌駕から聞いていた。

きょうは共演者やスタッフと初めて顔を合わせる日だ。

昨夜から緊張を通り越して、貧血を起こしそうなほど神経が張りつめていた。ずっと不機嫌だった母もさすがに心配したようで、柚子茶を持ってきてくれたり、熱い湯を張ったバスタブにアロマオイルをいれて、ゆっくり入ってらっしゃいと勧めてくれたりした。けれど、何一つとして効果なし。眠れないままに朝を迎えた。

遅刻するよりはいいだろうと思って早く家を出たせいで、集合時間の三十分前に着いてしまった。ドアを開けてくれたのは、化粧気のない若い女性だった。

「あなたが唯香ちゃんね？　私、衣装担当の望月《もちづき》みどりです。よろしく」

早口で言うと、みどりは走ってリビングルームに入っていく。バレエシューズのような部屋履きを履いているせいで、ほとんど足音がしない。望月の素早くしなやかな動きがプロの証であるように思え、唯香には眩《まぶ》しかった。

「衣装に少し手を加えた方がいいかもしれません。唯香ちゃん、思ってたより細いですから。すぐ採寸していいですか」とみどりが凌駕に向かって言う。

「頼むよ」という凌駕の声が聞こえる。

唯香もみどりの後についてリビングルームに入っていく。凌駕はソファに座って、台本に何か書き込んでいた。

「おはようございます」唯香は丁寧に頭を下げる。

「おはよう。先に望月さんと衣装合わせしてくれる?」凌駕が言った。

はい、と唯香がうなずいた瞬間、こっち来て、とみどりに手を引っぱられた。リビングルームの隣の洋間が衣装合わせの部屋になっているようだ。大きなトランクが部屋の隅に置かれ、可動式のラックには何枚もの洋服がかかっている。女物もあれば、紳士物も。

「下着になってくれる?」

同性とはいえ、初対面の相手の前で下着姿になるのは気恥ずかしかったが、恥ずかしがっている方が恥ずかしいような雰囲気もあった。できるだけ手早く洋服を脱ぐ。すぐに望月がメジャーでサイズを測り始めた。バスト、ウエスト、ヒップのスリーサイズはもちろんのこと、肩幅、肩から肘までと肘から手首まで、同じように腰骨から膝までと膝からくるぶしまで、首回り、頭回り、あとは何を測っているのか定かではなかったが、背中の肩甲骨の辺りの採寸など、とても細かい。

「腰が細いわね、腕が長い」などと言いながら、みどりは唯香のサイズをメモしていく。

一通り測り終わると、

「ちょっと、これ着てみて」

みどりが、ハンガーに掛けてあったワンピースの中の一枚を選んだ。ブルーグリーンのノースリーブのワンピースだ。光沢のある生地で、膝丈。言われるままに着てみる。少し大きい。望月が背中から腰にかけての部分の生地を摘《つま》み、手早く仕付け糸で縫った。それだけで体にしっくりくる。

「いいわね」みどりが満足げに微笑む。「あとでちゃんと直しておくから、きょうはそれで我慢して」

「あ、はい」

戸惑ってしまう。初日から衣装を着けるとは思っていなかったのだ。

「メイクはどうしようか」

どうすればいいのか分からない。唯香は首を捻った。

「ちゃっちゃっとやっちゃおう。座って」

鏡の前に座った。

みどりは衣装もメイクも、唯香に関するすべての面倒を見てくれるらしい。

化粧道具の入ったバッグを取り出すと、みどりはコットンに化粧水をしみ込ませ、さっと唯香の頬から額、顎を撫でる。次は乳液と下地。指でファンデーションを馴染ませ、スポンジの角で調整する。ものすごい早業で唯香はびっくりした。

「素顔にできるだけ近くしておくから」

「はい」

「きれいな肌。化粧なんかしなくてもいいくらい」

「そんなこと……」という唯香の言葉を、

「あるわよ」と遮る。「唯香ちゃんの肌、ものすごく張りがある。女優さんたちが死ぬほど欲しがっているものよ」

眉、チーク、口紅ともに早業。ただ一つ、マスカラについてだけは、みどりはとても念入りに仕上げた。

「これでいいわ」

「ありがとうございます」

「どういたしまして。さ、どうぞ」

何がどうぞなのか分からず、唯香は鏡の中のみどりの顔を見た。

「向こうに行っていいわよ。準備オーケーだから」

みどりがリビングルームを目で示した。

そういうことかとようやく分かり、立ち上がる。おっかなびっくりドアを開ける。衣装部屋にいる間に、リビングルームの方が次第にざわついてくるのを感じていたからだ。スタッフや出演者がやって来たに違いない。気後れしてしまう。できることならずっと衣装部屋にこもっていたい。

細く開けたドアの隙間から顔を覗かせると、まず振り向いたのが凌駕だった。

「こっち来て」と呼ぶ。

唯香はうなずき、ゆっくりとリビングルームに入った。

いいね、と言い、凌駕は笑顔になる。あどけないと言ってもいいような、心から嬉しそうな笑顔。それを目にした途端、唯香は飛び上がりたいような気分になった。自分の姿を見て、凌駕が喜んでくれたことが嬉しくて、有頂天だった。

「みどりさん、衣装の色と質感、いいよ」衣装部屋に向かって声を張り上げる。

「ありがとうございます」みどりも衣装部屋から叫び返した。

凌駕がもう一度、唯香を見て、一つうなずく。

「監督、紹介してよ」という声がした。

ほっそりした男性が立っている。

「ああ、そうだな。こちらが市ノ瀬唯香さん、翡翠を演《や》ってもらう。で、こっちが溝口《みぞぐち》剛志《つよし》。翡翠の恋人の幹生役」

「唯香さんはさん付けで、俺は呼び捨て?」溝口が言う。

「有名人は呼び捨てにされるものなんだ」

溝口が、乾いた笑い声を上げる。

溝口剛志のことをテレビや映画で見て骨太な印象を受けていたのだが、実際は、思っていたより、ほっそりとした男性だった。

「よろしくお願いします。市ノ瀬唯香です」深々と頭を下げる。

「きみかあ、ふうん」

溝口はソファから立ってきて、唯香を上から下までじっくり眺めた。唯香はどうすればいいのか分からないまま突っ立っていた。

「五十嵐監督が惚れ込んだんだってね」

そんなことを言われても答えようがない。ただただ緊張して、唯香は体を硬くしていた。

「唯香ちゃん、こっち来て」

凌駕に呼ばれて、唯香はぎくしゃくと足を踏み出す。

キッチンである。大型の冷蔵庫。使い込まれたオーブン。先の方が少し焦げているミトンの形をした鍋摑み。木製の作業テーブルの上には、大小のボウルや泡立て器、麺棒、ゴムべら、薄力粉や強力粉が載っている。

「ここが菓子を作るキッチン。翡翠にとって最も大事な場所」

「はい」

唯香はじっくりキッチンを見回した。

ここか。

ここで翡翠はひたすら菓子を作り続け、何とか外の世界と繋がっていこうとしたのだ。生きる力を与えてくれるキッチン。翡翠にとっての心臓のような場所だ。

「どう？」いつの間にか溝口が隣にいた。「ここで作られる菓子が、幹生と翡翠を結びつけたんだよね」

「そうですね」唯香はまっすぐ視線を前に向けたままで応じる。

「感じる？」

「はい？」

「男と女の熱みたいなもの」溝口の口調が湿り気を帯びる。「きみと僕はここで欲望を刺激されるんだよ」言いながら唯香の手を握った。

「おい、溝口」

凌駕が割って入ろうとしたが、唯香はまったく気にしていなかった。キッチンの中央に立ったまま、耳を澄ましていた。実際に響いているのは冷蔵庫のモーター音しかなかったが、唯香の耳には翡翠の声が聞こえていた。翡翠が確かにそこにいる。

「唯香ちゃん」

凌駕の声ではっとする。同時に、溝口に手を握られていることに気付き、ぱっと振り払った。

「ひでえな」

溝口が苦笑いする。

「あ、すみません」

慌てて唯香は詫びたが、溝口は苦笑しているだけだ。凌駕が歩み寄ってきて、唯香の顔を覗き込む。

「大丈夫？」

「はい。大丈夫です」

「最初に撮るシーンは、翡翠と幹生が出会って初めてこの家に来て、キッチンでグラニテを食べるところだ。分かるよね？」

「はい」

凌駕は唯香をじっと見ていたが、やがて言った。

「ちょっとだけやってみようか」

「え？　クランクインはまだでしょ」と言ったのは溝口。

唯香は反射的に、はい、と答えていた。

このキッチンに入ったときから、演ずるのを躊躇《ちゅうちょ》する気持ちは微塵《みじん》もなくなっていた。心も体も全てが透き通っていくような感覚。自分が自分でないような、何かとても切羽詰まった衝動を覚える。

「きょうは、衣装合わせとスケジュールの打ち合わせじゃなかったの？　急に言われても困るんだよねえ。心の準備ってやつが要るからさ」溝口がぶつぶつ言う。

「試しにさ。ちょっとだけやってみないか。カメラは回さずに」

「ちょっとだけなら、まあ、いいけどさ」渋々といった様子で溝口が同意する。

リビングルームに集まっていたスタッフはもちろん、衣装部屋にいたみどりも、溝口と唯香の演技を見ようと顔を覗かせた。唯香と目が合うと、親指を立ててエールを送ってくる。

「じゃ、いいかな。翡翠がカフェに菓子を届けた帰りに幹生に声をかけられる。そして家に案内し、キッチンを見せる。冷凍庫の中のグラニテを幹生に勧める、という場面だ。台詞は頭に入ってるよね？」凌駕が言う。

「はい」と唯香。

「大丈夫だよ」と溝口。

「じゃ、キッチンに入っていくところから」

幹生と唯香はキッチンとリビングルームの境目に立つ。凌駕はリビングルームにあった肘掛け椅子を持ってきて腰を下ろした。

「いいかな。よーい、スタート」

＊＊＊

幹生と翡翠がキッチンに入っていく。

「ここかあ。きみが菓子を作っているのは」

「はい」

「見せてもらっていい？」

翡翠がうなずく。

「けっこう使い込んでるなあ、このオーブン。キッチンそのものが香ばしいよ」

テーブルの前に立ち、翡翠は幹生の様子を眺めているが、ふと思いついたように冷蔵庫に歩み寄る。冷凍庫を開けて、グラニテの入ったバットを取り出す。食器棚にあったガラスの容器をテーブルに置き、グラニテを取り分ける。銀のスプーンを添える。

「どうぞ」

「シャーベット？」

「グラニテっていうの。シャーベットよりざらざらしてる」

「食べていいの？」

「もちろん」

翡翠がうなずく。幹生がスプーンでひとすくい食べる。ゆっくり味わい、やがて幹生が顔を上げて翡翠を見る。

「うまい！」

「ほんと？」

翡翠が笑顔になる。

＊＊＊

「カット」凌駕の声が響いた。

その後に続く沈黙。誰一人として口をきかなかった。

唯香は最後に見せた笑顔の余韻をまだ残したままでいた。頬が上気し、胸の中も熱かった。たったワンシーンだけだったが、長距離走を終えた後のような、圧倒的な喜びが体の内側から湧き上がってきた。唯香は胸に手を当てて深く呼吸をした。だが、突然、部屋の中が静まり返っていることに気付き、何か自分がとんでもない間違いを犯したのではないかと不安になった。

考える必要もなくすらすらと口をついて出てきた台詞だったが、どこかで間違えたのか。それとも、もっと根本的な問題があるのだろうか。演技になっていなかったとか。

「あの……」

唯香が小さくつぶやいたとき、まだテーブルに座っていた溝口が口を開いた。

「監督、見てたよね？」

凌駕がうなずく。

溝口は両手で頭を抱え込んだが、すぐに勢いよく立ち上がり、スタッフの集まっているリビングルームへと歩いていく。まるで腹を立てているような荒々しい足取りに、唯香の不安は高まる。

私のどこがいけなかったのだろう。

そのとき溝口のつぶやく声が聞こえた。

「まいったな。俺、あの子に食われちまうかもしれない」

「唯香ちゃん」

その場の雰囲気を破るようにみどりが高い声を上げ、唯香に走り寄ってきた。

「すごい、すごい、すごい、すごい」

みどりは唯香の両手をとって、上下に何度も振る。

「え？　え？」

唯香はわけが分からず、されるままになっていた。凌駕が歩み寄ってきて、唯香の前に立つ。

「まだぎくしゃくした部分はある。直した方がいいところもね。でも、翡翠だった。確かに翡翠だったよ」

「そうよ。すごくよかった。初めての演技だなんて信じられない。私、これでもいろんな現場に立ち合ってきたからわかる。唯香ちゃんの翡翠、めちゃめちゃいい。あれだけしか台詞がないのに、存在感がすごい。それに最後の笑顔」と言って、みどりがぱちぱちと瞬きをする。

他のスタッフからも、ああ、とか、確かにね、といった声が聞こえてくる。

「あの笑顔、見てる者の心までとろかしちゃう」

「クランクインが楽しみだ」凌駕が言う。

周囲の人々がうなずき、いつの間にか何かを言い交わす声がざわざわと大きくなり、それはやがて笑い声へと変わっていった。

第三章

1

以前から打診されてはいたものの、あまり乗り気ではなかった『カフェ経営者によるカフェ探訪』というグルメ雑誌の企画に、急遽、万里が応じることにしたのは、探訪する先がかつて夫と一緒に訪れた懐かしい京都であるということもあるにはあったし、ちょうど葛城が京都のコンサートホールで演奏会を行うと聞いていたこともあったが、一番大きな理由は、ほんの短い間でもいいから東京を離れたい、はっきり言えば、唯香と顔を合わせたくないということだった。

午前十時の新幹線で東京を発《た》った。昼食は車内販売の弁当で済ませ、一人でのんびりと風景を眺める。雑誌の編集者は一足先に京都に行っており、向こうで落ち合うことになっていた。

新幹線の中は無機的な印象である。機能重視の空間というのが、本来、万里は好きではない。ちょっとした無駄、遊び、不必要だと分かっていても棄《す》てられない何か、そういったものが集まって醸し出される独特の雰囲気を愛している。万里の自宅も経営するカフェ『ラ・ブランシェット』も、さほど必要とは思われない雑貨や、草花、古いソファなどが大きな顔をして居座っているのは、そのせいだった。

けれど、今はこの無機的な空間が心地よい。ようやく日常から遠ざかったのだと実感できる。

ここのところ、家にいるのが苦痛だ。何かが決定的に変わってしまった。と言っても、表面上はこれまで通りの生活が続いている。もともと唯香は自分の部屋で音楽を聴いたり、DVDを見たりしていることが多かったし、万里も仕事で昼間は出かけているわけだから、顔を合わせ、話をするのは夕食のときくらいだ。以前は、その食事の時間がとても楽しみだった。唯香と他愛ないお喋りをしながら飲んだり食べたり。ときどきテレビを見ながら二人して芸能人の品定めをしたり、お互いの好みを誉めたりけなしたり、そんなことが楽しくてならなかった。

なのに、今は……。

食事の間、唯香はほとんど口をきかない。

葛城夫妻との会食のあとも万里は映画出演についてすんなりオーケーする気になれず、唯香には向いてないと思う、やめておいた方がいい、といった言葉をひたすら繰り返したのである。

「私には唯香が傷つくのが目に見えるようなのよ」と言う万里に、「大丈夫、頑張るから」と最初は応じていた唯香だったが、あまりに万里がしつこかったからだろう、しまいには、「凌駕さんの映画に出ると決めたの、自分のことは自分で責任を持つ、放っておいて」と言い放った。

「だったら勝手にしなさい」と万里が高い声で言い返しておしまいになった。

その後、万里と唯香が以前のようにお喋りを楽しむことはなくなってしまった。

撮影に入る前の準備段階の頃は、緊張のせいか、映画に出ることに対する迷いもあったのか、唯香は食事もあまりとらなかった。しかし、いざ撮影に入ってからは、まるで人が変わったように、よく食べるし、瞳に力が加わった。いつも頭の中に映画のことがあるらしく考えに耽《ふけ》っていることも多いし、ぶつぶつ独り言を言っていることもある。それは決して苦しんでいるわけではなく、ゲームに夢中になった子供が攻略法を考えているような様子なのだった。撮影現場の充実した様子がうかがわれ、万里はほっとするどころか、置いてきぼりにされたような焦りを覚えてしまうのだった。

唯香がどんどん一人で歩いていってしまう。

追いかけなくちゃ。早く追いかけなくちゃ。そんな思いに捕われていた。

だが、少しでも唯香との距離を縮めたい一心で、映画のお仕事はどう？　と万里が訊くと、唯香は言葉を押し出すようにして、ぼちぼちね、と答えるだけなのである。

「ぽちぽちじゃ分からないでしょ。ちゃんとやっているの？　唯香にできるの？」など
と苛立《いらだ》った口調で訊いてしまう。まるで問いただすように。

「やってるよ」唯香はむすっとして答える。

「ほんと？」

「嘘だと思うなら、凌駕さんに訊いてみれば？」

と言われたりすると、挑戦状を叩きつけられたような気持ちになる。

この娘は、凌駕と私のことを知っているのではないか、と思ってしまう。まさか、会いたくても会ってもらえずにいることまでは分からないだろうけれど。

映画の仕事に入ると、凌駕は他のものが見えなくなる。万里にも連絡をくれなくなる。こちらから電話をしても、しばらくは集中したいからと言われておしまい。今までもそうだった。何も今回に限ったことではない。一時のことだ。仕事が一段落すればまた普段の凌駕に戻り、食事に行こう、飲みに行こう、部屋においでよ、と万里を誘うに決まっている。そう。決まっているのだ。なのに、今回はこんなに不安になる。

もしかしたら、もう二度と凌駕に会えないのではないか、必要とされないのではないか。

今、凌駕の心の中には唯香が住みついている。それはもちろん、映画のヒロインとしての唯香、翡翠という少女としての唯香だ。それ以上ではないはず。

でも、もしも映画の撮影が終わっても、唯香が凌駕の心の中から消えていかなかったとしたら?

そうしたら私はどうなるのだろう。

その想像が、あながち起こりえないことではないと万里には分かっている。

凌駕は若く、唯香はさらに若い。

ああ。

涙の衝動に襲われそうになって、万里は慌てて瞬きを何度か繰り返す。それまで以上に熱心に車窓の風景を眺める。

娘と自分の年齢を比べて絶望感に襲われるなんて、救いようもなく愚かなことだ。分かっている。けれど考えてしまう。

もし私が若かったら……。二十代とまではいかなくても、せめて三十代で、凌駕と釣り合う程度に若かったなら、唯香のような小娘が凌駕に近付いてきたところでいちいち不安に駆られたりなどせず、もっと自分に自信を持っていられたのではないだろうか。

唯香と比べて、今の自分が優位に立てることが何かあるのだろうか。年齢を重ねた落ち着き? 経験? 凌駕の甘えや勝手さを許すことのできる懐の深さ? そんなもので、数限りなく挙げることのできる衰えを補うことができるのだろうか。

それに問題は、衰えているのが外見だけではないということでもある。感情や感覚の瞬発力のようなもの。今の万里には、未知の世界に飛び込んでいく唯香の思いきりのよさも、強い意志もない。もしかしたら人を愛する力さえも、衰えているのではないかと思うことさえある。自分の心をいっぱいにしているのは、愛情というよりは執着と呼んだ方がいいものなのではないかと。

考えれば考えるほど、気持ちが沈んでいく。

東京駅を出て二時間二十分。京都駅に着いた。

今夜、宿泊する予定のホテルに向かう。ロビーで編集者と待ち合わせている。エントランスを入ると、ソファに座っていた女性が万里を見て立ち上がった。編集者の白坂《しらさか》である。

「こんにちは。お待ちしていました」

白坂が笑みを浮かべて近付いてくる。ほとんど同じタイミングでベルボーイもやってきて、万里の荷物を持ってくれた。宿泊予定であることを告げて荷物を預ける。

「本当でしたら、まず一息ついて頂きたいところなんですけれど、時間があまりないものですから。早速ですけれど、これからすぐに四条烏丸《からすま》に向かってもよろしいでしょうか。カメラマンは先に向こうに行っております」腕時計にちらりと目をやりながら白坂が言う。

「分かりました」

ホテルの車寄せでタクシーに乗り、一軒目の取材先に向かう。きょうは二軒のカフェを訪れる予定である。

「お天気が良くて何よりでした」白坂が言う。

「本当に」

「今回の仕事をお引き受けくださって、ありがとうございます、京都のカフェを市ノ瀬さんにレポートしていただけたら、すごくいい特集になるなってずっと思ってたんです。午前中に一度、カフェに行って打ち合わせしてきましたけど、なかなか雰囲気のいいお店でしたよ」

「楽しみですね」

「そう言っていただけると嬉しいです。楽しんでくださいね。市ノ瀬さん、京都はよくいらっしゃるんですか。私は五年ぶりですけれど。やっぱりいいですね、この町は緑がきれいです」

流れるように続く白坂の言葉を聞いているうちに、目的地に着いた。

運転手に料金を支払うと、ここです、ここです、と言って白坂が先に店に入っていく。京都の町家をそのまま使ったというカフェの外観をもう少しゆっくり眺めたかったのだが、後回しにすることにして万里もあとを追った。

ドアを開けると、飴色《あめいろ》の家具に迎えられた。コーヒーの馥郁《ふくいく》とした香り。一瞬、立ち止まり、万里は周囲を見渡す。

生活の歴史。大事にされてきた建物だけが持ちうる安定感のようなもの。こういった場所でカフェを営むことのできる幸せを思う。

「いらっしゃいませ」と声をかけてくれた店員が白坂を見て、ああ、と言いたげな顔でうなずいた。

「先ほどはどうも」と言いながら、白坂は店の奥へと入っていく。

万里も店員に小さく頭を下げてから続いた。

奥が小さな個室になっている。個室と言っても、周囲はガラス張りで、外から中が見える。間接照明に照らし出された温かな空間に、ジーンズにTシャツ姿の若い男性が座っていた。

「カメラマンの安藤です」

白坂が紹介すると、安藤は立ち上がり、よろしくお願いします、と言って頭を下げた。

少し長い髪と強い目の光が、凌駕と重なる。もう一度、見直してみると、安藤は凌駕よりも若く、線が細く、目が合うと、にこっと笑ってみせる程度には愛想が良く、凌駕には全然似ていない。映画監督とカメラマンという、ざっくりとしたくくりで言えば同じ業界で仕事をしている男性という共通点しかないのに、すぐに凌駕と重ねて考えてしまう自分に万里は呆《あき》れ、苦笑した。

個室のドアがノックされ、初老の男性が入ってきた。

「あ、店長」

白坂が立ち上がり、早速、万里のことを紹介する。

「よろしくお願いします」と店長が言う。

「こちらこそ、よろしくお願いします。京都ならではのすてきなお店ですね」

「ありがとうございます。どうぞゆっくりなさってください。コーヒーは何をお持ちしましょうか」

「グァテマラを」

「承知しました」

店長は個室から出ていった。

「安藤くん、市ノ瀬さんにどこに座ってもらえばいい？」白坂が訊く。

「えーと、そっち側の椅子に、少し斜めに」安藤が言う。

声も喋り方も凌駕とはまるで違う。安藤は凌駕ではない。しつこく万里は確認する。

言われた通りに椅子に座ったつもりだったが、もう少し右、体の向きを斜めになどと指示を受ける。

「今、コーヒーがきますから。コーヒーを飲みながら市ノ瀬さんのお写真を撮らせてください。そのあと、このお店についての感想など、思い付くままでけっこうですからお話しください。その内容を私の方でまとめさせていただきます」

必ずしも、同業者として経営サイドから店を見る必要はなく、一人の客としてカフェを訪れた感想を述べればいいという。

頼んだコーヒーが運ばれてきた。撮影開始である。お世辞抜きに、とてもおいしいコーヒーだった。

「市ノ瀬さん、本当においしそうにコーヒーをお飲みになりますね」と白坂に誉められながら撮影が続く。

その後、白坂と雑談を交わすようにして、カフェの印象について語り合う。雑誌で取り上げる以上、誉め記事というのは最初から決まっているのだが、誉め言葉に少しも無理はなかった。受けた印象をそのまま言葉にする。店に入ったときに感じた、ずっと大切にされてきた建物でカフェを営める幸せが羨ましいといったことを。

インタビューが終了し、店長に礼を言ってから、二軒目へ向かう。

嵐山駅の近くの、観光客でにぎわう通りからちょっと引っ込んだところにある和風カフェである。靴を脱いで上がる。畳に絨毯《じゅうたん》敷きの店内。テーブル五つほどの小さな店である。

和風と言っても、サービスされるメニューは和を意識したものではなく、コーヒーや紅茶とシフォンケーキが中心。

こちらの店長は最初の店とは違って、たいへんなお喋りだった。白坂と万里を相手に店のコンセプト、店を立ち上げるまでの苦労、シフォンケーキにどうやってオリジナリティを出したかなどについて滔々《とうとう》と語り始めた。万里は相槌《あいづち》を打ったり、こちらの白ゴマと黒ゴマのシフォンケーキは独特ですね、友達のお家《うち》に遊びに来たみたい、などと短いコメントを挟んだだけだったが、記事にするには、それで十分だと白坂から早々にオーケーが出た。

「お疲れさまでした」店を出て、白坂が改めて万里に言う。

「ありがとうございました」

万里も白坂とカメラマンの二人に向かって頭を下げる。カフェ二軒を訪れ、コーヒーを飲み、ケーキを食べただけなのだが、大仕事を終えた気分である。

「市ノ瀬さんはホテルに戻られますか」白坂が訊いた。

「そうですねえ」時計に目をやると、午後五時を過ぎていた。「今晩、北山のコンサートホールに行く予定なんです。六時半開演のコンサートに友人が出演するので」

「あら、そうなんですか」白坂も時計に目をやり、少し考える顔になる。「直接いらっしゃいますか。時間的に微妙ですけど」

本当はホテルに戻って着替えたかった。けれど、それをしていたら、ホールに着くのが開演時間ギリギリになってしまうかもしれない。仕事用のスーツでも構わないだろう。

「そうですね。直接、向かうことにします」

うなずくと白坂は通りに向かって手を挙げて、タクシーを止めた。

「市ノ瀬さん、きょうはありがとうございました。またご連絡致しますね」

早口で言い、万里を車に乗せ、深々と頭を下げて見送ってくれる。万里も窓越しに頭を下げた。

シートに背中を預け、ほっと息をつく。慣れないことをすると、やはり疲れる。緊張もしたし、段取りがよく分からず、もたついてしまう場面もあった。けれど、仕事をしている間は、他のことに気持ちを煩わされずに済んだ。唯香のことを思い出す暇もなかった。

運転手に尋ねると、嵐山から北山のコンサートホールまでは、二十分余りだということだった。少し時間に余裕があるので、運転手に頼んで花屋に寄ってもらった。小さめの花束を作ってもらい、タクシーに戻った。

ホールの入り口に『クレセント交響楽団、チャイコフスキーの夕べ』と大きく案内が出ている。常任指揮者である葛城の写真入りポスターも掲示されていた。指揮棒を大きく振り上げた葛城の横顔。眉根を寄せ、一点を見つめている。何かを必死で求め、見つけようとする瞳。厳しく、険しい表情は、万里が知っている陽気で優しい葛城とは別人のようだ。

この間、葛城が電話をくれた。唯香ちゃん、順調のようだね、と言って。映画出演を後押ししたことで責任を感じたのだろう。ときどき唯香にも連絡をとって、状況を確認してくれているらしい。多忙な葛城にそんなことまでさせていると思うと心苦しいのだが、その一方で、実際、唯香の背を押したのは葛城夫妻なのだから、そのくらいのことは当然だと思う気持ちもなくはなかった。

「順調なのかどうなのか、よく分からないの。唯香は、私にはあまり話してくれないから」

万里がこぼすと、

「そうか。万里さんには黙っておいて、あとでびっくりさせるつもりなのかもしれないね」と言った。

「そんなポジティブな理由じゃないと思うわ。映画に出るなんて不安だろうし、怖じ気づいてもいるはずなのに、あの子は何も言わないの。そんなことを口にして、そら、見たことか、と私に言われるのを恐れているみたい」

「かもしれないね。唯香ちゃんが弱音を吐いたら、ここぞとばかりに万里さんは、だったらやめなさいと言うんだろう？」

「たぶん」

「だったら弱音なんて吐けないよ」

「それはそうよね。分かるけど、唯香と話をしていると、いつも大事な事柄の周りをぐるぐる回っているだけで、直接、触れることができない。そういうのが耐え難いの。あの子と向かい合ってご飯を食べるのも苦痛。バカみたいでしょ。母娘で、牽制し合っているみたいなんだから」

「僕としてはなんとも言いにくい立場だね。二人の気持ちが分かるから。万里さん、旅行でもして、気分転換してみたら？」

「旅行？」

「うん。よかったら京都のコンサートに来ないかな。六月の終わりに京都でうちのオケの演奏会があるんだけど」

カレンダーを見ながら、万里はぼんやり考えた。そういえば、雑誌社から打診されていた仕事があったなと。それで葛城に言ったのだ。カフェ探訪の仕事で京都に行きませんか、と言われていることを。

「是非、おいでよ。ついでにコンサートにも足を延ばしてくれたら嬉しい。チケットを送るよ」

葛城の謙虚さには、いつも頭が下がる。常任指揮者という立場にあり、高い評価を得ているにもかかわらず、コンサートにも足を延ばしてくれたら嬉しい、などという控えめな誘いをごく自然に口にできるのだから。同時に、自分の不遜さにも呆れる。カフェ探訪の仕事のついでなら、コンサートに行ってみてもいい、と言っているようなものだったから。葛城が怒らないのが不思議だった。

ともかく、そんなやり取りから、今回のカフェ探訪の仕事を万里は引き受けたのだし、今、こうしてコンサートホールを訪れたわけである。

北山のコンサートホールは新しく、とても美しい。

円形のエントランスロビーの床は、色合いの違う何種類かの大理石が寄木細工のように組み合わされ、巨大なパズルにも思える。細く長い柱の数々、高い天井に囲まれた空間は、無限の広がりを感じさせる。二階のホール入り口へと誘うスロープは、ロビーを取り囲むように配置され、壁には歴代の指揮者やソリストの写真が飾られている。

エントランスロビーの傍らにコーヒーショップがある。開場までまだ少し間があるのでそこで時間を潰そうかと思ったが、さすがにもうコーヒーを飲む気にはなれない。万里はぼんやりとロビーを歩いた。

開場時間より前に訪れた少し気の早い観客たちが数人いて、連れと雑談を交わしたり、スロープをゆっくり上ったり下りたりしている。が、あくまでもそれは数人だし、着ている服もちょっとした外出着といった程度で、東京のホールで行われるコンサートのように、完璧にフォーマルな装いに身を包んだ男女が、開場前から列をなしているのとはまるで違っていた。のどかなのである。

コンサートのときのためにと、ブラックの皺にならない合繊のロングドレスを旅行鞄《かばん》に入れてきた万里だったが、仕事用のスーツでよかったと思う。フルレングスのドレスは大げさすぎる。このホールでは、身構えず、日常の続きのように音楽を楽しむのがいいようだ。

きっと葛城はいい指揮をするだろう、と突然、確信した。ここで、このホールでくつろいで、伸びやかな演奏を。もちろん、適度な緊張感は保ちつつ。

思った途端、胸がきゅっと締め付けられ、動悸《どうき》が激しくなる。今頃は楽屋にいる葛城の気持ちに同化できたような気がした。

きっと彼は楽しみにしている。きょう、ここで演奏できることを。

開場の時間になったようだ。二階ホールの入り口に係員が現れ、ドアが開けられる。

「あなた、時間みたい」

万里のそばにいた女性が、夫らしき男性を肘でつついた。

ああ、と男性が応じ、二人は二階へ向かう。万里もあとについてスロープを上がっていった。

『チャイコフスキーの夕べ』と銘打ったコンサートだから、プログラムはすべてチャイコフスキーである。前半は、幻想序曲『ロメオとジュリエット』、後半は交響曲第四番が演奏された。二度のアンコールは、『エフゲニー・オネーギン』より『ポロネーズ』と、『くるみ割り人形』から『花のワルツ』。

それでもまだ拍手が鳴り止《や》まない。

再び葛城がステージに現れた。拍手が大きくなる。客席に向かって葛城は深くお辞儀をした。身を起こすと、彼は両手を大きく広げ、オーケストラを讃《たた》える。それに応えるように再び拍手がホールを満たす。

タキシードはしわになり、髪も乱れているが、葛城はこれ以上ないほど堂々としていて、格好がよかった。万里は誰にも負けないほど熱心に拍手を送る。一瞬、葛城がこちらを見たような気がした。万里の席は前から七列目の中央で、ステージからも目に入りやすい。万里は手を少し高く上げて、もう一度、拍手をした。

葛城が優雅な動作で、丁寧に一礼をし、袖に下がっていく。客席のライトが点灯された。

拍手が止み、どこからともなく満足げなため息や、よかったわね、うん、と控えめに感想を伝え合う声が聞こえてくる。

温かな幸福感に包まれる。誇らしさにも。そして、そこには微《かす》かな羨望も混じっている。自分自身は、常に表現する人のそばにいるだけの人間なのだと思い知らされる。葛城も凌駕も、そしておそらくは唯香も、表現することを仕事とし、その喜びを掌中にする。けれど、私は傍らで拍手を送り続けるだけ。

葛城の妻の寿々子は、何度もこういう気持ちを味わったことがあるのだろう。そばにいる誰かを讃え、応援し続ける喜びと辛《つら》さ。辛さや羨望など微塵も見せることなく、静かに葛城に寄り添っている寿々子は勁《つよ》い人なのだと改めて思い、次の瞬間、考える。もしも唯香がすばらしい演技をしたとして、その映画を見たときに今と同じような、あるいは今以上の幸福感や誇らしさを感じ、娘を讃えることができるだろうか。

できると言い切る自信がない。娘の成功を妬んでしまいそうな未来の自分が透けて見えるのが、情けなく、悲しかった。

途端にうっすらとした憂鬱が万里を覆う。それを払いのけるようなつもりで、万里はさっと席を立ち、ホールの通路を進んで楽屋に向かった。楽屋へ続くドアの前で、係員に葛城の友人だと伝える。

「少々、お待ちください」係員は葛城の楽屋に向かい、少しして戻ってきた。「どうぞ。こちらです」

人の波。想像以上にごった返している。間を縫うようにして進み、葛城の楽屋のドアをノックした。

「どうぞ」

ドアを開けて一歩中に入ると、やあ、と言って葛城が微笑みかけてくる。が、彼の前には新聞記者とカメラマンらしき男性がいて、インタビューの最中のようだ。他にも何人か、オーケストラのメンバーらしき人々がいた。

「ごめんなさい。お邪魔だったかしら。お忙しそうね」

万里が言うと、邪魔なんてことはないよ、でも、ゆっくり話せそうにはないな、と葛城が本当に済まなそうな顔をした。

「コンサート、すばらしかったです」

「来てくれてありがとう」

「特に『ロメオとジュリエット』」

「そう?」

「ええ。すごく良かった。これ」花束を差し出す。

「ありがとう」

葛城は受け取り、「万里さんの方の仕事は?」と訊く。

「なんとか無事に終わりました」

「なら、よかったね」

「おかげさまで」

「葛城先生、すみません。質問を続けてもよろしいですか」記者が言う。

ちょっと待って、と記者に言い、

「せっかく来てくれたのに申し訳ない。きょうは、このあとも打ち上げやらなんやらあってね」と万里に向かって言った。

「気にしないでください。一言、お礼を言いたかっただけなんですから。きょうは、本当にありがとうございました。じゃ、これで失礼します」

万里が出て行こうとすると、葛城が、万里さん、と大きな声で呼び止めた。

「明日、朝ご飯を一緒に食べよう。Hホテルだったね？　連絡するよ」大声で言う。

その場にいた人が皆、万里を見る。万里は気恥ずかしかったが、葛城は平気な顔だ。

「明日ね」と念を押してくる。

小さくうなずいて、万里は楽屋をあとにした。

2

朝ご飯を一緒に食べよう、と言われたものの、何時にどこでという具体的な約束はしていない。

万が一、早い時間に葛城から連絡が入った場合に慌てたくなかったので、万里は目覚まし時計を七時にセットしておいた。

その時間に起き、シャワーを浴びて、髪を整え、軽く化粧をした。着替えの服は最小限しか持ってこなかったので、昨日と同じスカートにトップスだけ柔らかな色合いのものに変える。八時過ぎには準備完了。まだ葛城からの連絡はない。

打ち上げがあると言っていたから、昨夜は遅くまで飲んでいたのだろう。コンサートを終えた疲れもあるだろうし、そんなに早く起きるわけがない。朝食を一緒にと彼は言ったが、実際のところ、昼に近い時刻になるのではないだろうか。早起きして急いで準備をしていた自分が滑稽だ。

昨夜の演奏会を思い出す。

クラシック音楽はきらいではないが決して詳しいわけではない万里には、たとえば同じ曲目を演奏しても、指揮者によって、オーケストラによってまるで違うものになると言われるが、どこがどう違うのかよく分からない。好きな演奏と、余り好きではない演奏があるだけだ。昨夜の演奏は、とても好きだった。ホールを満たす音は温かく、力強く、どこにも不安定なところのない落ち着いた演奏だったと思う。葛城という人物そのもののように。

などと思っていたら携帯電話が鳴ったので驚く。もしもし、と言って受話器を取ると、おはよう、というのは紛れもなく葛城の声だった。

「おはようございます」

「起きてたかな?」

「もちろん。葛城さんこそ、早いですね。お疲れでしょう？」

「いやいや。万里さんと朝飯の約束をしたのに、寝坊するバカはいないよ」

「二日酔いじゃないんですか」

「まさか。度を越して飲むほど若くないよ」

「昨日の指揮をなさっている姿は、とても若々しかったけど」

「ありがとう」

「今、どちら？」

「タクシーだよ。そっちに向かってる。十五分くらいで着くよ」

「あら」

「その『あら』は、どういう意味？」

「あら、びっくり」

「早すぎたかな」

「いいえ。私の方はとっくに準備万端でしたから」

葛城が軽く笑い、じゃ、着いたら連絡を入れる、と言って電話を切った。

準備万端だったというのは本当なのだが、いざ葛城がやって来るとなると、なんだか十分ではない気がして、もう一度、洗面所の大きな鏡でおかしなところがないか確かめる。髪が気に入らなくて、ドライヤーのスイッチを入れ、ブローをし直した。

どこで朝食をとるのかは分からないが、すぐにチェックアウトできるように荷物もきちんとまとめておく。

何度も一緒に食事をしたことのある葛城だが、今までは葛城の妻や唯香が一緒のことが多かったし、たとえ二人きりの食事だったとしても、それは葛城がラ・ブランシェットを訪れてくれたときに、店の隅のテーブルで、店の方はうまくいってるかい？　などという質問に答えながらのものだった。こんなふうに旅先で朝食を一緒にするのは初めてである。そのせいだろうか。なんだか落ち着かない。

電話を待っているのも手持ち無沙汰だったので、万里は早めに一階に降りた。入り口を見渡せるロビーのソファに座る。待つほどもなく自動ドアが開いて、葛城が大股で入ってきた。万里はさっと立ち上がり、軽く手を振る。気が付いて、葛城が笑顔になる。

「おはよう。お腹がすいたね」というのが彼の挨拶だった。

「おはようございます」万里は丁寧に応じた。「お食事、どこで？」

「ここのホテルで食べようか。食べながらきょうのプランを相談するってのは、どうかな。万里さん、きょうは何か予定ある？　何時の新幹線で帰るの？　どこか行きたいところは？」

朝食をとりながら相談しようと言ったくせに、矢継ぎ早に質問を重ねてくる。万里がちょっと笑うと、葛城も苦笑し、まずは食事だったね、と言った。

一階にある広々としたレストランに入った。和洋の朝食がビュッフェ形式でサービスされている。葛城も万里も洋食メニューの方に並び、ベーコンやソーセージ、スクランブルエッグ、グリーンサラダとパン、フレッシュジュースを取ってテーブルについた。皿にとった料理の種類は似たようなものだが、量は葛城の方が倍もある。ベーコンも卵もサラダもパンもそうだった。

「朝からたくさん召し上がるのね」

万里の言葉にうなずき、

「僕の仕事は体力勝負だから。コンサートの翌朝はものすごく空腹なんだ。いただきます」と言って早速食べ始める。

葛城が食べることが好きな人だというのは知っていたが、朝からこんなに健康的な食欲を見せつけられると、まるで若い男性と、はっきり言えば凌駕と一緒にいるような錯覚に捕われて、胸が苦しくなる。

凌駕と一緒に朝食をとったのは数えるほどだ。唯香が夏季キャンプや修学旅行に出かけているときに、彼のマンションに泊まったことがある。朝、ジャーに残っていたご飯と卵でオムライスを作ったら、うまいうまいと喜んで凌駕は万里の分まで平らげてしまった。あのときの嬉しい驚き。

「万里さんもしっかり食べた方がいいよ」

「食べてますよ」

「それじゃあ少なすぎるよ。普段の倍くらい食べた方がいい。京都は歩いて回るに限るからね。途中で弱音を吐かないように」

きょうの予定を相談する前から、歩いて京都観光をすると決めているのだった。

「私はどこを歩くことになるんでしょう?」

万里が尋ねると、葛城は迷う様子もなく、嵯峨野《さがの》に行こうか、と言った。


竹林を歩いていく。

嵯峨野のちょっと外れにある大河内《おおこうち》山荘が好きなんだと葛城は言う。どうやらそこに向かっているらしい。

「行ったことある?」

「ないわ。前に来たとき、気にはなったけど、横目で見ながら通り過ぎてしまったの」

「もったいない」

これまで何度か京都を訪れていたが、それはいずれも夫が生きていた頃のこと。十年以上も前だ。夫が亡くなってから京都を訪ねたのは、今回が初めてである。

唯香が中学の修学旅行で京都に出かけた。自由時間に、お友達と大原の辺りを歩いたんだと嬉しそうに話していた。その話を聞いたときに懐かしくなって、私も京都に行きたいな、今度一緒に行きましょうよ、と誘ったのだが、唯香はどうせなら沖縄の方がいいと言った。

それで京都旅行ではなく、母子で沖縄へ。

京都とは縁のないまま過ごしてしまった。と言うか、一人でこの町を訪れる気持ちになれなかった。かつては、どこに行くにも夫任せで、万里はあれが見たい、これが食べたいと希望を伝えるだけでよかった。一人で名刹を訪れたり、湯豆腐や和菓子を食べたところで、寂しいだけ。夫がいた頃を引き寄せて孤独に追いやられるだけ。それならわざわざ出かけて行くこともない。いつか、凌駕が一緒に行こうと誘ってくれるかもしれない。そのときを待っていようと思っていたのだ。

それが今、万里は凌駕ではなく葛城とともに嵯峨野を歩いている。

大河内山荘の受付でチケットを買い、緩やかな坂道を上って行く。時代劇の名優、大河内伝次郎《でんじろう》が私財を投じて造った私的な庭園である。

緑に囲まれた美しい小道をしばらく行くと、少し開けた場所に出る。正面に見える和風建築は、大河内伝次郎が別荘として使っていた場所らしい。庭の一角に、緋毛氈《ひもうせん》の敷かれた縁台が置かれていた。

「あっち側を向いて座ると、嵐山を眺めることができるんだよ」

言いながら、今歩いてきた方角を振り返る格好で葛城が腰を下ろした。万里もそれにならう。深い山の緑が、目に痛いほどだ。

「京都で演奏会があると、翌日はよくここに来るんだ」

「お気に入りの場所？」

「そうだね。人気《ひとけ》がなくて静かだし、反省するにはいい場所だからね」

「反省するの？」

「そうだよ。僕のような仕事は日々、反省だ」

「あら」

「そんな意外そうな顔をしなくたっていいだろう。こう見えても僕は、非常に内省的な人間なんだよ」

万里が首を傾げる。

「何？」

「内省的だっていうのは、主張することじゃないような気がして」

「それもそうだね」葛城が笑う。

「昨夜の演奏会に伺って、葛城さんが羨ましくなりました」

「なぜ？」

「人を感動させられるのは、神様に選ばれた人だけなんだなあって思って」

葛城は少し考えてから言う。

「感動の種類にもよるよ。人はおそらく、身近にいる誰かの笑顔に一番感動を覚えるんじゃないのかな。日常の中に埋もれて、気付かなくなっているかもしれないけどね」

笑顔、と万里は思う。唯香の笑顔。こちらの心を隅から隅まで明るくしてくれる笑顔。

「その後、唯香ちゃんはどう？」と葛城が訊いた。

「映画に夢中になってるのは確かね。あとのことは分からないわね」

「相変わらず、仕事のことを話さないの？」

「訊けば、ぼちぼちよ、なんて言うだけ」

「ぼちぼちか」

「そう」

「うまくいってるってことかな」

「たぶん。日に日に、あの子、元気になるもの」

「頼もしいね。忙しいんだろ？　唯香ちゃん」

「土日はほとんど家にいないわ。帰って来るのも遅いのよ。この間なんか、夜十時近かったの。平日も夜遅くまで自分の部屋で何かやってるみたい。台本を読み込んでいるのか、演技の練習をしているのかは知らないけど」

「感心じゃないか」

「ええ、まあね」

「あまり嬉しくなさそうだね」

「なんだか最近のあの子、別人みたいなの。心ここにあらずで」

「そういう気持ちは分からないじゃないね。僕も新しい曲にかかると、他のことを一切考えられなくなる」

「葛城さんの場合は、それがお仕事だから」

「唯香ちゃんだって」

「あの子は違うわ。華やかな世界に出て、周りの人からちやほやされたりして、自分がものすごい人間だって勘違いしちゃってるんじゃないかしら」

「そんなことはないだろう。唯香ちゃんは賢い子だよ」

「まだ子供よ。心配なの」

「気持ちは分かるけどね。しかし、心配ばかりしてたってしょうがない。唯香ちゃんが一生懸命取り組んでいるんだから、応援してあげた方がいいよ」

「分かってるんだけど」

「本当に分かってる？」

葛城が万里の顔を覗き込む。万里は小さくうなずいた。

夫が亡くなって以来、唯香だけが万里の家族だった。宝だった。支えだった。生き甲《が》斐《い》だった。本当にすべてだったのだ。

自分が唯香に執着しすぎているというのは、分かっている。小学生だった唯香が林間学校に行ったときは寂しくてたまらなかった。お友達の家に泊まりたいと言われたとき、何と答えたのかは覚えていないが、結果としてそのプランを取りやめたところを見ると、万里が難色を示したのは間違いないようだ。中学二年生の夏休み、仲良しの友達と一緒にオーストラリアに短期留学したいと言われたときは、娘の向学心とチャレンジ精神を尊重しなければならないと思いつつも、万里は恐怖に青ざめたのだった。十代の娘を、たとえ短期留学とはいえ、オーストラリアにやるなんて、とてもではないが耐えられそうもなかった。そのときも唯香は短期留学を諦め、万里のそばに残ったのだった。

あれから数年経ち、唯香は今、十七歳。義務教育を受けていた頃とは違う。いつまでも自分のそばに引き留めておきたいと思ってはいけない、そんな権利はない。そのくらい、万里だってよく分かっている。万里だって心の準備をしてきたつもりだ。唯香を少しずつ手元から放すための、そして自分が子離れするための。

もしも、十七歳の唯香が留学したいと言ってきたとしたら、万里は受け入れただろう。心配も不安もあるが、いってらっしゃいと送り出したことだろう。

けれど、唯香が望んだのは、万里が思ってもいないことだった。

よりによって凌駕の映画に出たいだなんて。

これまで何度となく心の中でつぶやいてきた繰り言だった。

凌駕も凌駕だ。なぜ唯香を自分の映画にと望んだりしたのか。

凌駕の映画に出るということは、それも主役として出演するということは、撮影が続いている間、唯香が凌駕の一部になるということ。凌駕にすべてを所有されるようなものだ。

唯香は夢中になっている。映画に出演するということについてなのか、凌駕に対してなのか、本人も定かには分かっていないのだろう。万里にだって判断がつかない。けれど、娘があんなに瞳を輝かせ、憑《つ》かれたように何かに夢中になっているのを今まで見たことがなかった。

最近の唯香は、少し痩せたのかこれまでよりも大人びて、意志的な表情をするようになった。それがまた万里の不安を煽《あお》る。唯香が離れていってしまう。離れていくだけではない。どんどん凌駕に近付いて行ってしまう。

いったいどうしてこんなことになってしまったのだろう。

「どうしたの。そんなに難しい顔をして」葛城が訊く。

「唯香のことを考えると、こういう顔になっちゃうの」

「困った人だね」

「自分でもそう思う」

葛城の目に、今の自分は娘べったりのだめな母親に映っているだろうと思う。一方で、どんなふうに思われようと構わないという気もする。今さら取り繕ったところで、万里の考えていることなど葛城はすべて分かっているはずだ。

「そんなに心配なら、見に行ってみたらどう？」

「見に？」

「うん。撮影現場に母親が差し入れを持っていくのは、別におかしなことじゃないだろう？　うちのオケなんかでも、練習のときに若い楽団員の母親が差し入れを持ってきてくれたりすることがあるよ」

撮影現場を見に行く。

思っただけで、胸の鼓動が激しくなる。

どんなふうなのだろう。撮影現場での唯香は。そして凌駕は。

「私が行って、迷惑じゃないのかしら」

葛城が苦笑する。

「万里さんは変なところで腰が退けてるな。五十嵐監督に訊いてみたらいい。快くオーケーしてくれると思うけどな」

そうだろうか。本当に凌駕は快くオーケーしてくれるのだろうか。

「さてと、少し歩こうか」

葛城が立ち上がる。

「え？　ああ、そうね」

万里も慌てて立ち上がる。目の前にあった嵐山をほとんど見ていなかったことに気が付いた。

渡月橋《とげつきょう》の近くでボートに乗ろうと言われて、一瞬、戸惑ったけれど、葛城は既に係員に料金を支払っている。

京都に来てボートに乗るとは思わなかった。と言うか、よくよく考えてみると、ボートに乗った経験は遠い過去に数回あるだけで、それも父と一緒にどこかの湖か池で乗っただけで、大人になってからは初めてのことだった。

係員に案内されて、船着き場に係留されていた手漕《てこ》ぎボートに乗る。足下がぐらぐらして万里は声を上げそうになったが、こんな場面できゃあきゃあ言うのはみっともないと思って堪えた。

「気を付けて」

先に乗っていた葛城が手を貸してくれる。向かい合って腰を下ろし、葛城はオールを握る。力強く漕ぎ出した。

川の水は深い緑色で、流れはゆったりしている。

「上流はかなり急で、観光用の川下りがあるんだよ。ライフジャケット着用の」葛城が言う。

「急流は怖いわ。私はこれで十分」

「そうだね」

ボートの底に足を踏ん張るようにして、葛城はオールを使う。ボートはぐいぐいと進んで行く。他にも何艘《そう》か船が川に出ている。乗っているのは、ほとんどが若い男女だ。ときどき漏れ聞こえてくるのは京都の言葉で、もしかしたらここは、この町の若い男女が遊びにくる定番の場所なのかもしれない。そんな中に混じっているのは、場違いで、恥ずかしかった。

そしてまた、つまらないことを考えてしまう。凌駕と唯香だったら、似合うだろうなと。二人なら、この川でボート遊びを楽しんでいるのがごく自然だ。凌駕が力強くオールを使い、唯香はそんな彼をじっと見つめる。思った途端、胸の奥に鋭い痛みが走る。

万里は思わず、胸を押さえた。

「大丈夫?」

「ええ」

「もしかして、水が怖いの?」

「そういうわけじゃないわ」

ふと誰かに見られているような気がして、万里は後ろを振り返った。多くの観光客が渡月橋を行き来している。中には欄干に凭《もた》れて、周りを眺めている者もいる。以前、夫とともに嵯峨野を訪れたときは、万里も橋の上から川を眺めた覚えがある。夫も並んでそばにいた。

あの頃の自分が、橋の上のどこかにいるような気がして、瞳を凝らしてしまう。また視線を感じた。万里は眉を寄せる。

「どうしたの？」葛城が訊く。

「誰かに見られているような気がして」

葛城がちょっと笑って、「こっちを見てる観光客が、たくさんいるからね。いい歳をしてボートになんか乗って、って思われてるんだろうな」

「そうかしら」

「そうだよ。僕が逆の立場で橋の上にいたとしたら、そう思うよ」

万里は小さく笑った。

とても不思議な気持ちだった。夫との思い出を引き寄せながら、こんなふうに微笑んでいることが。それはもちろん葛城がそばにいてくれるからなのだが、それとともに万里の胸の奥では常に凌駕と唯香のことが気になっていて、夫との思い出どころではないというのもあった。薄情なようだけれど、あんなに愛した夫でさえ今は遠い。凌駕と唯香がボートに乗っている場面を想像して嫉妬しているのだから、自分はなんて俗っぽいいやな人間なのだろうと思う。

「万里さんはいつも、どこか上の空のところがあるね」

「あ、ごめんなさい」

「別に謝るようなことじゃないよ。ただ、ちょっと気になる。何を考えているんだろうと思わされる」

「大したことじゃないの。唯香のこととか」

「やっぱり唯香ちゃんか」

「それだけじゃないけど」

「まあ、そうだろうね。それだけじゃないだろうね」

葛城はぐいとオールを動かす。ボートが進んでいく。川岸に派手な飾り付けの船が停《と》まっている。ハッピ姿の男性が一人乗っていて、やたらに忙しそうにしている。ボート遊びをしているわけではなく、商売中らしい。ビールやつまみ、おでんやみたらし団子などを売っているようだ。

「水上マーケットみたい」

万里が声を上げると、葛城が、なんか買ってみようか、と言う。

「お団子がいいな」

葛城は笑ってうなずき、ハッピ姿の男性に向かって手を挙げて合図をした。すぐに気付いて、船を漕いで近付いてくる。器用にこちらの船に並んだところで、みたらし団子とビールを買った。

「まいど。おおきに」柔らかなイントネーションで言って、船が離れていく。

この組み合わせはどうなんだろうと思いながら万里は団子を食べ、ビールを飲んだ。不思議によく合い、おいしかった。

「うまいね」葛城も言う。

「ほんと。なんだか力が抜けて、くつろいじゃう」

万里の言葉に葛城が嬉しそうな顔をした。

「よかったよ。ようやく万里さんの表情がやわらいで。団子の力は偉大だな」

葛城はずっと元気づけてくれようとしていたのだなと、改めて思った。唯香のことで万里が心を悩ませているのを、葛城はよく分かってくれている。凌駕と万里が恋人同士だというのは知らないにしても。

葛城と一緒にいると、気持ちが凪《な》いでいく。凌駕と一緒にいるときには、味わうことのできない安らぎがある。

ゆらゆら流されていたら、他のボートにぶつかりそうになって慌てて葛城がオールを握る。食べかけの団子とビールは万里が預かり、ときどき、はい、どうぞ、と食べさせたり、飲ませたりした。

また誰かに見られているような気がした。万里は周囲に目をやる。知っている人はいない。気のせいだろうか。

「どうかしたの」

「ううん」

「まさか、また団子を買おうとしてる？」

万里は笑って応えなかった。

3

手製のクッキーとマドレーヌ。いつも通りのレシピで、いつも以上に丁寧に作った。紙袋にそっと入れる。

唯香には言っていない。言えば、嫌な顔をされるに決まっているからだ。凌駕には前もって電話をして、撮影現場を見学させてほしいと伝えてある。いいよ、という返事だった。

「ちょうどよかった。話したいことがあったんだ」電話で、凌駕はそうも言った。

「何？」と万里は訊いたのだが、会ったときに直接話すよ、と言っておしえてくれなかった。

話したいことというのは何なのだろう。

気になる。

「やっぱりダメだ。唯香ちゃんを外させてもらうよ」

そういう話だったら、どんなにいいか。

けれど、おそらく違うだろう。

唯香が使いものにならないという宣告だとしたら、少しでも早く伝えて、代わりの役者を探そうとするはずだ。ダメだと思った役者を、いつまでもずるずる撮影現場に来させるような真似を凌駕がするとは思えない。

そうすると、もっと違う話。考えられるのは、グラニテに関する何か。映画のタイトルにもなっている『グラニテ』。唯香が演じる主人公の翡翠という女の子が、グラニテを作る場面が重要なモチーフになっていることは聞いていた。グラニテのレシピや作り方について、何かしらアドバイスがほしいというのかもしれない。それなら少しは力になれるだろうし、今後、ちょくちょく撮影現場に顔を出す機会が増えるかもしれない。

「よし！」

自分に気合いを入れてから、家を出ようと万里が玄関に向かうと、シュシュが足下にまとわりついてきた。行かないで、と言っているように。

最近、唯香が忙しくなってあまりかまってくれないせいだろう。今までは万里のことなど見向きもしなかったくせに、だんだん甘えるようになってきた。

「寂しいの？」

くうん、とシュシュが鳴く。

「かわいそうに」

頭を二、三度撫でてやる。

「じゃ、行ってくるわね」

すがるような目で見上げるシュシュを振り切って、ドアを出る。

シンプルなパンツスーツを着てきたが、これでよかっただろうか。もしかしたら、撮影現場には、デニムのようなカジュアルな服の方がよかったのかもしれない。メイクにしろ、襟元にあしらってきた上質のスカーフにしろ、自分が場違いに見えたらどうしよう、と不安になる。

横浜の撮影場所まで東横線でいく。窓から見える風景は、唯香にとっては既に見慣れたものなのだろう。

駅からはタクシーで向かった。住所を頼りに行き着いたのは、住宅街の中のごくありふれた一軒の家である。クリーム色の壁の二階家で、さほど広くはないが、芝生に覆われた前庭がある。

タクシーを降り、その家の表札を確かめる。凌駕から聞いてあった姓と一致する。ここに間違いないようだ。

一つ深呼吸をしてから、万里はインターフォンを押した。家の中で足音がして、ドアが開けられた。長い髪をひっつめにした化粧気のない女性が顔を出す。

「はい」と彼女は言った。

「市ノ瀬唯香の母です。見学させて頂きに参りました」

「ああ。唯香ちゃんの。どうぞ」と言って彼女はにっこりする。

デニムのショートパンツにTシャツ。そばかすの浮いた化粧気のまるでない頬が、万里の目には眩しく思える。自分のことは二の次にして、仕事に没頭しているのだろう。それにくらべて、きちんとしたスーツで、薄化粧のように見えるものの実は念入りなメイクを施してきた自分が、野暮ったく、周りの目ばかり気にしているようで、情けない。

「こちらです」

短い廊下を進んだ先のドアをそっと彼女は開けた。リビングルームである。その奥が広々としたキッチンになっており、キッチンとリビングの境目のところに数人の男女が集まっていた。

中心にいるのは凌駕だった。こちらに背中を向けているが、間違いようがない。

凌駕に会うのは、と言うか、見るのは、久しぶりだった。ひどく懐かしい。Tシャツの上からでも分かる筋肉や肩甲骨を見ただけで、万里の胸は苦しくなる。

「監督」

万里を案内してきてくれた女性が、遠慮がちに凌駕に声をかけた。凌駕がぱっと振り返る。万里に気付いて軽くうなずいた。

凌駕の向こう側にいた唯香も、首を伸ばすようにしてこちらを見た。万里だと分かった途端、目をみひらく。驚きの中に、腹立ちが見て取れる。何しに来たのよ。唯香の目はそう言っていた。だが、それはほんの一瞬のことで、唯香はすぐに視線を外してしまった。まるで万里などそこにいないとでも言いたげに。

「お母様、どうぞこちらにおかけください」先ほどの女性がソファを勧めてくれる。

万里はソファに歩み寄りながら、「これ、少しですけど、差し入れです。あとで、皆さんで召し上がってください」と携えてきた紙袋を渡した。

「あ、どうもすみません」

女性は紙袋を受け取り、どこに置こうかと迷うように周囲をきょろきょろ見回した。

「みどりさん。唯香ちゃんの髪、直して」スタッフの男性が言う。

「はい」

みどりと呼ばれた女性は、慌てた様子で紙袋を部屋の隅に置き、唯香のところに走った。ヘアメイクを担当しているのだろう。

てろんとしたノースリーブのワンピース姿の唯香は、マネキンのごとく身動きもせずにつっ立ったまま、髪を直してもらっている。みどりが仕事をしやすいようにと少し身を低くする配慮すらしようとしない。みどりは唯香よりも小柄なので、背伸びをして櫛《くし》を使っているというのに。

顎をほんのわずか上に向けている唯香の横顔に、傲岸さが滲んでいるように思えるのは気のせいではないだろう。

万里は顔をしかめた。同時に、娘の横顔から目が離せなくなってしまっている自分を意識した。透き通るような肌。柔らかな髪。顎を上に向けているせいで不遜さを漂わせてさえいるのに、その横顔は掛け値なく美しかった。

「はい。これでいいわ」みどりが言う。

唯香は軽くうなずいただけだ。ありがとうございます、という言葉がなぜ出てこないのだろうと万里は思う。あんな娘だっただろうかと。

恥ずかしがりやで引っ込み思案。慎重派。そんな言葉でずっと娘をくってきた。けれど、本当にそうだったのだろうか。そうあってほしいと万里が思っていただけではないのか。

「じゃ、さっきのところをもう一度」凌駕が言った。

唯香がさっと動いて、ダイニングテーブルに歩み寄った。軽やかな身のこなし。かかとをつけずにつまさきだけで跳ねるように歩き、相手役の男性と向かい合わせに腰を下ろした。唯香はスプーンを手に取った。スタッフによって、ガラスの容器に盛られたグラニテがテーブルに置かれる。

撮影開始の合図が出た瞬間、その場の空気がそれまでとは別のものになった。緊張感はもちろんある。だが、それだけではない。なまめかしい、艶めいた空気に包まれた気がした。それが、自分の娘の存在によってもたらされているのだと万里が気付くのには、ほんの少し間が要った。

唯香はグラニテをスプーンですくい、向かいに座っている男性に食べさせている。その間中、唯香はうっとりとした笑みをたたえている。二口、三口、ゆっくりとグラニテを食べさせる。唯香が見つめているのは、男性の口元なのか、それとも瞳なのか。唯香はまたグラニテをすくう。スプーンを目の高さにあげて、今度はじっと氷菓を見つめる。

「カット」凌駕の声が響く。

万里は長く息を吐いた。我知らず、息を詰めていたようだった。

単にグラニテを食べさせてあげていただけ。なのに、何なのだろう、あれは。まるで男と女が睦《むつ》み合うその場面を覗き見てしまったような気持ちになった。美しいのに、猥《わい》雑《ざつ》だった。

「休憩」

凌駕の声を合図に、皆がそれぞれに息を抜く。思い切り伸びをしたり、テーブルの上の物を片付け始めたり、部屋を出て行ったり。

唯香は、先ほどのヘアメイクの女性と一緒に別室に消えた。体を冷やさないためだろうか、淡い色のストールで肩をすっぽり包んでいる。途中でヘアメイクの女性が万里の方を示して何か言ったようだが、唯香は首を横に振っただけだった。お母さんがいらしてるけど。いいの、別に。二人のやり取りが聞こえてくるような気がした。

凌駕が歩み寄ってきた。万里は立ち上がって頭を下げる。他人行儀な挨拶だが、この場ではこうするのがふさわしいだろう。今、万里は唯香の母親としてここにいるのだから。凌駕の恋人としてではなく。

「唯香ちゃん、すごくいいでしょう？」凌駕の第一声はそれだった。

返事のしようがなくて、万里は曖昧に微笑む。

「あの存在感は独特だ。周りの空気を変えちゃうからね。十七歳とは思えないような大人っぽさがある。そうかと思うと、幼い子供のような無邪気な顔も見せる。逸材だよ」

「買いかぶりよ」

「本気で言ってるの？　さっきの演技見ただろう？」

「グラニテを食べさせるだけなのに、なんだかちょっと卑猥な感じがしたわ」

嫌味で言ったつもりだったのに、凌駕は嬉しそうな顔になる。

「そうなんだ。何気ない動作に、これ以上ないほどの情感を感じさせてくれる。彼女、すごくセクシーだよ」

セクシー?

なんという卑俗な言葉を使うのだろう。

それが唯香に向けられた賛辞かと思うと、凌駕がそういう目で唯香を見ているのかと思うと、万里は耐え難い気持ちになる。

「唯香ちゃんは、こちらのイマジネーションをすごくかきたてる。こんなこともできるんじゃないか、あんなこともやってみたいって、貪欲になるよ。彼女みたいな新人を相手にしていると」

「そういうもの?」

冷ややかに応じても、凌駕は少しも気にしない。うん、とうなずいて、にこにこしているのだ。

なんという鈍感。なんという無神経さ。万里は内心で、猛烈に凌駕に腹を立てる。

「それで、万里さんに相談なんだけど」

「何?」

「当初予定していたのとは、違うシーンも入れたいと思ってるんだ」

万里は続く言葉を待った。

「『グラニテ』っていう作品は、外の世界に対して心を閉ざしていた女の子が、ある男性と出会い、グラニテを作り、食べさせるという行為を通じて、次第に心を開いていく。同時に男性の方も、傷つき、荒れていた心が癒《いや》され、もう一度、生きようと思い始める話だっていうのは前に伝えたよね？」

「ええ」

一種のおとぎ話なんだ、と作品の説明をする際に凌駕は言った。完全にプラトニックな恋愛。グラニテを作り、食べる行為が愛情の証になる。以前、万里が作ったグラニテを食べたときから温めていたストーリーなのだと。

「さっき撮っていたグラニテを食べさせる場面。あれはね、もっと淡々としたシーンにしようと思っていた。でも、唯香ちゃんが演じるのを見て、変えたんだ。彼女の場合、淡々とした中に人間の欲望や愛の深さみたいなものが感じとれる。万里さんがさっき言った卑猥っていうのも、それだよ」

万里は答えなかったが、凌駕は気にもかけずに言葉を継ぐ。

「それで、もっと深い表現のシーンが欲しくなった」

「深い表現？」

「そう。はっきり言えば、セクシャルなシーンだよ」

万里が顔色を変えたのが分かったのだろう、凌駕は少し早口で説明を始めた。

「性行為そのものを撮りたいっていうんじゃないんだ。僕が考えているのは、唯香ちゃんの体にグラニテを載せ、それを恋人役の男性が食べるシーン」

「体にグラニテを載せる？」

「うん」

「裸体ってことよね？」万里の声が裏返る。

「映像としては、裸に見えるように撮る。しかし実際は、唯香ちゃんには水着を着てもらうよ。その辺はうまくやるから、心配しないで。きっと印象的なシーンになる。愛の表現にね」

「ちょっと待って。何を言ってるの？」

「ヌードになってもらう必要はないけど、それに準じた撮影になる。唯香ちゃんは未成年だから、前もって保護者の了解をとっておきたいんだ」

「冗談じゃないわ」思わず拳を握りしめた。「話が違うじゃないの！」

いつの間にかリビングルームにいた他のスタッフはどこかへ姿を消し、万里と凌駕だけが残されている。

「プラトニックな恋愛、おとぎ話のような愛の話、って言わなかった？」万里は高い声で続ける。

「言ったよ。それはその通りなんだ。テーマは変わらない」

「体の上に載せたグラニテを男性に食べさせることのどこが、おとぎ話なのよ？」

「愛の表現方法なんだよ」

「刺激的なシーンが欲しくなっただけじゃない。いやらしい」

　凌駕の顔が変わる。

「作品を知らない万里さんに、いやらしいなんて言ってほしくないね」

「見なくたって分かるわよ。十代の女の子、それも、現役の女子高生にきわどいシーンを演じさせるのは、話題性を狙ってのことなの？　それとも純粋に、監督であるあなたの趣味？」

　凌駕がぎらぎらした目で睨みつけてくる。

　彼のこんな表情は見たことがなかった。

　彼を怒らせてしまった。このまま失ってしまうかもしれない。という恐怖とともに、自分でも制御し難いほどの怒りが湧き上がってきて、万里の体は小刻みに震えた。

　突然、足音がしたかと思うと、いい加減にしてよ、という声とともに万里の顔に何かが当たった。

　目の前に唯香がいる。顔に当たったのは、唯香が羽織っていた綾織りのストールだった。唯香がそれを自分めがけて振り下ろしたのかと思うと、万里の頭に血が上る。

「唯香！」

　思わず唯香の二の腕を掴んだ。柔らかな唯香の腕に爪が食い込む。

「痛い」

唯香が身をねじるが、万里は離さなかった。

「親に向かって、なんてことをするの。そんなもので叩くなんて」

「離してよ、痛い」

「謝りなさい」

「やだ」

「唯香」目眩《めまい》がして、頭がぐらぐらと揺れた。

「万里さん」

凌駕が割って入り、万里の手を摑んで唯香から引き離した。

「痛いなあ」と言いながら唯香は腕をさすっている。「落ち着いてよ」

「唯香」万里が睨む。

「まあまあ、万里さん。唯香ちゃんもあっちにいてくれよ。お母さんには俺から話すから」

「お母さんが感情的になっちゃってて、まともな話し合いができてなかったじゃないですか」唯香が凌駕に向かって言う。「もういいですよ。お母さんの許可なんか必要ない。私、やりますから。お母さんが止めたって、関係ありませんから」

「そういうわけにはいかないよ。唯香ちゃんは未成年だ」

「そんなこと、気にしないでください」唯香は平気な顔だ。

これがあの唯香だろうか。いつもそばにいた、あのかわいい唯香？

いったいいつからこんな口をきき、こんな目で親を見るようになったのだろうか。

「監督、私、本当に精一杯やりますから。体の上のグラニテを食べてもらう場面、考えただけでドキドキしますけど、絶対、ちゃんと演じて……」

「ちょっと待って」万里が唯香の言葉を遮る。「唯香、あなたは了解しているの？」

「何を？」

「だからその場面よ。裸体の上のグラニテ」

「やだなあ。水着を着るって監督も言ってたでしょ」

「映画を見る人の目には、裸だと映るわ」

「それはそうだけど」

「それが分かってて、あなたは了解したの？　恥ずかしいとか、自分にはまだ早いとか、そういう気持ちはないの？」

「恥ずかしいっていうより、どんなふうに撮ってもらえるんだろう、っていう期待の方が大きいかな」

「生意気なことを言わないで。唯香は何も分かってないのよ。これから先のあなたの人生にかかわってくることなのよ。学校にだってなんて言うつもり？　絶対に許可してもらえないわよ。映画で裸体を晒すなんて」

「だから裸じゃないってば」

「同じことよ」

いきり立つかと思いきや、唯香は冷ややかな表情で万里を見て、少し悲しげにつぶやいた。

「お母さんは映画のこと、何も分かってない」

「なんですって?」

唯香がちらっと凌駕を見た。まるで、こんな女性を恋人にするなんて、監督も見る目がないですね、とでも言っているように万里には思われた。

「唯香!」

また摑み掛かりそうになった万里を制したのは、凌駕だった。彼は唯香の肩にそっと手を置いて、「向こうに行ってて」と言ったのである。

唯香のほっそりとした肩にある彼の手。

あの手は、私の肩を抱かなければならないはずなのに。感情の波に翻弄されている私を抱きしめ、落ち着かせてくれなければいけないのに。

もちろん、今、そんなことができるはずはないけれど。それにしたって、唯香の肩に手を置くことはない。

早く、早く、その手をどけて。唯香に触らないで。あなたの手はそんなことをするためのものじゃない。

唯香もそこからどきなさい。さっさとどくの。

叫び出しそうな思いを押し込めようと、万里は奥歯を噛みしめる。

「唯香ちゃん、向こうに行っててくれるかな」もう一度凌駕が言った。

唯香は素直にうなずき、リビングルームを出ていった。

「万里さん」凌駕が正面からじっと見つめて言った。「また改めて話し合おう。きょうは帰ってもらえるかな」

「え？」

「悪いね」と言いながら、目で廊下を示した。

帰れと言っている。凌駕が帰れと言っている。

「分かりました。失礼します」

必死の思いでそれだけ言って、足が震えないようにと祈りながら踏み出した。リビングルームを出るときに、隅に置かれた紙袋が目の端に入った。万里が作ったマドレーヌとクッキーが入った紙袋である。ひどく所在なげにそこにあった。

第四章

1

自分でも、どうしてこんなにエネルギーが湧き上がってくるのか分からない。

朝早くから撮影現場に入っていたので、午後四時には解散になった。お疲れさま、とスタッフと挨拶を交わし、一人で駅へ向かいながら唯香は、もっと演じていたかった、と思う。きょうの仕事がこれで終わりだなんて、名残惜しくて涙が出そう、と。

疲れていないわけではない。普通に考えたら、へとへと、といった状態なのかもしれない。それでもなお、帰りたくないと思う。もっと演りたい、演れると。

腹の底にどろどろとしたマグマがあって、熱を放っている。そのマグマがいつからそこにあったのか分からない。今までは存在に気付いていなかっただけなのか、それとも凌駕に出会ったとき、あるいは初めて翡翠を演じたときに生まれたものなのか。

とにかく今は、いくらでも仕事ができそうな気がするのだ。誰にも止められない、止めてほしくない。

もちろん、映画『グラニテ』に関わる人たちは皆、ギアをドライブに入れた状態の今の唯香を歓迎し、応援してくれている。が、ただ一人、ギアをニュートラルに戻そうとする者がいる。母だ。

「いつからあなたはそんなふうになっちゃったの？」などと言う。

きょう、撮影現場に母が現れたのには驚いた。凌駕には前もって伝えてあったようだが、唯香には一言もなかったのだ。

みどりに案内されてリビングルームに入ってきた母は、柔らかな素材のパンツスーツに色鮮やかな幾何学模様のスカーフを合わせていた。とてもエレガントだったが、まるで現場の雰囲気にそぐわなかった。おまけに母は、手作りのクッキーとマドレーヌを差し入れとして持ってきたのだった。そのおっとりさ加減というか、マダムな雰囲気が、視線の向け方一つ、発声の仕方一つにまで神経を研ぎすまして演じている唯香にとっては、どうにも無神経で野暮なものに思えたのだ。

休憩時間になって唯香は控え室に引っ込んだが、凌駕と母の声がそこまで聞こえてきた。二人の会話は穏やかさとはほど遠く、次第に緊張感を増していった。正確に言えば、母の方が一方的に激し、凌駕を責め立て始めたのだ。聞いているのが耐えられなくなって、唯香は部屋を飛び出し、二人の前に立った。あのとき肩に巻いていたストールを振ったのは、母を打とうなどと思ったからではなく、ボクシングのセコンドがタオルを投げ入れるような気持ちだった。しかし、結果的に布が母の顔に当たり、母は唯香の腕を摑むと、これまで見たこともないような顔で睨みつけたのだ。

正直言って気圧《けお》された。うわっと思った。

美しく、穏やかで、感情を露わにすることは滅多になく、どちらかと言えば受け身でいながら、カフェ経営というビジネスをきちんと成功させている母を、唯香はずっと尊敬してきたし、大人の女性として一目も二目も置いてきた。けれど、きょうの母は違った。いや、きょうに始まったことではなかったのかもしれない。唯香が映画の世界に飛び込もうと決めたときから、母の中で何かが変わっていたのだろう。

大人の女性としての余裕など微塵も感じられない、生の感情を表した瞳。アイラインがにじんで目の縁が黒かった。口の端や首筋のしわがなぜかひどく目に付き、年相応どころか、年齢以上に老けて見えた。

醜かった。そして、その醜さをさらけ出してしまう母に、唯香は気圧されたのだ。

母は嫉妬していた。十七歳の娘と同じ土俵に立って、勝負しようとしていた。凌駕に近寄らないで、あなたなんてお呼びじゃない、凌駕は私のもの、と母は心の中で叫んでいた。

と同時に、母は理想的な娘だった唯香を取り戻したがっている。いつまでもかわいい娘を手元に置いておきたいと願っている。凌駕に近寄らないで、と叫ぶ一方で、唯香に近寄らないで、と凌駕に向かっても叫んでいた。他の人には聞こえない、母の二つの叫びが唯香の耳には届いてくる。

母は欲張りだ。凌駕も、素直で従順なかわいらしい娘も、どちらも自分のものにしておきたがっている。

蜘蛛《くも》、と唯香は思った。母は蜘蛛のようだ。細く美しい糸を吐き、知らないうちに周囲の人をがんじがらめにしてしまう。あれも欲しい、これも欲しい。手に入れたものは離したくない。その糸には、ちょうど母が作るグラニテのような甘美な蜜が染み込んでいるので、なかなか抜け出すことができないのだ。

今までの唯香は、それに気付かなかった。母の糸の中にいるのが、心地良いとさえ感じていた。

でも、今は違う。自分のやりたいこと、思うことを存分にやるためには、甘くおいしい糸を断ち切らなければならない。

ああ、仕事がしたい。

唯香は心から思う。

家になんか帰らないで、ずっとあの横浜の撮影所にいたいくらいだ。

そんな思いで帰宅した唯香は、シュシュがすっ飛んできて唯香の足の周りを何周も走り回ったのを見て、猛烈な罪悪感に襲われた。

ごめん。シュシュ。あなたのことを忘れていた。

ようやくのことで走り回るのをやめたシュシュは、後ろ足で立ち上がり、前足で空を搔《か》く仕草をする。抱っこをせがんでいるのだ。

シュシュを抱き上げ、頰を寄せた。

「ただいま」

唯香が言うと、くうん、と応える。

家の中は暗く、母は帰っていないようだ。横浜の撮影所を訪ねた後、仕事に行ったのだろう。

母がいないと分かって、唯香は少し気が楽になった。

「お腹すいた？」シュシュに話しかける声も、心なしか明るくなる。

シュシュはべろべろと唯香の顔を舐《な》める。

「寂しかったんだね？」

一日中、一人で留守番していたシュシュが愛おしくてたまらなくなった。腕時計を見ると、六時前だ。少し考えてから言ってみる。

「お散歩に行こうか」

散歩、という単語に即座に反応して、シュシュが激しく尾を振り始める。唯香の腕の中からぴょんと飛び降り、散歩用のリードが置いてある棚を見上げている。

「分かったわ。ちょっと待ってて。着替えてくるから」

唯香は自分の部屋に入っていった。


七月の午後六時は、まだまだ明るい。公園には、唯香と同じように犬の散歩に訪れた人がたくさんいる。顔なじみの人もいて、久しぶり、と笑顔で挨拶を交わし、二言三言話をする。

散歩が大好きなわりには、シュシュはすぐに疲れてしまう。歩く速度が遅くなり、抱っこをせがんでみたり、ひとところから動かなくなってしまったり。ついこの間病気をしたばかりなのだから無理をさせることもない。ベンチに座って休憩することにした。

湿り気を帯びた空気に、緑の香りが混じっている。

唯香は深呼吸をした。酸素が細胞の一つ一つにいきわたっていく感じ。

「こんにちは」

声をかけられて振り返ると、ミニチュアダックスを二匹連れた若い男がこちらに向かって歩いてきた。青柳動物病院でアシスタントをしている谷である。

「あ、どうも」

唯香が頭を下げると、谷はシュシュの方を見て、元気か？ と訊く。シュシュは谷を覚えていたらしい。ぱたぱたと尾を振った。

「そのワンちゃんたちは？」ミニチュアダックスを目で指して唯香が訊く。

「病院で預かってるんだ。飼い主が旅行中で」

「ああ、そうなんですか」

そう言えば、青柳動物病院はペットホテルも併設していた。

「犬の散歩はもっぱらここに来てるんだよね」

「青柳病院からは、少し歩きますよね？」

「うん。でも犬にとっても僕にとっても、ちょうどいい運動になる」と言ってから、ベンチを目で示し、座ってもいいかな？　と訊いた。

「どうぞ」

唯香はちょっと腰をずらして、場所を空けた。

シュシュと二匹のダックスたちは、早速互いのにおいを確認し合い、初対面の挨拶をしている。

じっと犬たちを見つめていた谷が、シュシュくん、少し痩せたかな？　とつぶやいた。

「そうですか？」

「そんな気がしたけど。暑くなってきて、夏毛になったせいかもしれないな」

「ああ、そうですよね」

「シュシュくんの調子はどう？」

「変わりないです」、と思います、と心の中で付け加える。

ここのところシュシュと一緒にいる時間が少なかったので、正直言って、シュシュの様子がよく分からない。散歩に連れてきたのも久しぶりだし、食事も母が与える回数の方が多い。シュシュの食欲がないという話は聞いていないから、普通に食べているはずだと思っていた。

「夏場は犬もバテやすいからね。気を付けてあげた方がいいよ」

「そうですね」

なんとなく、シュシュに対するケアが行き届いていないのを見透かされているような気がする。一ヶ月に一度は診察に来るようにと言われていたのに、映画の仕事に入ってからは一度も行っていない。この前、青柳動物病院に行ってから二ヶ月が経っている。

「シュシュくんだけじゃないよね。市ノ瀬さんも痩せたんじゃない？」

「え？　そうですか」

映画の仕事を始めてからものすごく食欲があって、食べる量が増えた。特に、肉や魚といったタンパク質がほしくてたまらない。朝からしっかりと食べる。不思議と、体重は変わらないのだが、まだ表にあらわれていないだけで、少しずつ、太り出しているのではないかと心配していた。それなのに、痩せたと言われるなんて。

「この間会ったときと雰囲気が違う。シャープになったっていうか」

「少し髪を切ったからかな」

言いながら唯香は毛先に触れる。撮影に入る前、ヘアメイクのみどりのすすめで、長かった髪を、肩につくかつかないかくらいの長さにカットしてもらったのだ。

「きっとそうだね。髪が短くなったからだ」谷も納得したように言う。

話が途切れた。犬を眺める。シュシュは芝生に寝転がり、ダックスたちはあちらこちらと歩き回り、ときどきよその犬に向かって吠《ほ》えたりしている。少し風が出てきたのか、木立の葉がそよいだ。

なぜか懐かしい気持ちになった。

この間、谷と一緒にここを散歩したのは、ほんの数ヶ月前のことなのに、何年も経ったような気がする。かつて自分のいた場所に久しぶりに出会ったような。それを心地よく感じはするが、かりそめの休息という気もする。

「忙しかったの？」谷が訊いた。

「え？」

「病院にも顔を出さなかったし、この公園で見かけることもなかったから」

「ええ、まあ」

曖昧な返事の仕方になってしまう。どこまで自分のことを話していいものか分からなかったし、谷の口ぶりから、彼が会いたがっていたらしきことが察せられて、唯香は戸惑っていた。

「どうしたのかなと思ってたんだ。体の具合でも悪いのかな、とかね」

「元気でしたよ」

「なら、いいんだ」

「谷さんは？」

「うん？」

「元気でしたか」

「元気だよ。そろそろ夏休みの実習先を決めなくちゃならないんだけどね」

「実習先？」

「うん」

研究施設や水族館、動物園、牧場など大学と協力関係にある何ヵ所かの機関の中の一つに、毎年実習に出かけるのだと説明した。自分の専攻と、卒業後の進路などを考えて決めるのだという。

「僕としては、青柳病院でフルタイム実習したい気分なんだけどね。僕はペット病院をやりたいと思ってるから」

「それはできないんですか」

「できないね。大学側が決めた実習先じゃないと」

「そうなんだ」

「広い意味では、牧場や動物園の実習は役に立つとは思うんだけど」

「そうですよね。牧場って北海道かなあ。なんかすてきな感じ」

「働くとなると、すてきなんて言っていられないかもしれないけどね」

「すてきって言っていられない感じが、またすてき」

「なんだ、それ？」

「無我夢中ってことでしょ？」

「まあ、そうだね」

「わくわくしませんか」

「うーん、どうだろう。ところで市ノ瀬さんは、夏休みはどうするの？」

「私は……、どうするんだろう」

「なんだよ、それ」谷が噴き出した。

唯香も笑う。

でも、本当にどうするんだろう。

映画の撮影がいつまでかかるのか、はっきりしない。納得いくまで時間をかけると淩駕は言っていた。

夏休みまで撮影が続いていれば、それに没頭して過ごす。問題は、撮影が終わってしまった場合だ。

　突然、不安になる。

　撮影が終わる？

　そうしたら、私はどうしたらいいんだろう。

「どうかしたの？　考え込んじゃって」

「将来に不安を覚えたんです」

　正直に答えたのだが、谷はまた噴き出した。

「なんだかおもしろいなあ、市ノ瀬さん」

「別におもしろくなんかないですよ」

「目覚めた虎って感じ」

「虎？」

「うん」と言って眩しそうな顔をする。「動物園の虎、見たことある？」

「子供の頃に見ましたけど」

「寝てた？」

「寝てましたね」

「昼間はだらーっと寝てるんだよね。夜行性だから。夜と昼じゃ別の生き物みたいだよね。市ノ瀬さんも、この間とは別の生き物みたいに思える」

「そうですかあ。どこが？」

とぼけた声を出しながら、もしかしたら本当に私は虎みたいなものかもしれない、と思っていた。だとしたら、今までずっと眠ったように生きてきて、ようやく目覚めたということだ。

「目の光が違う。雰囲気そのものもね」

牙や爪もあるのだろうか。

誰にも負けないほど、鋭い武器が。

「喜ぶべきことなんだろうね？」

「え？」

「目覚めたこと」

少し考えてから答えた。

「ええ。たぶん」

「なら、よかったね」

「どうも」

おかしな会話だと思う。ちっともよかったと思っていなさそうな谷に向かって、お礼を言っている。

シュシュが足下に寄ってきた。唯香の靴を舐めている。帰りたいというサインである。

「そろそろ帰る？」

シュシュに話しかけながら、ベンチから立ち上がった。

「じゃ、また」

「あ……」谷が何か言いかけた。

「はい？」

「いや、なんでもない。またね」


母が戻っている頃じゃないかと思いながら家に帰ったのだが、誰もいなかった。

シュシュの足を拭いてやり、ドッグフードを皿に入れた。ありがと、と言うように唯香の顔を見てから、シュシュが食べ始める。ゆっくりした食べ方だ。以前のシュシュなら、散歩から戻ったときは、もっとがつがつ食べていたのに。調子が悪いのだろうか。時間を作って、近いうちに青柳動物病院に連れていこう、と唯香は心に決める。

冷凍ピザをレンジで温め、オレンジジュースと一緒に食べる。物足りなくて冷蔵庫を開けてみた。ソーセージが入っていたので、ボイルしてたっぷりの粒マスタードと一緒に食べた。最近の私は確かに肉食獣だと自嘲気味に思い、ちょっと笑った。

日曜日の明日も、朝から撮影がある。平日の昼間は学校に行かなければならない唯香の予定を優先して、スケジュールを組んでくれている。皆への感謝を伝えるためにも、体調を整え、気持ちを充実させて撮影所に入りたい。

温《ぬる》めの風呂にゆっくり入って、手足のマッサージをした。

風呂から上がって、自分の部屋でゆっくりする。化粧水でしめらせたコットンを頬や額に当て、ベッドに横になった。

天井を見ながら考える。

これからどんどん難しい場面の撮影になっていく。翡翠の気持ちの変化を、どんなふうに表現していけばいいか。

それに……、と唯香は考える。あの場面がある。唯香の体の上に置いたグラニテを、恋人役の溝口剛志が食べるのだ。一口、また一口と。

母に向かっては、どんなふうに撮ってもらえるかっていう期待の方が大きいと言った。

しかし、本当は不安でならなかった。羞恥やためらいだってある。下に水着を着ているとはいえ、翡翠役のトレードマークのようなノースリーブのワンピースを脱ぎ捨て、肌を多くの人の前に晒し、おまけに男性の唇や舌が自分の体に触れるのだ。考えただけで動悸が激しくなり、居ても立っても居られない気分になる。

本当は母に相談したかった。こんなシーンがあるんだけど、私にできると思う？　そう訊きたかった。

大丈夫よ。

唯香の思う通りにやってごらんなさい。

失敗したっていいじゃない。

そんなふうに言ってもらえたら、どれだけ励まされるだろう。

でも無理に決まっている。母は、母親としてではなく、女として対峙《たいじ》しようとしているのだ。

それならば私だって。

雌の虎同士。

唯香はベッドから起き上がり、台本をバッグから引っぱり出した。既にそらんじているのだが、暇があると手に取って最初から読んでいる。『グラニテ』の中の翡翠という少女と、自分が重なっていく。よけいなことは一切考えない。考えられない。ひとたび台本を読み始めると、あっという間に唯香は別の世界の住人になる。

母が帰ってきたのは、十時近かった。ドアの開く音がして、台本を読みふけっていた唯香は、一瞬、現実に引き戻された。

廊下に足音が聞こえた。いつもなら唯香の部屋のドアの前で立ち止まって、ただいま、と声をかけてくるのだが、きょうはそれもなく通り過ぎてしまった。

意地になって口もきかないなんて、子供じみている、と唯香は母を評した。自分の方から声をかけないのは唯香も同じだが、私は未成年で子供なんだから別に子供じみていてもいいのだと、言い訳にもならない言い訳を心の中でつぶやいた。

キッチンで何か音がしている。母がお茶を淹れているのだろう。

唯香は再び、台本に目を落とした。続きを読み始めると、母の気配も気にならなくなった。


午前八時。唯香が目を覚ましたときには、母はもういなかった。

土日は店が忙しいので、早めに出かけるのはよくあることなのだが、きょうに限っては顔を合わせたくないために、さっさと仕事に行ったような気がしてならない。

「別にいいけど」

独り言を言いながらトースターに食パンをセットし、ミルクをマグカップに注ぐ。シユシュは一度、唯香のそばにきたが、すぐにソファの定位置に戻ってしまった。

ダイニングテーブルについたとき、メモ用紙が置いてあるのに気が付いた。二つ折りにされて、上にオレンジが一つ載っている。

『許しませんから』

母の字で書いてあった。記されているのはそれだけだ。

一瞬、唯香は啞然《あぜん》としたが、啞然とさせられたことが癪《しやく》に障って、「許しませんから？」とおかしなイントネーションをつけながら声に出して読んでみた。

母が許さないと言っているのは、もちろん、あの『グラニテ』の件だろう。唯香が全裸になっているかのように見えるはずの、あのシーン。けれど、それだけだろうか。もしかしたら、凌駕に近付くのは許さないという意味も込めたのかもしれない。

なんていやなメモを残していくのだろう。

焼き上がったトーストを皿に取り、たっぷりバターを塗ってかじる。どんどんかじる。かじればかじるほど、腹が立ってきた。

許しませんから、という言葉。上から物を言っている感じが耐え難い。唯香の行動に関する許可、不許可の権利を自分が握っていると誇示するそのあつかましさ。

「偉そうに」

メモをくしゃくしゃに丸めてゴミ箱に放り込む。それでも気が済まなくて、もう一度、取り出して引き裂いた。でも、消えていかない。許しませんから、許しませんから、許しませんから。母の声が脳裏で反響する。

「ああっ、もう」

食べかけのトーストを床に投げ捨てた。パン屑《くず》が散る。ソファの上でシュシュがびくっと体を震わせ、驚いた顔で唯香を見た。それで我に返った。自分自身にびっくりする。こんなふうに苛立って、食べていた物を投げ捨てるなんてことを、今まで一度もしたことはなかったのだ。怒りや苛立ちを覚えたことがなかったわけではない。だが、いつも黙って堪え、静かに自分を見つめていた。そうするうちに、気持ちが凪いでいくのが常だった。

私はどうしてしまったのだろう。

唯香はしゃがんでトーストの残骸を拾い集めた。シュシュがソファから下りて、すり寄ってきた。くうん、くうん、と鼻を鳴らす。大丈夫？　と言ってくれているような気がした。

2

控え室として使っている小部屋に入っていくと、先に来ていたみどりがメイクボックスを広げていた。

「おはようございます」

唯香が言うと、あらっ、とみどりが驚いた声を上げる。

「たいへん。唯香ちゃん、目の下に隈《くま》ができてる」

「え？」

焦って鏡を覗き込んだ。じいっと見る。とりたてて普段と変わるところのない自分の顔だった。

「左の目の下よ。うっすら隈があるでしょ」

そう言われればそうかもしれない。でも、本当によく見ないと分からない程度だ。

「そんなに目立たないと思うけど」

「何言ってるの！　唯香ちゃん、あなたは一般人とは違うの。自覚が足らない」珍しく、みどりが厳しい声を出した。「カメラが寄って撮ったら、はっきり映っちゃうわよ。翡翠の目の下に隈があったら、興ざめよ。これで見てご覧なさい」

渡された拡大鏡で顔を見てみる。みどりの言う意味が分かった。目の下がうっすら黒ずんでいるのが分かる。

「ほんとだ。ごめんなさい」

唯香が素直に謝ると、みどりはいつもの優しい口調になって、どうかしたの？　と訊いた。

「昨夜、あんまり寝てない」正直に打ち明ける。

「あーあ、寝不足はだめよー」

「分かってるんだけど、台本を読み始めたら眠れなくなって」

「熱心なのもいいけどさ。唯香ちゃん、台詞はもうばっちりなんでしょう？　今さら必死で覚えるって感じでもないし、睡眠を十分とってコンディションを整える方に力を入れないと」

「はい」

「きょうのところは、コンシーラーでカバーするしかないわね。それとも、監督に正直に言う？」

「できれば言いたくないけど」

ちょっと肩をすくめてからみどりはスティック状のコンシーラーを取り出した。唯香の目元に薄く塗り、指の腹で丁寧に馴染ませる。あとはいつも通りのメイクを施していく。

「唯香ちゃんの場合は、ごく薄くファンデーションを塗ってるだけだから、コンシーラーをしっかり塗っちゃったら、それだけで厚化粧したみたいになっちゃうのよ。監督から怒られちゃう。そこが難しいところね。うん、これでなんとか大丈夫そうね」みどりが言う。

隈はきれいになくなっていた。

「唯香ちゃん、なんかあった？」

「え？」

「だって隈を作ってくるなんて、今までなかったじゃない？」

「寝不足で」

「それはさっき聞いた。その寝不足の原因が気になるの。台本読んでてっていうのもあるでしょうけど、他にもなんかあるんじゃない？　昨日、お母さんがここにいらしたでしょ？」

「うん」

「何か言われたの？」

唯香は黙って首を横に振る。

「唯香ちゃんのお母さんと監督、言い合ってたよね。いやでも聞こえてきちゃったもん」

「うん」

「唯香ちゃんのお母さんって、ラ・ブランシェットのオーナーなんでしょ？　監督の出世作の舞台になったカフェの」

「そう」

「なるほどねえ。そういう繫がりがあったのね。だから、あんなふうに監督に対して強い口調でものを言えるのかな」

唯香は複雑な思いで黙っていた。母と凌駕が恋人同士であると打ち明けてしまえば楽になるかもしれないし、よけいにつらくなるかもしれない。判断がつかなかった。

「唯香ちゃんのお母さん、映画に出ることに賛成してらっしゃらないみたいね？」

「いやいや承知はしてくれたけど」

「そっか」

時間が押していたこともあり、それ以上、みどりは訊いてこなかった。

リビングルームの方から溝口の声が聞こえてくる。彼を待たせるわけにはいかない。主役を演じるのは唯香だとしても、溝口はずっとずっと格上の役者だ。彼の機嫌を損ねないようスタッフ全員が気を遣っているのを、唯香は最初から感じていた。

「きょうの衣装はこれ。早く着て」

みどりが出してくれたのは、暗緑色のノースリーブのワンピースだ。シルバーグレーの細いストライプが浮き上がって見える。

ワンピースを身に着けた瞬間、すっと気持ちが切り替わる。翡翠を演じる準備ができるのだ。

控え室を出ていくと、溝口が唯香を見てにやっと笑う。

「お姫様のお出ましだ」

「おはようございます。よろしくお願いします」

「はいはい。こちらこそよろしくね」と軽く応じてから、ねえ、と声を潜める。

「はい？」

「お母さんのお許し、出た？　あのシーン。昨日、監督と唯香ちゃんのお母さんが揉《も》めてたけど」

なんと応じればいいのか分からず、唯香は黙っていた。

「唯香ちゃんが、お母さん、おねがーい、って言えば許してくれるんじゃないの？　それとか、思い切って泣いちゃうとか。娘に甘えられたら弱いでしょ、普通」

「さあ」

「早くオーケーもらっておいでよ。僕も楽しみにしてるんだからさ」と言って微笑む。溝口ファンの女性なら卒倒ものの甘く、とろけるような笑み。しかし、唯香はぞっとするだけ。

溝口を相手に演じていて、彼が優れた俳優だというのはよく分かる。彼のように人気も実力もある役者と一緒に演じられる幸運を噛みしめもする。しかし、それはあくまで役の上のこと。翡翠と幹生になっているときに限られる。素に戻るとだめだ。この人の手で触れられ、舌で舐められるのかと思うと、鳥肌が立ちそうになる。

恋人同士を演じると、疑似恋愛状態になるものかと思っていたが、必ずしもそういう訳ではないらしい。少なくとも、私はそうではないのだと唯香は思う。

「がんばります」

硬い表情で言うと、溝口がくすっと笑う。

「唯香ちゃん、ほんとかわいいよなあ」と言って唯香の肩を抱いた。

うわっと思ってしまう。やめて、と言いたいのだが、さすがに言えず、ぐっと堪える。

こういう時間が苦手だ。早く翡翠になりたい。そうすれば、怖いものなど何もなくなる。

「さてと」

凌駕の声がして、唯香はさっと振り返る。

「説明するから、集まって」

唯香は跳ねるような足取りで、凌駕のそばにいく。

「あれ？」

凌駕が唯香の顔をじっと見た。

「みどりさん、きょうのメイク、いつもと少し違うんじゃない？」みどりに確認する。

「えーと」みどりが言葉を濁す。

「肌の色が違う気がする」凌駕が重ねて言う。

「同じファンデを使ってますけど」とみどり。

隈を消すためにコンシーラーを使ったせいだろうか。本来なら、みどりはそれを監督である凌駕に伝えなければならないのだろうが、撮影日に不用意に隈をこしらえてきた唯香をかばってくれている。

「そう？　なんかちょっと違う印象」凌駕が首を捻る。

「同じだよ、いつもと同じく天使みたいにかわいいよ」

溝口が軽い調子で言うと、凌駕もそうかな、と笑った。ほっとすると同時に、唯香は嬉しくてならない。どんなにささいな変化でも見逃さないほど、凌駕が自分のことを気にかけ、知ってくれているのだと思った。

「じゃ、説明する。きょうのシーンだけど」

凌駕が話し始めると、皆が黙って耳を傾ける。

この瞬間が唯香は好きだ。ああ、きょうも始まった、と思う。凌駕と共有できる世界が目の前に広がっていく。

「お疲れさま」

きょうは昨日よりも少し早く午後三時半に撮影が終了になった。次回の撮影の予定を凌駕が伝える。唯香の出るシーン、ほとんどがそうなのだが、それはまた次の土曜日に撮る予定だ。

「困るんだよね」と溝口が言った。「毎週、土日が潰れるのはさ。こっちにもいろいろ予定があるから。唯香ちゃん、たまには平日の昼間、なんとかならない?」

「え?」

高校生である唯香の予定に合わせてもらうのが当たり前のようになっていた。申し訳ないと思っていたが、最近は、それが普通になってしまっていた。改めて溝口から不平をぶつけられ、戸惑ってしまう。

「すみません。私……」

唯香の言葉を凌駕が遮った。

「最初からそういう約束だっただろ？　彼女は現役の高校生。学業優先。撮影は彼女の予定に合わせて行うってことで、了解済みのはずだぞ。それに唯香ちゃんなしのシーンは他の日に撮ってるだろ？」

「まあねえ、それはそうだけどさ。でも、ほんとに土日が多いんだもんなあ。監督だって実は困ってるんじゃないの？　撮影、思ったように進んでないんでしょ？」溝口が言う。

「よけいなお世話だ」

「あの」思わず唯香が言う。「平日でも大丈夫です。テストも終わって、もうすぐ夏休みだし。学校の先生に話して許可をもらいますから」

「え？　ほんと？」溝口が喜ぶ。

「無理しなくていいんだよ」凌駕が心配そうな目を向けてくる。

「いいえ、本当に大丈夫なんです。明日、学校の先生に言って許可をもらっておきますから。実は先生も応援してくれていて。なので、火曜日からなら、いつでもオーケーです」

「本当？」

「はい」

「やった。じゃ、火曜日にしてよ。俺、空いてるから」溝口が言う。

凌駕が問いかけるように唯香を見る。

「私は火曜日でも結構です」

「決まり。火曜日ね。でもって、次の日曜はオフにしてよ。俺、用事があるんだ」

「じゃあ、一応、火曜日ということにしておこうか。明日、学校で話してみて、やっぱり平日に休みをもらうのは無理だってことになったら、遠慮なく言ってよ。もともと撮影は土日中心の予定で組んでるんだから。唯香ちゃんが気にすることは何もないんだよ」

凌駕は優しく言ってくれるが、自分のせいで皆に迷惑をかけてしまっていたのかと思うと心苦しかった。

「学校は大丈夫です。次回は火曜日でお願いします」きっぱりと唯香は言った。

3

もとより学校の教師の許可をとるつもりなどなかった。

唯香が通っているのは私立高校だが、規律が厳しく、芸能活動はおろか、アルバイトをしている生徒さえ、一人もいない。とてもではないが、映画に出演するとは言えなかった。

母も最初それを心配して、先生に見せるようにと長い手紙を書いて唯香に託した。知人の映画監督からきた話であること、信頼できる人で、これまでも良い作品を撮ってきたから、唯香の出る作品も必ず良いものにしてくれるだろうこと、学業に影響のない範囲で仕事をさせること、もしも学校に迷惑をかけることがあったら、親の責任として直ちに娘の映画出演を取りやめさせると書いてあった。それを知っているのは、唯香が手紙を担任に渡さずに開封したからだ。

唯香のクラスの担任は中年の女性教師で、穏やかな人柄だが、とにかく変化を嫌う。日々、変わりなく過ぎて行くことに価値を置いているようなところがある。そんな担任が映画出演という大きな変化を喜ぶはずもなく、唯香を応援してくれるとはとても思えなかった。それで、唯香は母の手紙を自分で開封し、書道に長《た》けた友人に頼んで、担任教師の名前で返事を書いてもらったのである。了解致しました。お知らせくださいまして、ありがとうございます、と。

母にそれを見せたら、ちょっと困ったような顔をしていた。内心では、担任教師が映画出演などとんでもない、と言うのを期待していたのかもしれなかった。いずれにせよ、そんなふうにして学校には何も知らせず、撮影に臨んでいたのである。今さら相談などできるはずもなかった。

火曜日の朝、唯香は学校に電話をし、腹痛で欠席する旨を伝えた。

正直言って、学校などどうでもよくなっていたから、欠席するのにためらいも罪悪感もなかったのである。それより、平日も撮影所で仕事ができることが嬉しかった。

そして木曜のきょうも、腹痛で欠席すると学校には言ってある。昨日は出席したが、また具合が悪くなったのだと。

「お大事に」

電話をとったのは、教師なのか事務員なのかよく分からなかったが、心から心配そうに言った。ちくりと心が痛んだものの、それも撮影所に来るときれいさっぱり消えてしまった。

学校をずる休みして、遊びほうけているわけではない。とてもとても実のあることに打ち込んでいるのだ。後ろめたく思う必要など、どこにもない、と自分を励ましさえする。

おはようございます、と挨拶をして、いつも通り控え室に入って行く。みどりが、おはよう、と応じながら、少し慌てたように読んでいた雑誌を閉じた。なんとなく気になって、何を読んでたんですか、と訊いてみた。

「週刊誌。暇つぶしよ」という答えだった。「それより、早く座って。髪が少し伸びてきたわねえ」ブラシを使いながら言う。「ちょっとだけ切りましょうか」

言うとすぐにヘアカット用のケープを唯香の肩にかけ、髪を切り始める。みどりはとても手際がいい。見惚れてしまう。

「どうしたの？」鏡の中でじっとみどりの手元を見ていたら訊かれた。

「みどりさんって、すごくてきぱきしてるなあって思って」

「仕事だからね。必要に迫られて、何をするのも手早くなっちゃうの。本当はもっとおっとり優雅にしていたいんだけど」

「優雅ですよ。みどりさんは」

「ありがとう。お世辞でも嬉しい」

お世辞じゃないのに、と言おうとしたとき、控え室のドアの外でみどりを呼ぶ声がした。

「監督だわ」と言って、みどりがぱっと立ち上がって外に出る。

今の今までみどりがいた場所に目をやったら、メイク用具の入った箱の後ろに薄い雑誌が置いてあるのが見えた。これまでもよくコスメ雑誌などを見せてもらったから、そんなつもりで何気なく手に取ってみた。

芸能人や政治家、文化人のゴシップを写真入りでスクープする週刊誌だった。唯香はこの種の雑誌をあまり見たことがない。興味もなかった。みどりにしても、こういった雑誌に手を伸ばすタイプには思えなかったので、ちょっと意外だった。表紙を見ると、『タレントのKに熱愛発覚、恋人は七歳年下のＯＬ』とある。みどりはKのファンだから、それでこの雑誌を買ってみる気になったのだなと納得した。

恋人のＯＬとはいったいどんな女性なのだろうと思いながら、何気なくページをめくったのだが、おそらくみどりがそこばかりを見ていたせいだろう、折りあとがついていたらしく、中ほどのページが自然に開いた。タレントKの載っている箇所ではない。

「え」

呆気に取られた。

「嘘」

唯香の声が聞こえたのか、あっ、と叫んでみどりがすっ飛んできた。唯香の手から雑誌を奪い取る。

今、目にしたものが信じられなくて、唯香は何度か瞬きをした。目の前では、みどりが困惑の表情を浮かべている。

「見せて」と言って手を出した。

みどりが首を横に振る。

「見せてよっ！」自分でも驚くような大声が出た。

みどりがびくっと体を震わせる。

「どうした？」凌駕が歩み寄ってきた。「何かあったのか」

「雑誌。みどりさんが持ってる雑誌」

「雑誌がどうかしたの」凌駕がみどりに訊く。

みどりは曖昧な表情を浮かべているだけだ。

「母が載ってるの」

「え？」凌駕も驚いた声を上げる。

「見せて」もう一度言った。

みどりは一つ息をついてから、諦めたように問題のページを開いて見えるようにした。

中年の男女がボートに乗っている。二人は頬を寄せて微笑んでいる。オールを握っている男性に、女性が何か食べさせてやっている。串に刺さったもの。焼き鳥か、おでんか、団子か。行楽地にありそうなそういった食べ物だ。二人はいかにも親密そうだ。男性が女性の手を取って、ボートから降ろしてやっている写真もある。

タイトルは『ロメオとジュリエット？　in京都』。

写真の男性は葛城で、女性の方は顔がぼかされてはいるものの、全体のシルエット、ヘアスタイル、見覚えのある洋服やバッグやスカーフから、唯香には母だとはっきり分かる。記事には、クレセント交響楽団常任指揮者の葛城怜司氏と、都内でカフェを経営するIさん、と紹介されている。

「あれ」と凌駕が言う。

少し驚いてはいるようだが、驚愕《きょうがく》というのではない。ごく落ち着いた声音だ。

「唯香ちゃんのお母さんみたいだね」

「ええ。これ、母です。この間、京都に行ったときだと思う。葛城のおじさまと会ってたんだわ」

「葛城のおじさまって、クレセント交響楽団の指揮者の葛城怜司のこと?」みどりが訊く。

「そうです。葛城のおじさまは亡くなった父のお友達で、いろいろお世話になってて。家族ぐるみで一緒に食事をすることもあるし。だけど、おじさまが母と二人でボートに乗ったりしてるとは思わなかった」

正直言って、唯香は葛城に幻滅した。葛城のことは信頼もし、頼りにもしていたのに。京都で二人でこっそり会っていたなんて。

「ああ、なんだ。そういう間柄なんだ」凌駕は暢気《のんき》な声である。

そんなにあっさりと納得していいの? と詰問したくなる。母はあなたの恋人じゃないの? この写真を見て、葛城と母の間に特別な何かがあるとは思わないの?

凌駕は写真をじっくり見直すこともしない。

凌駕が少しも動じないのは、母との間にある信頼感ゆえなのだろうか。二人の間には、ゴシップ程度では揺らがないものがあるということ？　その思いに唯香は深く傷つく。同時に、母への怒りが増していく。

凌駕がいるというのに葛城にまで唾をつけておこうとするなんて、欲が深いにもほどがある。

葛城のおじさまは、お父さんの大事な友達だった人。おじさまには寿々子さんという奥さんがいる。私にとっても、おじさまは大切な存在だった。

母はそれを全部承知の上で、触手を伸ばしたのだ。独り占めにしようとした。

やはり母は蜘蛛だ。それも大食漢の蜘蛛だ。なぜ凌駕も葛城も、それに気付かないのだろう。

父が早死にしたのも、もしかしたら母のせいではないのか。脈絡もなくそんなことまで考える。

いきりたつ唯香の気持ちとは裏腹に、葛城と母が古くからの知己だと知ったことでみどりは少し気が楽になったらしく、

「昔からのお知り合いなんですね。唯香ちゃんのお母さんと指揮者の葛城さん」などと言っている。「ちょっと見たい記事があったからこの雑誌を買ったんだけど、ふと目に

したページの中に気になる物を見つけて」と言って、みどりは写真の母の襟元に人さし指を当てる。「このスカーフ、先日、唯香ちゃんのお母さんがここにいらしたときもしてたわよね。エミリオプッチのでしょ？　色合いがすごくすてきで、印象に残ってたの。仕事柄、こういうものに目がいっちゃうのよ。いいなあ、あれ、どこで買えるのかなあ。プレミアがついていそうな変わった柄だったなんて思ってたの。そしたら、それが写真にも写ってて。よくよく写真を確かめたら、唯香ちゃんのお母さんに感じが似てるし、あれれれれと思ったの」

唯香は無言で写真を睨みつける。

母に対する不信感が、むくむくと首をもたげてくる。葛城とボートに乗って笑っている。串に刺さった何かを食べさせている。おそらく二人はボートに乗っただけじゃない。京都の町を散策したり、食事をいっしょにとったり、さまざまなこと（主な話題は自分だったかもしれないと唯香は思う）を語り合ったに違いない。それでもう十分、不実なことに思われた。それなのに凌駕はと言えば、ふうん、などと言って平気な顔をしているのだ。

「ほんとに何やってるんだか」

本気で腹を立てて言ったのに、みどりに笑われてしまった。

「唯香ちゃんの方が母親みたいね、今の台詞」

「こういう雑誌にはありがちなことだよ。ちょっとした事実を思い切り大げさに書き立てる。曲解する。気にしてたらきりがないからね」

まとめるように凌駕が言って雑誌を閉じた。早く準備してね、と言いおいて、控え室を出ていく。

「はい」と答えて、みどりが唯香のヘアメイクにかかる。

鏡の中の自分の顔を睨みつけながら、唯香は考える。

凌駕は気にしてたらきりがないと言ったが、この写真を一番気にしそうな人物、葛城の妻はどう思っているのだろう。

考えていたら腹立ちが腹立ちを呼んで、収まらなくなってしまった。やすやすと写真に撮られ、雑誌に掲載されるその無防備さも憎い。目にしたときに、不愉快に、そして気詰まりに感じる者がいるということを少しは考えたらどうなんだ、と思ったところで、唯香の怒りはさらにヒートアップする。

あの写真を目にしたときに感じた不快さは、二人が親密そうだったからだけではない。いい歳をして、ボートに乗ってはしゃいでいるのが伝わってきたからだ。川には他にも何艘かボートが出ていて、ぼやかしてあったのではっきりは分からないが、いずれも若いカップルのようだった。そんな中で、平均年齢を思い切り引き上げていそうなカップルの母と葛城がボートに乗って、団子か何かを食べていた。

「ばっかじゃないの。子供じゃあるまいし」家への道をたどりながら、思わず唯香はつぶやく。

握りしめていた写真週刊誌をぎゅうっと丸める。

亡くなった父、葛城、凌駕。唯香の大好きな男たちを独り占めにしようとし、実際しているらしい母がたまらなく憎い。

腹立ちは収まらないが、この状況をなんとか自分に有利に使いたいとも考える。

母にこの雑誌を突きつけ、こんな軽率なことをして、どういうつもり？　と問《と》い質《ただ》そうと思っていた。母はおそらく言い訳をするだろう。葛城さんに相談したいことがあったのよ。それは他ならぬあなたのこと。仕事で京都に行った折に葛城さんに会ったの、といったふうに。

「どっちにしたってスキャンダルになってるのよ、みっともない。葛城のおじさまだっておばさまだって、ものすごく迷惑してるに決まってる。お母さんって、ほんとに考えが足らなくて、ばかみたい。そういう人に私の仕事のことをとやかく言われたくない。お母さんは自分のことをきちんとやって。私は私のことをきちんとやるから」

少し強引かもしれないが、こんな論理展開で、母が映画の仕事に口を挟むのを阻止するつもりだった。どっちみち、しばらくは母も自分のことで精一杯になるだろう。

母に対する真性の怒りと、それをうまく利用して仕事をしやすくしようという算段とを胸に、唯香は自宅に帰った。玄関には母の靴が脱いであり、唯香よりも先に帰宅していたことを知らせる。

シュシュが唯香の部屋から出てきた。ベッドで寝ていたのだろう。唯香のベッドはシュシュのお気に入りだ。

「部屋にいていいよ」と言ったのだが、シュシュは唯香についてきた。

玄関から続く短い廊下を歩いて行くと、リビングルームのソファに母が硬い表情で座っていた。ああ、やっぱり母も写真週刊誌を見たのだ、と確信し、お母さん、と呼びかけようとした。

その瞬間、「唯香っ！」という母の鋭い声が耳を打った。

虚をつかれて唯香は母を見る。母の目が怒りに燃えていた。

シュシュは怯《おび》えたらしくびくっと身を震わせると、唯香の部屋に走っていってしまった。

怒っているのは私なのに。

理不尽さに唯香が戸惑っていると、「あなた、どういうつもりなの？」と母が強い口調で訊いてきた。

「何が？」

「学校を休んだでしょ。担任の先生から電話があったのよ。一昨日《おととい》も欠席して、またきょうも欠席だったから、ちょっと気になってとおっしゃっていたわ」

まずい。

唯香は唇を嚙む。

「嘘をついて休んだのね？　どこに行ってたかは訊くまでもないわよね。撮影でしょ？」

唯香は答えなかった。

「どういうつもり？」

どういうつもりも、こういうつもりもない。ただ仕事がしたいだけだ。

万里がさらに言い募る。

「約束が違うじゃないの。撮影は土日のみ。学業には影響のない範囲でっていう約束だったはずよ」

「五十嵐監督は、土日だけっていうつもりだったんだよ。私が平日でもいいからって言ったの。もうすぐ夏休みなんだしさ。学校に行ったって、まともな授業なんてほとんどなくて遊びみたいなもんだし、だからいいかなと思って」

「あなたがなんて言ったとしても、問題じゃないわよ。責任は監督にあるの。五十嵐監督に言って、あなたをおろしてもらうわ。明日からは撮影現場に行かせません。翡翠役には誰か別の女の子を捜してくださいって伝えるわ」

「バカなこと言わないで。撮影はもう進んでるの。撮り終わった分だって、かなりあるんだから。今さらおろさせてもらいます、なんて言えるわけない」

「そんなの知らないわ。約束を違《たが》えたんだから、やめさせてもらうのは当然でしょ」

「お母さん、勝手なこと言わないでよ」

「勝手なのは、どっちよ。五十嵐監督に任せておいたら、とんでもないことになる。私の娘が道から外れていくのを見過ごせないのよ」

興奮した口調で言葉を重ねる母とは逆に、唯香は少し落ち着きを取り戻しつつあった。

「道から外れていく？」母の古風な言い回しを薄く笑って揶揄《やゆ》する余裕もできた。「よく言うわ」

「何よ」

「だって道から外れてるの、お母さんの方じゃないの？」

「なんですって」

唯香は手にしていた雑誌をぽんとテーブルに置いた。まだ母はぴんときていない顔だ。

母は記事を見ていない。知らないのだなとそのとき気付いた。おそらく葛城のところには、クレセント交響楽団の事務局などからいち早く連絡がいっているはずだ。それを母に知らせないのは、いかにも葛城のおじさまらしい、と唯香は思う。母を守っているつもりなのかもしれない。それならそれでいいけど、私には母を守る義務などありませんから、と心の中で葛城に言い放つ。

荒々しい手つきでページを繰ると、問題の記事を開いて母に突き出した。

「これ、見て」

雑誌を手に取った母が息を呑《の》む。さっと頬に血の色が差した。

「みっともない。いい歳をしてボートに乗って大喜び。見ている方が、恥ずかしくて死にたくなる」

「この間、仕事で京都に行ったときに、クレセント交響楽団の演奏会があったのよ。聴きにいったの。そして翌日、葛城さんに京都を案内して頂いたの。やましいことなんて何もないわ」

「私に言い訳する必要なんかないけど」

「だってあなた、何か誤解してるみたいだから」

「誤解なんかしてない。ただ軽いもんだなって思っただけ。近くにいる男の人なら手当たり次第って感じ」

母のまなじりが上がり、瞳がぎらっと燃えた。

「こういうの、不倫現場写真って言われたりするのかな」

「なんてこと言うの」

「ボートに乗ってるだけじゃ、不倫現場とは言わないのかな。決定力不足かもね」

「いい加減にしなさい」

「そっちこそ、いい加減にしてほしい。写真を見せられたときの私の気持ちが分かる？　あとね、よく知ってるとは思うけど、葛城のおじさまには寿々子さんっていう奥さんがいるの。お母さんより何倍も賢くてきちんとした美しい人が。お母さんの出る幕なんてないの。でしょ？」

　母は黙ったままだ。

「寿々子さんだって、きっとこの写真見るよね。不倫現場写真って思われても、しょうがないんじゃない？」唯香は冷たく言い放つ。

　母はゆっくりと瞬きをした。奥歯を嚙みしめているのか、頰が引き締まっている。沸騰しかけた怒りを意志の力で抑え込んだらしく、口を開いたときの母は冷静だった。

「週刊誌の記事については、またあとで話し合いましょう。それよりも、今はあなたのことよ。学校を休んで仕事に行くなんて。担任の先生からの電話で、それを知らされた私の身にもなってちょうだい。どんなに驚いたことか」

「担任には何て言ったの？」

「映画の撮影に行ってます、なんて言えるわけがないでしょう。まだ腹痛が治まらないようで、休んでいますと答えたわ」

「そうなんだ」

「そうなんだ、じゃないでしょう。唯香、あなたはまだ高校生。学業が第一よ。仕事なんて大人になってからでもできる」

「『グラニテ』の仕事は、今しかできないよ」

「あなたがそう思い込んでるだけ。と言うか、思い込まされてるのよ」

「違う。翡翠を演じられるのは、今の私だけだもん」

「ねえ、お願いだから、映画に出るのをやめて。今ならまだ間に合う」

「間に合うって何が?」

「今まで通りきちんと高校に通って、当たり前の生活に戻ればいいわ。唯香は成績だって悪くないんだから、将来の進路は選べると思うの。前に言っていたみたいに、トリマーになるのもいいと思う。あなたが動物たちの美容院を開業したいっていうのなら、力になる。もしもあなたが別の道を望むのなら、それはそれでいいと思う。短期間、海外に留学したっていいのよ。語学を身につけたら、選択の幅が広がるわ」

「それで?」

「それから先は、あなたが決めればいいわ」

「私は今、決めたんだよね。今、自分の進む道を決めたの。海外留学や大学進学は別にどうでもいいの。『グラニテ』でいい演技をしたい、それだけが望みなの」

「熱に浮かされているのよ」母が淡々と言う。

「かもしれない。それでもいいの。熱に浮かされていたいんだから」

「後悔するわ」

「しない」

「するわよ」

「しないったら、しない」

「お母さんには分かるの。ずっと唯香のことを近くで見てきたんだから」

「もう見てくれなくていいよ」

母が黙る。

「なんかさ」と言って唯香は長く息をついた。「平行線だよね」

言った途端、悲しみに襲われた。母と自分の気持ちが、決して交わることのない平行線だなんて。それもかなりの距離を置いた平行線なのだ。

一番の相談相手で、友達で、頼りになる人だった母が、今は遠い。声を荒らげて言い争っていたときよりも、こうして落ち着いて向かい合ってみると、よけいにそれを感じる。

「無駄だね」唯香がつぶやく。

「何が無駄なの？」

「こうやって話してても」

「無駄じゃないわ。話さなくちゃ、分からないことっていっぱいあるのよ」

「話したって分からないこともいっぱいある」

「唯香」

「何？」

「あなたは変わったわ」

唯香は口の端を引き上げてちょっと笑う。

「お母さんは変わらなかったの？」

そう問いかけると、唯香は自分の部屋に入っていった。

第五章

1

話しても無駄、なんてことがあるわけないのに。

どうして唯香は、希望がひとかけらもないといった調子で、話し合うことすら拒絶するのだろう。

それに、あの目。こちらを見やる眼差し。母親を見るというよりは、旅先で出会った、とてもではないが好感を持てない老婆から、止めどない繰り言を聞かされ、いい加減どこかに行ってくれないかという願いを込めて見つめているような。

ソファに座ったまま、万里は両手に顔を埋《うず》める。

唯香は自分の部屋にいる。ときどきクロゼットの扉を開け閉めしているらしき音が聞こえてくる。

とても疲れてしまった。

傍らに投げ捨てるように置かれた写真週刊誌に、ちらりと目をやる。『ロメオとジュリエット？　ｉｎ京都』。

葛城とボートに乗っていたとき、何度か誰かに見られているような気がした。あれは錯覚ではなかったのだ。

考えてみれば、簡単なことだ。コンサート後の楽屋で、葛城は明日の朝食を一緒に、と万里を誘った。万里の泊まっているホテルの名前を口に出して確認さえした。あの場にいたか、あるいはあの場にいた者から伝え聞いたのであれば、葛城と万里が翌日、一緒にいる場面をカメラに収めるのは難しいことではなかっただろう。無防備と言われれば言い返す言葉がない。

葛城と京都の町を散策し、ボートに乗った。ただそれだけ。そのことが、スキャンダルになるなんて思ってもみなかった。長年の友人。家族ぐるみの付き合いを続けてきた人だったから。

そこまで考えて、万里は本当にそうだろうか、と自問する。

京都のホテルでの朝、葛城からの連絡を待っていたとき、そわそわと落ち着かなかった。朝食のビュッフェで、健康な食欲を見せる葛城に凌駕を重ねたりもした。ボートに乗ろうと誘われたときも、戸惑いながら気持ちが弾んだ。周囲の若いカップルの中で自分たちだけが浮いてしまう、と心配しつつも、昔の自分に戻ったようで楽しかった。

あれは、古くからの友人に京都を案内してもらったというようなものではなく、初めてのデートと言った方が当たっている。

「近くにいる男の人なら手当たり次第って感じ」

唯香の言葉が蘇る。

そんなつもりはなかった。手当たり次第だなんて。葛城をそんな安っぽい対象として見たことはない。

ほんの一時、ほっと息をつきたかっただけ。冷戦状態と言ってもいいような唯香との暮らしで、万里は疲弊していたのだ。

葛城といると肩の力が抜けて、素直な自分が戻ってきたように思えた。常に気にしていた自分の年齢のことも、脇に置いておくことができた。それが万里は、とても嬉しかったのだ。

なのに、こんなふうにおもしろおかしく取り上げられてしまうなんて。おまけに、唯香にまで写真を見られてしまった。

この記事のことを葛城はすでに知っているだろう。記事のメインは、クレセント交響楽団の常任指揮者である彼なのだから。

寿々子は知っているのだろうか。

常識的に考えて、クレセント交響楽団の広報部からか、葛城本人からか、連絡がいっているはずだ。これこれこういう記事が雑誌に載っている、マスコミ関係者から問い合わせがあってもノーコメントで通すように、という指示が出ているかもしれない。万里にも同じような指示が出されても不思議はない。なのに誰も何も言ってこないのは、もしも万里がまだ知らないのなら、それにこしたことはないと葛城が思っているからだろう。知らずにいてくれるなら、そのまま知らないでいてくれ、と。いやなニュースを子供の目から隠すようなつもりで。

葛城はいつもそうだ。万里を守るべき者として見ているようなふしがある。

携帯電話を取り出し、葛城の番号にかけた。電源が切られているか、電波の届かないところにいるというメッセージ。仕事柄、彼は電話に出られないことが多い。演奏会の最中はもちろん、練習中や打ち合わせのときも携帯の電源を切っているのだと言っていた。

葛城への電話は諦めた。代わりに寿々子に電話をして、一言謝っておくべきだろうかと考える。

やましさは何もないが、それでも寿々子に電話をするのは躊躇《ためら》われる。ご迷惑をおかけしてすみません、と万里が謝れば妻としてどんなに不愉快であっても、寿々子は笑って、いいのよ、気にしないで、と言ってくれるに違いない。それが万里にはたまらなかった。

いずれは寿々子に謝罪するにしても、まずは葛城と話さなくては。

あとでもう一度、葛城に電話をしてみようと決めたとき、唯香の部屋のドアが開いた。旅行用のトランクをずるずると引きずって部屋から出てきた。沖縄旅行の際に買ってやった真っ赤なトランクだ。

「唯香」

万里は慌てて駆け寄る。

「出て行くね」唯香が低く言った。

「え?」

「で・て・い・く」

「どこへ?」

「分かんない。でも、家にいたくない」

じっと万里を見つめてくる唯香の視線に迷いはなかった。

「ちょっと待って。落ち着きなさい」と万里が言うと、唯香は鼻で笑った。

「落ち着かなくちゃならないのは、お母さんの方。私は落ち着いてる」

実際、唯香は落ち着いていた。口調も穏やかで、喧嘩腰《けんかごし》のところは少しも見当たらない。それが万里をいっそう不安にする。

「とにかく話し合いましょう」

「話し合ったよ」

「いいえ、まだよ」

「もう十分」と唯香は悲しげに言った。「分かったんだ」

「分かったって何が？」

「ここにいたら、私はだめになる」

刃《やいば》を向けられたような思いだった。切っ先が目の前にある。怯《ひる》みそうになる心をなんとか奮い立たせ、万里は言った。

「どうして自分の家にいたら、だめになるの？」

唯香は答えない。答えないことが返事だった。

「唯香」

「心配しないでよ。ちゃんとやる。私は『グラニテ』の仕事がしたいだけなんだから。安っぽい家出少女みたいに、渋谷あたりをうろうろしたりはしないよ」唯香は優しく言った。

「心配に決まってるでしょう。あなたはまだ高校生なのよ。大人じゃないの」

「分かってるよ、そんなこと」

「だから、だめよ」

「もう決めたんだ。『グラニテ』の撮影が終わるまでか、もしかしたらその後も、私はここに戻ってこない」

「学校はどうするの？」

「どうでもいいよ」

「よくないわ。そんなの、許しません」

「許すとか、許さないとかじゃないんだよ。もう決めたの。じゃ、行くね」

トランクを引きずり、唯香が玄関を出て行こうとする。

「待ちなさい！」

唯香の肩を摑んだ。唯香が振り返り、悲しそうに表情を歪《ゆが》めたが、次の瞬間には荒々しく万里の手を振り払った。驚くほど強い力だった。

「邪魔しないで」

それだけ言うと、唯香は断固とした足取りで出ていった。

追いかけようと思っても、足がすくんでしまって動けない。へなへなと万里は玄関に座り込んだ。


へたり込んでいた万里が、がばっと起き上がったのは、唯香は凌駕のところに行ったのかもしれない、と思いついたからだった。

高校生の女の子が一人でホテルに泊まるとは考えにくい。普通だったら、親しい友人を頼るだろう。けれど、唯香の望みは『グラニテ』の仕事をすることなのだから、学校の友達の家よりも映画関係者のところに泊めてもらう方が合理的だ。

その映画関係者の中で唯香がもっとも信頼を寄せている相手。いや、信頼を寄せているどころではない。夢中になっている相手が凌駕だ。家を飛び出した十七歳の女の子が、真っ先に頼りたくなるのは好きな男性に決まっている。

万里は部屋の中をうろうろと歩き回る。

タクシーを拾い、一路、凌駕のマンションに向かっている唯香の姿が浮かんで万里は目眩を覚えた。

赤いトランクを持った唯香が自分を頼ってきたのを知ったら、凌駕はどうするだろう。

そんなこと、考えてみるまでもなかった。

部屋に入れる。そして、事情を聞く。今夜はもう遅いからと、自分の部屋に泊まるように促すのではないか。

凌駕の部屋を思った。何度も一緒に過ごしたことのあるあの場所。

いつか凌駕が自分から離れていく日があるのを万里は予感もし、覚悟もしてきたつもりだった。けれど、凌駕を奪っていこうとするのが自分の娘だなんて。

なぜ、凌駕と唯香なのだろう。

なぜ、あの二人でなければならないのだろう。

凌駕と別の新人女優。

唯香と別の若い男性。

そういった組み合わせだったら、寂しさや切なさ、苦しみがあったにしても、乗り越え、祝福することもできる。

足を止め、すとんとソファに腰を下ろした。

唯香が凌駕の腕の中で肩を震わせている姿が脳裏に浮かび、走り出したいほどの焦燥を覚えた。

唯香に凌駕をとられてしまう。

いやだ。いやだ。絶対にいやだ。

立ち上がり、部屋の中をうろうろと歩き回る。

お願い。唯香、戻ってきて。

必死で願うのは、娘を心配しているからではなく凌駕を渡したくない一心からだった。

娘の家出という緊急事態に際しても、嫉妬から抜けきれない。

唯香のことだけを心配していたいのに。それができたらどんなにいいだろうと思うのに。

でも、できないのだ。凌駕を奪われたくない。渡したくない。唯香にだけは。

両手に顔を埋め、万里はじっとしていた。泣いてしまいたいと思うのに、涙が出ない。

時を刻むチクタクという音がいやで、できるだけ音のしない掛け時計を選んだはずなのに、今夜はその微かな音さえはっきりと耳に届いてくる。

どこかで携帯電話が振動している音がする。万里ははっとして顔を上げ、電話を探して辺りを見回す。振動音はするが、どこにあるのか分からない。さっき葛城に電話をかけた後、どこに置いたのだろう。

かけてきたのは、たぶん唯香だ。いや、もしかしたら凌駕かもしれない。近くのビジネスホテルに泊まるように手配したよ、とでも言うのではないだろうか。唯香ちゃんが落ち着いたら、家に帰るように説得する、と。

ソファの上のクッションを次々にどかし、ようやく携帯電話を見つけた。大急ぎでフラップを開く。表示されていたのは、唯香でも凌駕でもなく、葛城の名前だった。

はい、と言って出る。

「万里さん、夜分に悪いね」と葛城は言った。

「いえ」と短く応じる。

気持ちがうまく切り替わらなかった。唯香と凌駕に捕われてしまっている。

「実はね」と言ったところで、葛城が迷うように言葉を切った。

「写真週刊誌のことね？」万里の方から言った。

「万里さん、見たの？」

「ええ。知り合いが、見せてくれたの」

短い間の後、「申し訳ない！」と葛城が言った。

勢いよく頭を下げている姿が、目に浮かぶような言い方だった。それには万里の方が慌てる。謝るべきなのは、自分のような気がしていた。

「万里さんに迷惑をかけてしまった」

「そんな」

「いや、そうだ。弁解のしようがないよ。おまけに僕は、すぐに万里さんに連絡しなかった。万里さんがあの雑誌を目にしていないなら、そのままにしておこうと思ったんだ。知らないでいるなら、その方がいいんじゃないかとね」

「私を思いやってくださってのことだったんですよね？」

「それもあるけど、なんと言うかな、単純に言いにくかったというのもある。俗っぽい面倒事に、万里さんを巻き込んでしまったのが申し訳なくてね。それで、だんまりを決め込んでいたら、女房に叱られた。すぐに万里さんにお詫びすべきだ、と言ってね。万里さんの写真はぼかしてあるものの、知っている人が見たら分かる。第三者の口から知らされるより、当事者がきちんと伝えるべきだってね。まったくその通りだ。一言《いちごん》もないよ」

「寿々子さんこそ、不愉快な思いをなさったでしょうに」

「笑っていたけどね。あなたもずいぶん間が抜けてるわねえ、ってね。こんな写真を撮られて万里さんこそいい迷惑よ、と言っていた」

まさかとは思うが、葛城は寿々子のその言葉を信じているのだろうか。夫が別の女と一緒にいるところを写真に撮られ、それが雑誌に載り、笑っていられる妻などいない。寿々子がそうしてみせたのは、プライドなのか、身に染み付いている礼儀ただしさゆえなのか。いずれにしても、万里は寿々子に合わせる顔がないと思うのだった。

「本当に申し訳なかったね」葛城が繰り返した。

「私のことはいいの。葛城さんこそ、お困りなんじゃないんですか」

「僕？」

「ええ。楽団から、何か言われたんじゃありませんか」

「気をつけるようにとは言われたけど、それだけだよ。大丈夫」

「それならいいけれど」

「それより、唯香ちゃんは？」

「唯香が何か？」

「唯香ちゃんの目には触れてないだろうか」

「あの子はこういう雑誌、見ないから」

週刊誌を持ってきて万里の目の前に差し出したのが、まさにその唯香だったのだということは伏せておく。

「そうか。なら、よかった。万里さんと僕がボートに乗っている写真を見たら、いい気分じゃないだろうからね。あの写真は、なんて言うか……」

「言いたいことは分かります。」

「うん。そうなんだよ」

「写真っていやね」

そうだね、と応じてから、万里さん、と改まった口調になる。

「はい」

「実際のところ、僕はあの日、少しはしゃいでいたのかもしれない」

「え？」

「万里さんと二人で京都を歩けて嬉しかったんだ」

万里の胸を温かなものが満たしていく。唯香と凌駕のことを考え続け、どうにもならないほどささくれ立っていた気持ちが、緩やかに解きほぐされていくようだ。

思い返してみれば、いつだって葛城はこうやって万里を支えてくれた。

葛城が昔から、自分に好意を持ってくれているらしいのには気付いていた。それが悠太郎を亡くし、未亡人になった万里への同情が端緒となったものなのかどうかは分からない。もしかしたら、悠太郎が元気だった頃からなのかもしれない。どちらにしても葛城の好意は、決して押し付けがましくなく、常に大人としての、社会的な地位のある男としての余裕があったから、保護者めいた気持ちに根ざしたものなのだろうと万里は考えていた。だから、多少は甘えてもいいだろうと。

それに、葛城には寿々子という非のうちどころのない妻がいる。寿々子は葛城よりも六歳年上。自宅で茶道教室を開いており、落ち着いた雰囲気の知的な女性。寿々子と一緒にいるときの葛城は、妻の言動に一目も二目も置いているのが傍目《はため》にも分かる。彼が音楽の世界で活躍できるのも、寿々子という妻に支えられているからこそだろう。

寿々子がいるから安泰なのだった。葛城がどんなに万里に優しくしてくれようとも、万里が葛城に頼り切ってしまいたいという衝動に駆られようとも、寿々子がいるから一線を越えることは決してない。何も問題は起きないと信じられた。

葛城も万里も、寿々子という防波堤に守られた世界の住人だった。

「僕のせいで万里さんに迷惑をかけてしまったね。本当にすまなかった」

「私の方こそ、謝らなくちゃ。葛城さんに甘え過ぎていました。ごめんなさい」万里は心から詫びた。

「万里さんが謝ることなんかないよ。甘えてくれて構わない。僕はずっとそうしてほしいと思っていたし、今も思っている」

葛城の言葉に万里は戸惑う。

今夜の葛城はどうしてしまったのだろう。

その思いが伝わったのか、葛城が苦笑まじりに弁解した。

「ごめん。よけいに万里さんを困らせてしまうね。これに懲りずに、そのうちまた食事でもしようよ」

「そうね」と応じてから、万里は思いついて訊いてみた。「私から寿々子さんに電話をしておいた方がいいかしら」

葛城は軽く笑って言った。

「そんな必要はないよ。万里さんから電話をもらったりしたら、寿々子の方が恐縮する」

万里には、とてもそんなふうには考えられなかった。だが、寿々子が万里からの電話を望んでいないのは確かだろうと思った。

寿々子の立場にいれば、むかっ腹が立たないわけがないが、腹を立てていることを万里に知られることの方がもっといやだろう。

などと考えているうちに、ふいに凌駕の顔が浮かんだ。

凌駕はこの記事のことを知っているのだろうか。見たのだろうか。

唯香はどこでこの記事のことを知ったのだろう。

唯香はきょう、学校をさぼって撮影所に行っていた。週刊誌の表紙に、葛城怜司という名前が出ている。もしかしたら、撮影所へ行く電車の中吊《なかづ》り広告で葛城の名前を見つけ、雑誌を買ってみたのかもしれない。

あるいは、誰かにこの記事のことを聞いたのか。

この女性、唯香ちゃんのお母さんじゃない？

ぼやけた写真を見て万里だと分かったとしたら、それは万里のことをよく知っている人間だ。たとえば、凌駕のように。

凌駕が先に記事に気付き、お母さんが載ってるよ、と言いながら唯香に雑誌を見せる。

それはぞっとする想像だった。

「どうかした？」葛城が心配そうに訊いた。

「いえ」と答えたものの声が震えている。

「何？」葛城が重ねて問う。

「ううん。なんでもない。少し疲れちゃって」

「そうか。もう休んだ方がいいね。じゃあ、また」葛城はそう言って電話を切った。

2

「久しぶりよね、万里ちゃんと一緒にケーキを焼くの」

万里は、ラ・ブランシェットのキッチンで、天野秀美と一緒にケーキを作っている。

万里はチーズケーキを、秀美はチョコレートケーキを焼くことにした。万里はクリームチーズを、秀美はチョコレートを、根気よくかき混ぜる。

昨夜は結局、一睡もできなかった。何度か唯香の携帯電話にかけてみたが、留守番電話になってしまうのだった。

窓の外が明るくなり、鳥のさえずりが聞こえ始め、朝がきたことを知った。だるい体を熱いシャワーでなんとかしゃっきりさせ、万里は店に出てきた。一人で家にいても、気持ちは沈んでいくばかりだ。こういうときは体を動かすに限る。運動と無縁に生きている万里にとって、体を動かすというのは店で働くこと、ケーキを焼くことなのだった。

朝八時前に店に来てみたら、もう秀美がいて、きりりとエプロンをつけた姿でキッチンに立っていた。

何年か前からケーキ作り専門のスタッフを雇い、ほとんどを任せることにしたのだが、週に一度は店長の秀美も朝早く店に出て一緒にケーキを焼いているのである。

ラ・ブランシェットを始めたばかりの頃は、毎日こうして秀美と一緒にケーキを焼いた。二人で焼けるだけ焼いて、売り切れたらおしまい。午後早い時間にケーキがなくなってしまうこともあり、お客さんから文句を言われるのもたびたびだったが、万里も秀美も早い時間に売り切れたことの方が嬉しくて、やったー、などとキッチンの隅で喜んでいたものだった。

懐かしい。

あの頃と比べれば、ラ・ブランシェットは大きくなった。支店もでき、スタッフも増えた。最近の万里の仕事は店の経営、つまりはお金の管理や調達、メディアを通じてのPRの仕事がメインで、こんなふうに店でケーキを焼いたり接客に当たったりすることは少ない。

近隣にカフェが増え、競争は激しい。それぞれの店が独自性を打ち出し、顧客を獲得する努力を続けている。

そういった中で、ラ・ブランシェットは独特の存在感を保ち続けてきた。

どんなときも、常に万里が自分に言い聞かせていたのは、持ち味を失わないこと。居心地の良い空間を提供するというコンセプトを他の何よりも優先させること。それに尽きる。

ケーキやクッキーなどを専門の業者に委託して店での作業を減らし、営業時間を延長して夜はアルコール中心の展開にすれば、より利益も上がるというアドバイスを受けたこともあった。だが、万里はそうしなかった。手間もコストもかかるが、ケーキ類は手作りにこだわり、夜九時には閉店する。人の手がかかった温かさを残しておきたかった。

保守的に過ぎ、きれいごととも、わがままともとれる万里の思いを貫き通すことができたのは、秀美のような気持ちの通じ合ったスタッフに恵まれているおかげだろう。

秀美はいつも万里の思いを汲《く》んでくれたし、力を貸してくれた。

でも、いつまで？

秀美なら自分の店を持って十分にやっていける。これまでには引き抜きの話もあった。秀美が相手にせず、私はここにいるわ、と言ってくれたからよかったものの。けれど、あれは今から何年も前の話だ。もしも今の彼女に新たな引き抜きの話が持ち込まれたら、ここにいるわ、と秀美が言ってくれるかどうか。言わせてしまっていいものかどうか。いつまでも、彼女を自分のところに留め置いておけるとは万里も思っていない。

隣でバターと小麦粉を手際よく混ぜている秀美をちらりと見る。

この店から秀美がいなくなったら……。

その不安が現実感を持って迫ってくる。

「お母さんは変わらなかったの？」

昨夜の唯香の問いかけが、脳裏に反響する。

変わらなかったはずがない。自分では意識していなくても、万里自身、変わったはずだ。そして、開店当初のコンセプトを頑《かたく》なに守り通してきたつもりでいても、ラ・ブランシェットも少しずつ変わっているのだろう。だとしたら、秀美だって変わっているはずだ。

「どうしたの？」

秀美に声をかけられて、はっとする。いつの間にか手が止まっていた。

「こうやってケーキを作ってると、いろんなことが思い出されて」

分かるわ、と言うように秀美がうなずいて言う。

「昔は毎日、こうやってケーキを焼いたもんね」

「うん」

「バターや卵や小麦粉と格闘していると、多少、いやなことがあっても忘れられた」

「秀美さんも？」

という万里の問いかけには、今の私もそうなの、という気持ちが込められていた。いやなことを忘れてしまいたい、と願う気持ちが。

「もちろんよ。私が焼いたケーキには、日々の思いがこもってるの。苦かったり、しょっぱかったりしたこともあるんじゃないかと思うわ」

「かもね」

顔を見合わせて笑う。

「さてと、万里ちゃん」秀美が仕切り直すような口調で言う。「お喋りしている暇は、あんまりないのよ。クレーム・ブリュレも作らないと」

はい、店長、と冗談めかして答えながら、万里は再び手を動かし始めた。

朝から晩までずっと本店に詰めていたのは、久しぶりだった。普段は三店舗を順番に回ったり、取引先業者との打ち合わせに出かけることが多いのだ。

もしかしたら馴染み客の誰か、あるいは店のスタッフの誰かが写真週刊誌の記事に気が付いて、何か言ってくるのではないかと身構える気持ちもあったのだが、幸い万里と葛城の写真に触れる者は誰もいなかった。

ひとまずその件は、ほっとした。気がかりは唯香のことだが、どれほど気を揉んだところで今の唯香を引き留めることはできはしない。

それに昨夜、唯香が凌駕のマンションに押し掛けたとして、凌駕は唯香を部屋に泊めるかもしれないが、関係を持つことはないのではないかと、冷静になった万里は思った。凌駕が唯香に女性としての魅力を感じていないというのではない。それどころか、凌駕は唯香に強く惹かれている。唯香を自分の映画に使いたいということ自体がそれを証明しているし、先日、見学に行った撮影現場での凌駕の眼差しからも感じた。

それでもなお、凌駕は唯香に何もしないと万里は確信する。

男としての本能よりも、映画を撮るクリエイターとしての情熱が勝っているはずだから。今の凌駕にとって、唯香はかけがえのない素材だ。素材を傷つけたり、変容させることになるのを最も恐れているのが凌駕だった。

凌駕と愛し合えば、確実に唯香の中の何か、おそらくは核になる重要な何かが大きく変わる。自分の作品に負の影響を与えるかもしれない。彼がそんなリスクを冒すわけがない。大人の打算なのかもしれないが、今は良識と呼びたいと万里は思う。凌駕にはクリエイターとしての良識が、いやというほどあるはずだ。

そう気付いたら、まだ猶予はあるのだと思えた。

昨夜から今朝にかけてあれほどざわめき立っていた気持ちが、全部とは言わないが、だいぶ落ち着いたのである。

九時過ぎに家に帰った。

玄関のドアを開け、廊下を進む。唯香の部屋の前を通った。もしかしたらと思わないではなかったのだが、唯香が帰っている気配はなかった。

リビングルームに入って、短く息をつく。留守番電話のメッセージランプが点滅しているのが目に入った。ボタンを押してメッセージが再生されるのを待つ。唯香なら携帯にかけてくるはずだから、期待してはいけないと思いつつも、娘の声が流れ出てくるのを願ってしまう。

「望月と申します」と女性の声が言った。細くてきれいな声だ。

誰だろう、と思っていると、望月という女性が続けた。

「五十嵐監督の現場で衣装とヘアメイクを担当しております。先日、お目にかかりまし化粧気のない、ほっそりとした女性の姿が浮かぶ。みどりさん、とみんなに呼ばれていた。

「昨夜から唯香ちゃんがうちに泊まっています。お母様にお知らせしておいた方がいいと思ってお電話しました。しばらくは、私のアパートから仕事場に行きたいと、唯香ちゃんが言っています。唯香ちゃんとの共同生活、私としては大歓迎なのですが、よろしいでしょうか」

その後に、自分の携帯電話の番号を伝えて、みどりの電話は切れた。

なんだ。

よかった。

万里は心の底からほっとした。

唯香がみどりのアパートにいたこと、凌駕のマンションに泊まったわけではないことを知って、小躍りしたいほど嬉しかった。

凌駕が唯香と深い関係を結ぶはずはないと思いながらも、やはりどこかで不安はあった。それが払拭されたことに安堵する。

「ああ、よかった。本当に」

何度もつぶやく。

唯香と一緒にいるとしたら話しにくいかもしれないと思いつつも、一言伝えておきたくてみどりの携帯電話にかけてみた。留守番電話になっている。

「市ノ瀬唯香の母です。ご連絡ありがとうございました。いろいろご迷惑をおかけしますが、よろしくお願いします。学校はもうすぐ夏休みですが、休みが始まるまでは、学校に行くようにと言ってやってください」

それだけ言って電話を切る。

当たり障りのないメッセージを残しただけなのだが、とても気持ちが軽くなった。

我ながら単純だと思うが、突然、空腹を覚えた。ラ・ブランシェットで、万里ちゃん、少し休憩してお食事とったら？　と秀美に声をかけられたときは、欲しくないの、と答えたし、実際少しも食べたくなかったのに。

キッチンに行き、冷蔵庫を覗く。たらこがあったので、パスタを茹でてたらこスパゲティにした。しそをたっぷり刻んだトッピング。

唯香を凌駕にとられたわけではない。

凌駕を唯香にとられたわけではない。

二つの思いが胸を去来する。

なんという浅ましさかと自分自身に呆れるが、それが万里の正直な気持ちだった。

二人とも、万里にとってかけがえのない存在。

どちらを失うのも耐えられない。ましてや、二人ともを失うなんて。

3

火曜日は定休日なので、万里は家でのんびりしていた。昼近くまで寝ていて、朝食兼昼食を食べてから、ゆっくりしたペースで家事をする。ソファに寝転がって雑誌を読んだり、気が向いたら風呂に入ったり、美顔パックをしたり、うとうととしてみたり。

一人でいると部屋は広く、がらんとしているが、気楽でもあることに万里は気が付いた。母親という顔が消えていく。

静かな部屋。

自分自身の気配しか感じられない家の中。いや実は、もう一人というか、もう一匹いる。シュシュが。けれど、ときどき水を飲みに出てくる以外は、シュシュはずっと唯香の部屋に閉じこもったきりなので、気配はあまり感じられないのだ。

娘時代に戻ったようだと思う。パリに留学していたあの頃。孤独と隣合わせだったが、自由も溢れるほどあった。

本当に長い間、こういう時間を失っていた。正確に言えば、失っていたことに気が付いた。

夫がいた頃は夫と、そして唯香と、凌駕と、誰かとの関係の中で万里は自分を生かし続けてきた。一人でいたいと思ったことも、一人でいられるようになりたいと思ったこともない。誰かから必要とされ、誰かを必要とし、そうして時間を積み重ねていくことこそが充実というものだと思っていた。

でも、今のこの気分は悪くない。

身軽で気楽。

何をするのも自由。

けれど、それはあくまでも短い時間だからいいのだろうと思う。唯香が凌駕の部屋で暮らしているわけではないと分かった安心感が見せる、幻だろうと。いずれは、唯香がこの家にいないことが耐え難くなるだろうし、凌駕に会いたくてたまらなくなるだろう。一人でいる虚《むな》しさに、叫び出してしまうかもしれない。

クッションを頭の下に敷いて、万里はソファに横になる。表で子供の声がする。おそらくは小学生。学校から帰ってくる時刻なのかもしれない。友達と別れの挨拶を交わし、走って家に帰る子供たちの姿が脳裏に浮かぶ。唯香にもそんな時代があった。お母さん、お母さん、と呼び立てながら家に走り込んできたあの頃。

「どうしたの。何かあったの？」

万里が問いかけると、あのね、あのね、と学校での出来事を矢継ぎ早に話し始めた。万里は熱心に耳を傾けた。頰を紅潮させて懸命に話す娘が愛おしくてならなかった。

唯香はどうしているだろう。

食事はちゃんとしているだろうか。

みどりという人が親切そうな女性だったのが救いだが、それでも他人のアパートで暮らすのは、いろいろと気を遣うこともあるに違いない。映画の仕事の後、家でほっと息をつくことができなかったら、身も心も疲れ切ってしまう。大丈夫だろうか。体を壊したりしていないだろうか。

あれこれ考えているうちに眠っていたらしい。電話の鳴る音で起こされた。もしかしたら唯香かもしれない。みどりから、お母さんに電話した方がいいわよ、と言われてかけてきたのかも。

急いで受話器を取る。急に起き上がったせいか、頭がくらっとした。

「もしもし、市ノ瀬さんのお宅でしょうか」聞こえてきた声は、若い男性と思われるものだった。

「市ノ瀬ですが」

何かのセールスだろうかと思い、ちょっと身構える。

「青柳動物病院の谷といいます。シュシュくんの件で」

「ああ、どうも。いつもお世話になっております」

「あの、いつも病院にシュシュくんを連れてこられる……」

「娘ですね？　あいにく出かけておりまして。シュシュのことでしたら、私から娘に伝えますけれど。何か？」

「実は、先日も市ノ瀬さん、娘さんの方の市ノ瀬さんに伝えたんですが、月に一度はシュシュくんを検診に連れてきてもらった方がいいと思うんですよ。ここのところ、ずっといらしてないんで。この間、偶然、市ノ瀬さんがシュシュくんを散歩させているところに出くわしたんですが、なんだかシュシュくんの元気がなかったようなので、気になって」

「そうでしたか」

確かに、シュシュは元気一杯とは言えないが、それは年齢的なものだとばかり思っていた。

春に腎臓の病気を患って以来、定期的に検診に来るよう言われたというのは、唯香から聞いて万里も知っていた。てっきり、唯香が連れていっているものだとばかり思っていた。

「近いうちに一度、シュシュくんを連れてきて頂けるといいのですが」と谷が言う。

そうですね、と応じながら考える。近いうちと言っても、いつ唯香が戻ってくるのか分からない。万里も普段は仕事があって、なかなか自由な時間がない。それで言った。

「今から連れていってはいけませんか」

「今からですか。もちろん、構いませんが、でも……」

「きょうは私が連れていきますので」

「分かりました。それではお待ちしています」


唯香ならシュシュを抱っこして連れていくのか、散歩のついでに動物病院に立ち寄るのかもしれないが、万里は物入れからペット用のキャリーバッグを引っぱり出し、シュシュをそこに入れて出かけた。

シュシュは怖がりだ。動物病院という存在自体が怖くてたまらないらしい。病院に着いて、キャリーバッグから出すのも一苦労だった。

ようやくのことで診療台に乗せた途端、怖かったせいか、シュシュが少しおしっこを漏らしてしまったので万里は慌てた。

「尿検査をするからちょうどいいですよ」と青柳先生は少しも慌てた様子がない。「谷くん、検査紙持ってきて」と若いアシスタントに言いつける。

白衣を着たアシスタントが万里に軽く頭を下げてから、戸棚を開け、検査紙を取り出して青柳先生に手渡した。

彼が、先ほど電話をかけてきてくれた谷らしい。二十代半ばくらいだろうか。ひょろりと背が高く、知的な印象だった。

少し線の細い感じはするけど好青年。というのが、万里の彼に対する評価。思ったそばから苦笑する。あまりにも姑《しゅうとめ》じみた感想だったから。

青柳先生は手早く尿検査を済ませ、シュシュの体重を計る。

「ちょっと体重が落ちてますね。食欲はありますか」

「普通だと思うんですが」

「最近のシュシュくんの様子は？」青柳先生が訊く。

「寝てることが多くて。でも、もともとシュシュは大人しい犬なので」

「水をがぶ飲みするとか、餌を食べたあとに嘔吐《おうと》するようなことは？」

「ないと思います」

すべて、思うとしか答えられない。正直言って、あまりシュシュに注意を払っていなかった。

「春に体調を崩したこともありますから、気を付けてあげた方がいいですね。栄養剤を出しておきますので、朝夕の食事と一緒に飲ませてください」

「分かりました」

処方された薬を受け取り、支払いをしていると、「僕も帰りますので、そこまでご一緒していいですか」と谷が訊いた。

　万里は黙ってうなずく。

　診察で疲れたらしいシュシュをバッグに入れて帰り支度をする。谷も白衣を脱いできた。

　失礼します、と言ってドアを出る。

「お大事に。お疲れさん」青柳先生は万里と谷の両方に声をかけた。

　白衣を脱いで、ジーンズとTシャツ姿になると、谷はさらに若く見える。

「谷さんは学生さん？」と訊いてみた。

「はい。獣医学部の学生です。青柳先生のところでアルバイトさせてもらってます」

「ああ、そうなんですか」
　二十一、二歳なのだろうか。それとも獣医学部は医学部と同じで六年制なのだろうか。そうすると、もう少し上なのかもしれない。
「今年、二十三になりました」万里の思いを読み取ったかのように谷が言う。

　唯香とは六つ違い。普通に考えたら年齢差がある方なのだろうが、唯香と凌駕という組み合わせが頭にあったせいか、谷とならちょうどいい年格好のように思える。

「シュシュくんは、市ノ瀬さんの犬なんだそうですね。あの、娘さんの方の」

　娘さんという言葉をひどく言いづらそうに発音する。彼にとっては、言い慣れない言葉なのだろう。

「娘は唯香と言います。唯一の唯に香りと書いて唯香」

「唯香さん」掌に漢字を書いて確かめながら、彼が言う。

その言い方と表情に、唯香に対する好意がはっきりと見て取れた。

万里は嬉しくなる。答える声も弾んだ。

「ええ。そうです。シュシュはね、唯香の犬なんですよ。餌をあげている回数は私の方が多いと思うんですけど、心を許しているのは唯香だけって言うか」

「シュシュ・パパ」と谷が言う。

「え？」

「シュシュくんは、お父さんが亡くなった年に来たんだそうですね。唯香さんが寂しくないようにって、お母さんが買ってくれたんだと聞きました」

唯香はそんなことまで谷に話しているのか。

自分が思っていた以上に唯香と谷が親しいらしいのを知って、万里の気持ちはさらに明るくなる。唯香に異性の友人がいたのを、きょうまで知らなかったのだ。

「唯香さんはシュシュくんをすごくかわいがっていますよね」谷が言う。

「ええ。ときどき、唯香とシュシュが共同戦線を張っているように思えて、頭にくることもありますよ」

「共同戦線？　それはまたどうして。唯香さんと、喧嘩でもしてるんですか」谷が笑いながら訊いてきた。

「喧嘩ねえ」と万里は首を捻る。「喧嘩の一種なのかもしれないですね。娘も難しい年頃だから」

「意外だな」谷がつぶやく。

「意外？」

「ええ。唯香さんの話から、すごく仲のいい母娘って思ってたから」

「唯香は何て言ったのかしら」

「いろいろ言ってましたよ。お母さんがカフェを経営してることだとか、ケーキ作りがお母さんの天職なんだって、すごく誇らしげに」

「あら、そうなんですか」

唯香がそんな話をしたのは、おそらく『グラニテ』の撮影に入る前だろう。それならば、分かる気がした。

「最近、唯香さん、忙しそうですね」谷が言う。

「そうなんですよ」

万里の返事が簡単すぎて物足りなかったのか、谷は何か言いたそうな顔をしている。唯香が何に夢中になっているかを訊きたいのだろう。けれど、映画に出演することになったというのは言わずにおく。できることなら、出演を取りやめさせたいという気持ちが万里にはあるからだ。

代わりに言った。

「もう少しシュシュの世話をちゃんとするように、谷さんから唯香に言ってやってくれませんか。私が言ったところで、あの子、聞かないから」

「僕から、ですか」

「ええ。唯香のメールアドレスをお知らせしますから」

万里が携帯電話を取り出すと、谷も慌てて自分のものを用意した。唯香のアドレスを表示させて谷に見せる。谷は素早く、正確に登録する。

「僕がメールしても構わないでしょうか」

「私から頼まれたって言えばいいですよ。唯香は私に対しては腹を立てるかもしれないけど。シュシュのことを心配してくださる谷さんに対しては感謝すると思うの」

「そうかな」

谷は少し心配そうだった。

彼が自信過剰な図々《ずうずう》しい男ではないということも、また万里には好ましく思える。

唯香にはきっと谷のようなボーイフレンドが必要なんだ。

唯香は女子校だったせいもあって、男の子と付き合う機会がなかったようだ。父親は唯香が幼い頃に亡くなっている。男っ気のない環境で過ごしてきた。だからこそ、凌駕に出会って強烈な印象を受けたのだろう。そして惹かれた。

けれど、唯香にはもっと彼女に近い目線で物事を捉え、一緒に悩んだり、考えたりしてくれる男友達の方がいい。唯香だって背伸びや無理をする必要がなく、自分らしくいられるはずだ。きっと。


小さな白い錠剤。餌に混ぜてみたが、シュシュは錠剤だけ残していた。

指先で錠剤を摘み、どうしたものかと万里は考える。冷凍庫を開けたら、バニラアイスクリームが入っていた。アイスクリームはシュシュの好物だが、前に青柳先生からドッグフード以外の食べ物は与えないようにと注意を受けている。

でも、薬を飲ませるためなのだから、少しくらいは許されるだろう。

「シュシュ、いらっしゃい」

呼んでみるが、シュシュは唯香の部屋に入っていってしまった。

「シュシュ」

アイスクリームと錠剤を持って追いかける。

「ほら、アイスクリームよ。久しぶりに食べたいでしょ？」

スプーンで一さじすくって掌に置く。シュシュが顔を上げ、万里に走り寄って来た。

「はい、どうぞ」

手から直接なめさせる。シュシュの舌の感触がくすぐったい。あっという間にアイスクリームはなくなったが、中に隠しておいた錠剤は掌の上に残っている。

シュシュは、あー、おいしかった、と言いたげな顔でベッドに飛び乗る。

アイスクリームとスプーンをテーブルの上に置き、万里はシュシュの隣に腰を下ろした。

「薬を飲まなきゃだめよ」

左手でシュシュの首を押さえ、右手で無理矢理、口を開けさせる。錠剤を口の中に放り込んだ。やった、と喜んだのもほんの一瞬だけ。シュシュはぺっと吐き出してしまう。

「もう！」

シュシュは知らん顔だ。

悠太郎が亡くなった年に、新たに家族に加わったシュシュ。シュシュはすでに十歳である。長い年月が経ったのだと改めて思う。

もしも悠太郎が、今も元気でいたら……？

唯香が凌駕に惹かれていくのを、もっと違った気持ちで見ることができたに違いない。映画監督なんてとても手の届かない存在に思えるけど、本当に好きなら頑張りなさい、と応援してやったかもしれない。

そう思うと、唯香がかわいそうだった。幼い頃に父を失った上、初めて本当の恋をしたというのに、邪魔立てをするのが母親だなんて。

万里の手の中には、まだ錠剤が残っている。アイスクリームがついていて、べとべとする。

「シュシュ、お薬飲んでね」

もう一度シュシュを押さえ込んで飲ませようとしたら、リビングルームの方から携帯電話の鳴る音がした。一旦、薬を飲ませるのをやめ、電話を取りに走った。凌駕からである。万里は大急ぎで通話ボタンを押す。

「万里さん」

その声に胸を衝かれた。

凌駕から電話がかかり、万里さん、と呼びかけられたのは、ずいぶん久しぶりのような気がした。

ほんの数ヶ月前まで、すぐ近くにいたのに。きりがないわね、と万里が甘いため息をつきたくなるほどに、彼は何度も万里を求めてきたのに。

「こんばんは」と万里は言った。

「今、話していても大丈夫？」

「ええ。家でのんびりしてるところよ」

「唯香ちゃんはまだ帰ってないよね？　さっきこっちを出たばかりだから」と淩駕が言う。

唯香が家出したことを淩駕は知らないらしい。あえて教える必要もないように思えて、万里は、まだ帰ってないわ、と答えた。

「この間の件なんだ。『グラニテ』に追加したいシーン」

「肌を露出するシーンね？」

「うん。唯香ちゃんは、お母さんにはあとで自分が必ず許可を取る。だから、とにかく撮影してほしい、と言うんだよ。しかし、できれば事前に万里さんの了承がほしい」

「言ったでしょう？　了承できないって」

「いやらしさなんて微塵も感じさせない美しいシーンにしてみせる。絶対、いい作品になる」

「そういう問題じゃないの。高校生の女の子がカメラの前で肌を晒すのよ。実際には水着を着ているとかいないとか、そんなことは関係ない。映画を見た人の目には裸体として映るの。そのことが、一生、唯香について回るのよ」

「唯香ちゃん自身も望んでいることだ」

「バカ言わないで。あなたが洗脳したんじゃない」

「洗脳？　いやな言葉を使うね」

「だってそうでしょう。唯香はまだ子供よ。意のままに操るのは簡単なことでしょ？」

短い沈黙の後、凌駕が言った。

「唯香ちゃんを意のままに操るなんて、誰にもできないよ。彼女にはとても強い意志がある。万里さん、気付いてないの？」

「強い意志なんていう立派なものじゃないわ。熱に浮かされてるか、わがままになってるか、それだけよ」

「違うよ。唯香ちゃんの中には、演じたいという強い欲求があるんだ。俺の方が彼女の情熱に啓発されたようなものなんだよ。誰が止めたって、唯香ちゃんは止まらない。走り続けるよ、きっと」

「やめて。聞きたくない」

「ねえ、万里さん」

優しく呼びかけられて、思わず万里は電話を摑み直す。

「唯香ちゃんの力になってあげてほしいんだ。唯香ちゃんは、演技をしたいという気持ちに翻弄されていると言ってもいい。彼女自身、戸惑っている面もあると思うんだ。唯香ちゃんが甘えられるのは、万里さんだけなんだよ」

「勝手なことを言わないで」

「頼むよ。唯香ちゃんにとって万里さんは、一番大切な存在なんだよ」

「凌駕」万里は静かに名前を呼んだ。

凌駕。凌駕。

一度しか呼んでいないのに、万里の心の中では何度も響く。

「うん」

「今の私は、あなたにとって唯香の母親でしかないのね?」言った途端、涙があふれそうになる。口元に掌を押し当てて堪えた。

「何言ってるんだよ。万里さんは万里さんだろ。今はたまたま仕事の話をしているから、唯香ちゃんの母親としての万里さんに頼み事をしているだけだ」

寂しいの。不安なの。心の中で叫んでいる。けれど、口には出せない。出さなくたって、分かるはずだと思う。分からないのなら、もう恋人同士とは言えない。

凌駕、お願いだから私のものでいて。唯香のことばかり話さないで。私のことを見て。

「写真週刊誌にね、私のおかしな写真が載っちゃったの」

「ああ、知ってる」と凌駕が言う。「指揮者の葛城氏との写真だね。万里さんと葛城氏は古くからの知り合いだって、唯香ちゃんが言ってたよ」

「ええ」絶望的な気持ちでうなずく。

凌駕があの写真について知っていたこと。全く気にしている様子がないこと。嫉妬のかけらも感じていないらしきこと。それよりも、彼にとっては、唯香にきわどいシーンを演じさせられるかどうかという方が重要な問題なのだ。

「私が、うんと言おうと言うまいと、唯香が裸になるシーンは撮るんでしょ？」

「是非とも撮りたいと思ってる。だから、万里さんに許可してもらいたいんだ。応援してもらいたいんだよ」

応援？　誰を？　唯香を？　凌駕を？　二人を？

「前に、万里さんが俺の部屋でグラニテを作ってくれたことがあっただろう？　頻繁にベッドから起き上がってキッチンで凍りかけの果汁をかき回してた」

「ええ」

「一度、凍ったものをまた崩して、凍らせて、その繰り返しによって、きめこまかいグラニテができるんだって言ってたよね。あれがずっと頭に残ってた。いつか『グラニテ』という映画を撮りたいと思ってたんだ。この作品は、万里さんが俺に撮らせてくれたようなものなんだよ」

「私があなたに撮らせたとか、唯香に啓発されて新しいシーンを入れようと思ったとか、勝手すぎるわ。あなた自身が撮りたいだけでしょう？　全部、あなたが望んだことでしょう？」

万里の声が悲鳴に近くなる。が、凌駕は構わずに言った。

「今までと全然違うんだ。撮っているときの俺自身の気持ち。ものすごく高揚しているんだけど、どこか客観的に眺めている。客観と主観が俺の中で交錯する。こんなの初めてだよ。わくわくする。きっと新しいものができる。絶対できる」

いくら話したところでだめだ。どれほど訴えたところで、凌駕には届かない。

「凌駕」

「何？」

「これ以上、話したくないの」

「え？」

「あなたは、あなたの好きなようにすればいい」

「万里さん」

「もう電話してこないで」

言った途端、涙が溢れた。

凌駕の声をずっと聞いていたいのに、毎晩だって話をしたいのに、もう電話してこないでなんて言ってしまった。

嘘よ、と取り消したい衝動に駆られるが、やっとのことで堪えた。

凌駕の声が響いてくる。彼は言った。

「追加シーンの撮影を許可してくれたっていうふうに、受け取っていいのかな？」

もう電話してこないで、というのは別れの言葉としか受け取れないはずなのに、凌駕には違って響いたようだ。

彼が恐れ、心配しているのは、あのシーンが撮れなくなるということだけ。

万里はもう何も言わずに、電話を切った。

第六章

1

指先が、唇が、舌が、肌の上をゆっくりと動いていく。そのたびに、宝石のように唯香の体を飾っていたグラニテが少しずつ消えていく。

体の芯が燃えるように熱いのは、性的な高ぶりを覚えているからではなく、ましてや羞恥のためでもない。翡翠という少女が、今、新しく生まれ変わっていく。その感動に身も心も打たれていた。

首筋にある氷のかけらを恋人役の溝口が食べる。一口、また一口と食べていく。

このシーンの撮影に際して、唯香は薄い素材でできたベージュの水着を身につけているが、そんなもの、着ていようが着ていまいが変わりはない。翡翠となった唯香は、すべてを晒すつもりで身を横たえている。

仰向《あおむ》けに床に横たわり、体をグラニテで覆われた唯香は、さながら氷山に生き埋めにされていた女性が今まさに助け出されたといったところ。

肌の上のグラニテがライトを浴びてきらきらと光る。それをカメラが追っていく。

溝口の動きはゆっくり丁寧だ。首筋から胸元へと滑るように唇を動かしていく。彼が氷を咀嚼《そしやく》する、しゃりしゃりという音だけが響いている。リンゴと紅茶のグラニテ。その甘い香りが漂う。

溝口の唇が胸の中心から臍《へそ》へと下りた。それまでそっと瞼《まぶた》を閉じていた唯香が、ふいに目を開いた。みひらいた目で溝口を凝視する。目が合い、溝口がぎょっとした顔をする。当然だ。台本では、最後まで唯香は目を閉じていることになっていたのだから。唯香だって、そうするつもりだった。なのに、突然どうしても見たくなった。見ないわけにはいかないと思った。溝口がどんなふうにグラニテを食べているのかを。

唯香の目に映った溝口は、赤ん坊のようだった。寝ている母親に乳を求めてすり寄っていく赤ん坊。

氷をしゃぶったり食べたりし続けたせいで彼の唇は赤くなり、頰や髪も濡《ぬ》れていた。溝口はブラックジーンズだけを身につけ、上半身は裸だ。その姿で唯香の体に覆いかぶさるようにして氷菓を食べている。

唯香はふっと力を抜いて微笑んだ。溝口の両眼が見開かれる。周囲の空気が変わる。それまでにも増して静まり返り、ぐっと密度が増したようだ。けれど、唯香は気にかけない。大勢のスタッフの見守る中で演技をしているにもかかわらず、今、この世に存在するのは、溝口と自分とグラニテだけのような気がする。

　溝口の喉仏が上下する。それを見てもう一度唯香は微笑み、再びゆっくりと瞼を閉じた。

「カット!」

　凌駕の声が響く。

　誰ともなく、長く息をつく。唯香はまだ横たわったままで、夢とうつつを行きつ戻りつしているかのように、ぼんやりと瞬きをした。

　バスタオルを広げたみどりが、唯香に駆け寄ってくる。

「大丈夫?　寒くない?」

　タオルを唯香の肩に巻き付け、上からさすってくれる。唯香はのろのろと上体を起こし、みどりにもたれかかった。体に力が入らない。

「俺にもタオル」溝口がぶっきらぼうに言う。

「あ、すみません」

　みどりが慌てて言い、アシスタントにタオルを持ってくるように言いつけた。すぐに大判のタオルが用意され、溝口はそれで自分の体を覆った。そうしながら、怖いものでも見るような目で唯香を見つめる。唯香はと言えば、相変わらずぼうっとしたままみどりに体を預けていた。

「まいったな」溝口が言った。「まったく、唯香ちゃんにはまいるよ」

「え?」

そのときになってようやく唯香は溝口を見た。

「演る前は、緊張してがっちがちで顔が引きつってたのに。だからこっちも緊張してたんだよ。男に触られたことのない体に、演技とはいえ、初めて男の指や唇が触れるわけだから、それはもうどうなることかと思ってね。男として楽しみな反面、俺がリードしてやらなきゃなって、責任を感じてもいたわけさ。何しろ一番の見せ場だしね。それがどうだよ」

「私、どうでした?」唯香はまっすぐに問いかける。

「どうもこうもないよ」溝口は苦笑するだけで答えない。

「みどりさん、どうだった?」心配になってみどりに訊く。

みどりは何も答えずに、タオルの上からぎゅっと唯香を抱きしめるだけ。

「監督」溝口が凌駕に呼びかけた。「彼女になんとか言ってやってよ。私、どうでした? なんて心配してるんだからさ。俺、もうダメ。休む。疲れたよ」

それだけ言うと、溝口は立ち上がり、控え室に入っていってしまった。

凌駕がそんな溝口を見、それから唯香を見た。その瞳に微笑みを見て取って、唯香は卒倒しそうなほどほっとした。

「私……」

口を開こうとした途端、胸がいっぱいになった。肩に巻き付けられていたタオルをたぐり寄せて口元に当てる。気が付いたら、涙が溢れていた。胸の奥の方から熱い塊が押し寄せてきて、どうやっても抑えられなかった。

「唯香ちゃん」みどりが慌てて背中をさする。

凌駕がすぐ近くに来てかがみ込んだ。

「すごくよかったよ。信じられないほど、よかった」

唯香は無言でしゃくり上げる。

「途中で目を開いて溝口を見ただろう？　あれは自分で考えたの？」凌駕が訊いた。

首を横に振り、

「分かりません。ただ、どうしても見たくなって。溝口さんがどんな顔をしてグラニテを食べているのかが見たくなって、見なくちゃって思って目を開けてしまったんです」

涙でとぎれとぎれになりながら説明した。

「見たくなった？」

「はい」

「そうか。見たくなったのか」もう一度繰り返して、凌駕は深くうなずいた。

「すみません」

「謝ることなんかない。すばらしかった。唯香ちゃんが目を開いて溝口をじっと見た瞬間、翡翠という少女が、存在感のある一人の女になった」

凌駕の言葉に、みどりをはじめとする他のスタッフもうなずく。

唯香には実感がない。無我夢中だった。一人で台本を読んでいたとき、唯香なりにあしよう、こうしようと考えてはいた。しかし、実際にスタートの声がかかってからは、頭の中は空白。何も考える余裕がなかった。ただ、とても嬉しかった。それまで殻に閉じこもっていた翡翠という少女が、生まれ変わって自由になっていく。その喜びに翻弄されていた。

「溝口のやつ、圧倒されそうになってたな。それもまた男と女のリアリティがあってよかった。男はどんなときだって、女性に敵わないんだ」

凌駕の声が聞こえたのか、溝口の控え室の方から、うるせえ、と怒鳴り声がした。凌駕がちょっと笑う。唯香もつられて笑顔になった。

「絶対にいい作品になる、してみせるよ。きょうはこれでおしまいにしよう。熱いシャワーを浴びて、風邪をひかないようにゆっくり休んで」

小道具担当のスタッフと打ち合わせがある、とみどりが言うので、唯香は先に一人で帰ることにした。

撮影現場の興奮がまだ残っている。駅までの道は雲の上を歩いている気分。ぼうっとしたまま改札を通った。

待つほどもなく、ホームに電車が入ってきた。車内はすいていたので、シートに腰を下ろした。なんとなく中吊り広告の見出しを目で追ってはみるものの、少しも頭に入ってこない。

自分が抜け殻になってしまったような、あるいは抜け殻などではなく、今の唯香は脱皮をして別の姿形になった虫であるような、どっちつかずの気分だった。

思い出すと、頬が火照る。ほとんど裸体に近いシーンを思い出して羞恥を覚えるというのではない。手放しで凌駕が誉めてくれたことを思い出し、嬉しさで頬が火照るのだ。

ああ、よかった。

今になって、ようやく唯香はほっと息をついた。

なんとかやり終えたのだ。

満足感を覚えると同時に、自分を誇らしく思う気持ちが芽生えた。

私って、けっこうやるじゃない。

頬にそっと手を当て、緩みそうになる口元を意識して引き締める。前のシートに座っていた男性が訝しげに見ている。思い出し笑いを封じ込めようとしている今の自分は、他人の目には相当気持ち悪く映るだろう。

できるだけ普段通りの自分でいたくて、携帯電話を取り出してフラップを開いた。メールが届いていた。差出人に心当たりはない。タイトルに『谷です』とあるのを見ても、すぐには誰だか分からなかった。

〈突然、メールしてごめん。先日、シュシュくんの件で、きみの家に電話をしました。〉という最初の一文を読んで、ようやく青柳動物病院のアシスタントの谷だと思い当たった。

それにしても、なぜ谷がメールを送ってくるのだろう。アドレスを教えた覚えもないのに。

その疑問はすぐに解けた。谷のメールに、お母さんに頼んできみのアドレスを教えてもらったんだ、というくだりがあったからだ。

それまでの熱に浮かされたような気分は一瞬に消え去り、唯香は冷静になる。谷は自分が教えてほしいと頼んだように書いているが、事実はきっと違う。母が進んで教えたのだ。

携帯の液晶画面を睨みつけながら、唯香は考える。

母の気持ちが見えるようだった。

あなたには谷くんがお似合いよ。凌駕は無理。諦めなさい。唯香、あなたはまだ子供なの。

そう思っているに違いない。

許せなかった。唯香に断りもなく、メールアドレスを谷に教えるなんて、おせっかいを通り越して個人情報保護法に引っかかるのではないか。凌駕と引き離そうという意図が見え見えだ。やり方が露骨でバカにしている。ますます腹立ちが募っていく。

〈シュシュくん、元気がないみたいだったよ。きみは今、忙しいようだけど、シュシュくんのことも少し構ってやりなよ。寂しがっているよ。〉

谷のメールはシュシュへの思いやりに満ちあふれているが、今の唯香にとっては鬱陶しいだけだ。シュシュに託して、きみがいなくて僕も寂しいよ、と言われているような気になる。実際、谷はそう言いたいのだろう。

〈夏休みはどうするの？　僕は、長野県にある牧場へ実習に行くことが決まった。暇があったら、旅行がてら遊びにおいでよ。〉

そのあとに牧場の住所と、実習に行く日程が記されている。

谷には好感を持っていた。公園を散歩したときも、とても楽しかった。年上の男性と自然に話ができたのも嬉しかった。けれど、今は不快感の方が大きい。母の手先だと思ってしまう。

牧場になんか行くもんか。

撮影の間に休みがとれたとしても、谷に会いに行く気はない。

谷からのメールに返信はせず、そのまま削除した。携帯電話をバッグにしまい、腕を組んで荒く息をつく。

まったく。

せっかく家を出て、母から離れられたと思ったのに、思わぬ形で母の影が追いかけてくる。どうやったら振り払えるのか分からない。

不愉快な気分のまま、みどりのアパートに帰った。ダイニングキッチンと和室が二部屋。２ＤＫのこぢんまりしたアパートで、和室の一部屋を唯香が使わせてもらっていた。

パジャマに着替えると、布団を敷いてもぐりこんだ。母に対する苛立ちがあとからあとから湧いてきて、吐き気を催すほどだった。けれどどれほどいやな気分になっても、物に当たったり、自棄《やけ》食いをしたり、衝動買いに走ったりして鬱憤を晴らすことはしない。というか、できない。それが自分の悲しいところだと唯香は思う。外に向けて発散することができたら、どんなにいいだろう。

そうする代わりに、こういうとき唯香は布団にもぐってひたすら眠る。昔からそうだ。嫌な気分や割り切れない思いを胸の底に押し込めて、眠るのだ。

目が覚めたときにすっきり爽やかになっている、ということはほとんどない。ただ、絶対に許せない、耐えられないと思ったことが、ほんの少しだけ何とかなりそうに思えるようになるだけましだった。だから、とりあえず眠る。

布団に入って目を閉じても、母の顔が浮かんできてしまう。撮影現場を訪れた際の、あの場違いに優雅な様子。言い合いになったときの血走った瞳。眉が吊り上がり、額に皺が寄り、首に筋が立つと、唯香の知っている母とは別人のようにきつい顔になる。

結局、母は焦っているんだ。娘に負けるのが怖いんだ。

母は四十三歳。今月の三日が母の誕生日だった。いつもなら一緒にお祝いするのだが、今年は何もしないままに過ぎていった。

古典の授業で習ったけれど、江戸時代なら三十歳を越えたら大年増《おおどしま》と呼ばれたとか。四十三歳の母のような女は、なんと呼ばれたのだろう。いずれにしても、とっくに枯れた心境に到達していなければならないはず。なのに、母ときたら、枯れるどころかどんどん女になっていくようでさえある。みっともないし、惨《みじ》めにも思えるのに、その自覚がないところがかわいそうと言えばかわいそうだ。

そう考えて唯香はちょっとだけ笑った。母を憐れんで笑っているつもりなのに、自分を優位に感じるどころか、さらに惨めな気分に陥る。布団に逃げ込んで母を嘲笑《あざわら》おうとする自分がみっともなく思えた。

こうして私は、どんどんいやな人間になっていく。もしかしたら、これも母の策略なんじゃないか。

考えれば考えるほど、悪《あ》しきスパイラルに巻き込まれていくようだ。

唯香はぎゅっと目をつぶり、シュシュのことを思い浮かべようと努めた。

小学生の頃、学校でいやなことがあって、ちょうど今のように唯香が布団にもぐりこんでいると、必ずシュシュは隣にやってきた。普段のシュシュは布団に入らず、唯香の足下で丸くなって眠るのに、そういうときは襟元から中に入ってきた。もぞもぞと体を動かして自分の居場所を確保し、唯香の頬に鼻をくっつけるのだ。冷たく濡れたかわいらしい、シュシュの鼻先。シュシュのにおいに包まれていると、いつだって安心できた。

ああ、今ここにシュシュがいればな。

シュシュの代わりに、タオルケットを抱きしめる。

撮影で疲れていたせいもあるのだろう。いつの間にか眠っていた。

目が覚めたのは、みどりの声のせいだ。ひそめた声。それゆえ唯香の神経のどこかが刺激された。

「うん。ごめん。もう少し待って。仕方ないのよ。ごめん。悪いと思ってる」

みどりは誰かと電話で話しているらしい。

「しばらくは無理。外で会おうよ。だって、しょうがないじゃない」

ぼうっとした頭でみどりの声を聞く。

「私を頼ってきたのよ。追い出せるわけないじゃないの。家には絶対に帰りたくないって言うし」

え？

唯香は激しく瞬きをする。一瞬にして覚醒した。

追い出せるわけない？　家には絶対帰りたくない？

それって、私のこと？

「しんちゃん、お願い。無理言わないで。泊まるのはNGだってば。とにかく撮影が終わるまでは」

しんちゃんというのは、おそらく恋人だろう。みどりは恋人に向かって一生懸命謝っている。泊まるのはNGだと言っている。

私、迷惑をかけてるんだ。

唯香がみどりのアパートに転がり込んできてから二週間が経った。それ以前は恋人が気軽にここを訪れ、泊まっていったのだろう。

みどりは魅力的な女性だし、そういう相手がいるのは当たり前だ。今まで気付かなかったのが、迂闊《うかつ》すぎた。みどりは何も言わなかったから、まさか自分の存在が邪魔になっているとは思いもしなかった。みどりの厚意に甘え、きょうなど、先に一人で帰ってきてふて寝をしている図々しさだった。

私はやっぱり、どうしようもないほど子供なのかもしれない。

唯香は悲しくなり唇を噛みしめる。

「ごめんね。また電話する。じゃあね」

みどりが電話を切る気配がした。

唯香は布団をかぶり、ぎゅっと目を閉じる。みどりはキッチンに行き、水を飲んでいるらしい。そして、ふう、と長く息をつくのが聞こえてきた。


「どうしたの？　急に」唯香の前に腰を下ろすやいなや葛城は言った。

「ごめんなさい」

「謝ることはないよ。ただ急な電話だったから、びっくりした」

二人は渋谷の東急本店の中にあるコーヒーショップにいた。

昨夜電話をかけ、会いたいんです、できればすぐに、と切羽詰まった口調で言う唯香に、葛城がここを指定したのだった。

コーヒーを注文すると、葛城は唯香を正面から見て、少し痩せたみたいだね、と言った。

「そんなことないけど。体重も変わらないし」

「そう？」

「はい」

「ならいいけど。それで、何かあったの?」と葛城が訊いた。

「私、家出中なの。母が話したかしら」

「家出? いや、聞いてない。知らなかったよ。いったいどうして」

「母と、いろいろあって」

「いろいろ?」

唯香がうなずく。

「今は、メイクの望月さんのアパートに転がり込んでるの。でも、いつまでもそこにいるわけにもいかないなと思って。望月さんには、望月さんの生活があるし」

「出て行けって言われたの?」

「望月さんは何も言わない。いつも優しくしてくれる。すごくいい人なの。でも、それに甘えちゃいけないなって思って」

ふうん、とうなずき、葛城はしばらく唯香の顔を探るように見ていたが、やがて、それで? と訊いた。

膝の上で両手をぎゅっと握り合わせてから、思い切って言った。

「一人暮らしがしたいの」

「一人暮らし?」

「はい。望月さんのところを出て、一人で暮らしたい」

「唯香ちゃん、きみはまだ十七歳なんだよ。一人で暮らすには早すぎると思うけど」

「でも、一人暮らしをしてる子が、うちの高校にもいるけど」

「それは何か事情があるんだろう。地方に実家のある人が、唯香ちゃんの高校を受験して合格して一人で上京したとか。そういう場合は、選択の余地がないから仕方ないよ。でも、高校生だし、一人暮らしって言っても、賄い付きの学生寮のようなところにいるんじゃないのかな」

その通りだった。

「家に戻る気はないの？」

黙って首を横に振る。

「学校は？」

「今は夏休みだから」

「休みが終わったら、どうするつもりなのかな」

「そのときに考えるつもり」

運ばれてきたコーヒーを飲みながら、葛城は考え込んでいる。

「うちにおいで、と言ってあげられればいいんだけどね」

「そんなご迷惑をかけるつもりはないの」

「いや。迷惑なんてことはないよ。家内も唯香ちゃんが来てくれたら喜ぶだろう。ただね」言い淀《よど》む。

何か事情があるようだった。もとより葛城の家に住まわせてもらおうと思ってはいなかったのだが、その事情が何なのか、気にはなった。唯香は葛城の言葉を待った。

「実は今、僕は一人暮らしをしていてね」

「え？」

「簡単に言えば、妻と別居中」

「嘘」

「嘘じゃないよ」

「どうして」と問いかけながら、理由が分かるような気がした。写真週刊誌に載った、葛城と母の写真。あれを見た葛城の妻の気持ちは想像に難くない。夫に裏切られたと思ったのではないか。そして、なんて図々しい人なの、と母に対して腹立ちと嫌悪感を覚えたことだろう。その母の娘である自分を家におくなど、とんでもないと思うのも無理はない。

「あの写真のせい？　母と一緒にボートに乗っている」

葛城はちょっと顔をしかめ、

「唯香ちゃん、あれ見たの？」

「はい」

「そうか。悪かったね。嫌な気分だっただろう。お母さんがあんなふうに書かれて。しかし、何も後ろめたいことはないんだよ。仕事で京都に来ていた万里さんと会って観光したというだけだ」

「母もそう言ってた。でも……」

「何?」

「葛城のおばさまは、どう思ったのかなって」

「笑い飛ばしていたけどね。実際のところはどうだったのかな。不愉快ではあったのだろうね。しかし、現在の別居は写真週刊誌のせいではないんだ。夫婦の間には、長い間にいろいろなものが積もっている。気付いたときには、振り払うことができなくなってしまっていたんだよ」

葛城の言葉は、ずっと妻とうまくいっていなかったというふうにもとれる。

理想的な夫婦だと思っていた葛城夫妻の間にも、他人の目には見えない亀裂があったのかと思うと、唯香はとても残念だった。葛城夫妻の落ち着いた雰囲気や、お互いを思いやる様子に憧れを抱いていた。

その一方で、チャンスかもしれないと思ってもいた。神様が自分に与えてくれた稀《まれ》なるチャンスかもしれないと。

「寿々子おばさまとは、これからどうするの?　ずっと別居?」

「どうだろうね。元に戻ることはないだろうが」

「そんな……」唯香はうつむく。

「悲しそうな顔をしないでくれよ。夫婦には夫婦の事情があるっていうだけのことなんだから」

唯香はぱっと顔を上げて、鋭く言った。

「母のせいよね？」

葛城が驚いたように瞬きをする。

「母のせいでおじさまとおばさまは、うまくいかなくなったんでしょ」

「万里さんのせいじゃない。これは我々夫婦の問題だ」

「ねえ、おじさま」身を乗り出すようにして呼びかける。

葛城が唯香を見た。

「おじさまは、母のことが好きなの？」

「何を言うかと思えば。好きに決まっているよ。長年の友達だ」

教科書通りの受け答え。その実、葛城が動揺しているのが分かる。

「私の母を、一人の女性として好きですか」質問を繰り返す。

葛城が目をみひらいた。

「唯香ちゃん」感に堪えないといったふうに言う。「きみは少し会わない間に、すごく大人になったみたいだね」

大人になったわけではないと唯香は思う。ただ必死なだけだ。凌駕に愛されたい、凌駕を母から奪いたいと必死なのだ。

「答えてください」

葛城はふっと息を抜くようにしてから、答えられないよ、と言った。

「それは、本人に言うことだからね」

答えているのと同じだった。

唯香がまじまじと葛城を見る。驚いたことに葛城ははにかんでいた。それが葛城の気持ちなのだということが、唯香にも分かった。

なんということだろう。

葛城はすべてを手にした成功者なのに、まるで自分と同じように恋に悩み、苦しんでいる。もしかしたら想像もつかないほど長い間、葛城は母を愛し続けていたのかもしれない。

「おじさま」

思わず呼んでみたものの、続く言葉が浮かばない。

チャンスなどと思ったのが、申し訳なく感じられた。自分にとって利になるかもしれないからと、葛城を煽るつもりだったのだ。母を凌駕さんから奪っちゃってください、と焚《た》き付けようと思った。

ああ、やっぱり私はどうしようもなく子供だ。

その認識を、唯香はまた苦く噛みしめる。

葛城の気持ちは、自分のような子供が踏み込めないほど深く強いものなのだろう。

その気持ちを貴いとは思う。けれど、よりによって母だなんて。

いったいなぜ母なのだろう。

唯香は唇を噛み締めた。

「どうした？」葛城が訊く。

「ごめんなさい」素直に唯香は詫びた。

「何を謝ってるの？」

「だって……。立ち入ったことを訊いたりしたから」

葛城は少し笑い、

「娘が自分の母親を心配するのは当たり前だよ。どこかの家庭持ちの男が、ちょっかいをかけようとしていると思ったら、牽制するのも当然だ」

「そんなんじゃない。私はただ……」

「何？」

なんと言えばいいのか分からなかった。泣きたい気持ちだった。母の存在がみんなを不幸にしているのではないかと思ってしまう。母さえいなければ、あるいは母があんな母ではなかったら、葛城は寿々子と幸福な結婚生活を続けていたのではないか。そして、私だって、もっとまっすぐに凌駕に向かっていけたのではないか。

なぜあの人が、私の母なのだろう。

「話を戻そうか」葛城が言う。「唯香ちゃんが一人暮らしをしたいという件だ」

「はい」

「さっきも話に出たけど、地方から東京に来た学生が暮らす学生会館とでも言うのかな、そういうところなら安心感があるし、いいんじゃないかと思うんだけどね」

「自宅が都内にあっても、学生会館に入居できるのかな」

「それは当たってみないと分からないが。うちの楽団にも、学生時代にそういうところで暮らしていた人間がいるから訊いてみよう。なんとかなるんじゃないかと思うよ」

「すみません。お願いします。あともう一つ」

「うん?」

「部屋を借りるのに必要なお金を、しばらくの間、貸してください。映画の出演料が振り込まれたら、すぐにお返しできると思うから」

「そんなこと心配しなくていいよ」

「そういうわけにはいきません」

唯香が言い張ると、葛城はちょっと考えてから言った。

「じゃ、出世払いということにしてもらおうかな」

2

一番、難しい場面を撮り終えたからと言って、ほっとしている暇はなかった。

監督によっては、また作品の性質によっては、順不同に撮影していき、編集段階で初めて一本の作品としての形が見えてくる、といったやり方をする場合もあるようだが、『グラニテ』での凌駕は、ストーリー展開にほぼ忠実に撮影を進めている。演じる側もそれぞれのシーンの繋がりを理解しやすく、入り込みやすいといった良い点があるようだ。

『グラニテ』も終盤にかかりつつある。

「ライトをもう少し落として」凌駕が照明担当に言う。

「唯香ちゃんのメイクだけど、もう一度、やり直してくれないか。もう少し大人っぽい雰囲気が出るように。陰影をつけて」みどりへの指示。

唯香はいったん控え室に戻ってメイクを変えてもらう。これで三度目だ。

きょうの凌駕は細かな注文が多い。そのせいか皆がぴりぴりしている。メイクを直すみどりも真剣な顔だ。

「監督、これでどうでしょうか」

メイクを変えた唯香を前に押し出すようにしながら、みどりが訊く。凌駕は唯香の顔を覗き込むようにしてから、

「あそこに座ってみて」とダイニングの椅子を指さす。

唯香が腰を下ろした。

「テーブルに肘をついて、うつむき加減で」

言われた通りにしてみる。

「違う！　目線を下げるんだ」

凌駕の口調が厳しくなる。

「うん。それでいい。メイクはオーケーだ。ただ、髪がもう少し乱れていた方がいいな」

みどりが唯香の側にきて、指先で髪に触れる。ふわっと持ち上げてから少し乱し、凌駕の判断を仰ぐ。凌駕がうなずいた。

「よし。じゃあ、始めよう」

溝口がダイニングルームに入ってきて、唯香の向かいに座る。

「唯香ちゃん、肩の力を抜いて。自然に。あまり強い視線は必要ない。どこか上の空な

ところがあってもいい」凌駕の言葉に唯香はうなずく。

大きく深呼吸をする。メイクにしろライティングにしろ、すべてをスタッフが完璧に整えてくれた。自分はその中で翡翠になればいいだけ。気持ちがすうっと透き通っていく。

「溝口、いいか?」

凌駕が訊くと、溝口がうなずいた。

「よーい」の声がかかる。

午後の日差しの中、翡翠と幹生は向かい合ってテーブルに座っている。幹生が静かな口調で語り始めるのだ。

翡翠と同棲生活を送っていた幹生は、ネット株取引で失敗し、多大な借金があり、複数の債権者から追われていたことが分かる。金策にかけずり回っていたときにストレスから彼は味覚障害に陥った。何を食べても味がまったく感じられない。食べることが苦痛になった。体重は減る一方。気力も体力もすべてが急激に衰えた。

夏の盛りの午後、公園のベンチでぼんやり空を眺めながら、彼は死ぬことだけを考えていた。死んだら楽になる。すべてから解放される、と。

そのとき、公園の傍らにあるカフェが目に入った。大きく取られたガラス窓から店内の様子が見える。女性の二人連れや、子供を連れた家族が、ガラス皿に盛られた氷菓のようなものを食べているようだった。楽しげに微笑み、スプーンを口に運ぶ人たちは、これ以上ないほど幸せそうに見えた。

彼はふらふらと立ち上がると、操られるようにカフェに入っていった。他の人たちが食べているものを指さし、あれをください、と注文した。それが翡翠の作ったグラニテだったのだと、彼はのちに翡翠に打ち明けるのだ。

「スタート」凌駕が言った。

幹生　リンゴと紅茶のグラニテ。甘酸っぱく、どこか懐かしい味がした。

翡翠　味覚障害が治ったの？

幹生は首を横に振る。

幹生　治ったわけじゃない。翡翠の作るグラニテの味だけが分かるんだ。あのグラニテが、僕をこの世に引き留めてくれた。

二人は、西日の差し込むキッチンにいる。テーブルにはガラスの器に盛られたグラニテ。幹生はゆっくりと食べる。翡翠はそれを見つめている。

幹生　そろそろ行かないと。

翡翠　そうね。

二人はスプーンを置く。

幹生との別れの場面だ。

彼は逃げ隠れするのをやめ、現実と向かい合う覚悟をしたのである。といっても、そう簡単に返済できる借金ではない。まずは弁護士に会い、対策を相談することから始めるつもりだと幹生は言う。

家を出ていく幹生の後ろ姿。彼は二度とこの家に戻ってはこない。ここでグラニテを食べることはない。そう思ったら、翡翠を演じる唯香の胸は、心から愛した人との本当の別れのように痛んだ。瞬きをしたら涙がこぼれそうで、必死で目をみひらいて堪える。

そこでカットの声がかかった。

唯香はダイニングテーブル前の椅子に座ったまま、手の甲で目元を拭う。何度も拭う。

控え室に行こうとしていた溝口が立ち止まって、唯香を振り返る。しばらくじっと見ていたが、やがて戻ってきた。

「幹生のために泣いてるの？」

唯香はしゃくり上げながらうなずく。

「お別れだもんな」

「はい」

「幹生とはお別れでも、溝口剛志はここにいるんだけどな」

「え？」

溝口が、にやっと笑う。

「演じるたびにそんなに感情移入してたら、身がもたないぞ」

「頭では分かっているんですけど、でも……」

また涙が込み上げてくる。

これまで積み上げてきた翡翠と幹生の関係が、終わってしまう。もしかしたら幹生には未来はないのではないか。翡翠と別れたあと、弁護士と相談して善後策を練ると言っていたが、そんなにうまくいくのだろうか。考え始めると、切なくて、悲しくて、幹生を行かせてしまったことが残念でならなかった。あんなに愛し合っていたのに。

これから先の場面に幹生はもう出てこない。翡翠のその後が描かれる。一人で菓子を作り、カフェに持っていくことだけで外の世界と繋がっていた翡翠が自分の力で新しい一歩を踏み出す。彼女は菓子作りの専門学校に通い始める。クリームを泡立てながら、幹生を思う。粉をふるいながら、幹生を思う。だが、やがて翡翠の前に幹生以外の人間が現れ、話しかけ始める。友人だ。翡翠は幹生なしの人生を歩み始めるのだ。

だから、幹生とは本当にこれでお別れ。

嗚咽《おえつ》を堪えようと、唯香は手の甲を口元に押し当てた。

溝口は唯香のすぐそばに佇んでいたが、突然、うぉー、という奇声を上げた。唯香はもちろん、その場にいた誰もが驚いて彼を見る。

「堪らんなー。俺まで本物の幹生になった気になる」と言ったかと思うと、唯香を抱きしめ、頬にキスをした。

抵抗する間もない出来事。呆気にとられて、唯香はされるがままになっていた。

「溝口！」凌駕の怒鳴り声が響いた。「何やってるんだよ、お前は。さっさと控え室に行け」

「うるせえなあ。ほっといてくれよ。なあ？」

同意を求められても、唯香はなんと応じればいいのか分からない。

「つべこべ言わずに、さっさと消えろ」

溝口に対して凌駕はいつもこんなふうに乱暴な口をきく。溝口にしてもそうだ。友人同士のような言葉遣い。だが、仕事に馴れ合いを持ち込んでいるようには感じられず、これまでに培われた二人の信頼関係が滲み出ているのが分かる。

唯香には、それが羨ましい。自分も溝口のように実績を重ねていけば、誰かと堅固な信頼関係を築くことができ、くつろいだ気分で仕事場にいられるようになるのだろうかと考える。

「監督が睨んでるから、俺、行くね」溝口は唯香のそばを離れた。

唯香は小さくうなずく。

「唯香ちゃん、ちょっと来てくれるかな?」今度は凌駕が呼んだ。

気難しげな表情である。それを見て、唯香は突然、心配になる。

先ほどのワンカット。凌駕の気に入らなかったのだろうか。

自分では満足のいく演技だと思ったが、感情が入り過ぎてしまっていたのは事実だった。それが、見る人の気持ちを退かせてしまうのだろうか。いずれにしても、凌駕の求めるものではなかったのかもしれない。

唯香はおそるおそる凌駕に歩み寄った。

「そこ、座って」

指さされたところにあるパイプ椅子に腰を下ろした。凌駕はすぐには口を開かない。

さらなる不安が唯香を襲う。

「あのう」沈黙に耐えきれず、唯香の方から言った。

「うん?」

「ダメでしたか?」

「何が?」

「さっきのシーン」

「え?」

凌駕は純粋に驚いた顔をしている。

「そうじゃないんですか」わけが分からなくなってしまった。

「ああ、ごめん」凌駕が苦笑した。「さっきのシーンはよかった。俺、オーケー出したよね？」

「そうでした？　そうだったかな。ごめんなさい。よく覚えてなくて」

「溝口のせいだな？」

「いえ。なんだか胸がいっぱいになっちゃって」

「俺の声が耳に入らなかった？」

「みたいです」

今度は少し声を立てて凌駕が笑った。それを聞いて、ようやく唯香の緊張が解けた。

「話したいのは別のことだよ」凌駕の表情が再び引き締まる。

「何でしょうか」

「この間、撮ったシーンあっただろ。翡翠の肌の上のグラニテを幹生が食べる」

「はい」

「あのシーンを公開するには、どうしても保護者の承諾がいるんだよ。唯香ちゃんは未成年だからね。それで、万里さんに映像を見てもらおうと思ってね。百聞は一見にしかず。見れば、万里さんも納得する。絶対に分かってもらえるという自信がある。しかし、万里さんは見ることさえいやだと言うんだ」

「母がそう言ったんですか」

「うん。映像を見てくれと何度も頼んでいるんだけど、その必要はないと言うばかりなんだ。話にならないんだよ」

「そんな、ひどいわ」

「母親だからね。仕方がないのかもしれない。しかし、あのシーンを使うためには、是が非でも万里さんの承諾が要る」

「母の承諾なんて、なくたっていいじゃないですか。母が何か言ってきたって、関係ないわ」

「そういうわけにはいかないよ。モラルの問題ももちろんあるけど、俺としては、相手が万里さんだからこそ、理解してもらいたいんだ」

万里さんだからこそ。

その一言が唯香の胸をえぐる。

他でもない万里さんだからこそ。愛おしい万里さんだからこそ、と聞こえてしまう。

また母だ。

いつだって、立ちふさがるのは母だ。

「俺からも、繰り返し万里さんに映像を見てくれるよう頼む。唯香ちゃんからも、言ってみてもらえないかな」

「私が何を言ったって、母は聞きませんよ」

「そんなふうに決めつけるもんじゃないよ。ゆっくり話し合ってみたらどうだろうか」

「母と話し合うんですか」

「そうだ」

絶対にいやだ。話せば話すほど、距離を感じる。母を憎みたくなる。そういう自分を嫌悪する。凌駕にはそれが分からないのだろうか。

「万里さんは、多分寂しいんだ。唯香ちゃんが離れていくのが」

「そんなの、分かってます！」

言い放つと、唯香は椅子から立ち上がった。

3

クレセント交響楽団でビオラを担当している鈴原という女性が、井の頭線沿線にある女子学生会館に一緒に行ってくれるという。葛城が頼んでくれたのだ。ここからなら九月になって学校が始まったときに、通おうと思えば通える。

「私もね、音大生だった頃、そこに住んでたのよ。神戸出身だから、一人暮らしする必要があってね」鈴原は楽しげに言った。「部屋の造りは普通のワンルームマンション。

ユニットバスとトイレ付き。それでもって、共用のランドリーや食堂があるの。寮母さん役の管理人さんがいて、宅配便やクリーニングなんかも受け取ってくれるから、助かるわよ。できることなら、今もあそこに住みたいくらい」

「居心地がよかったんですね？」

「家賃も安いし、設備はいいし、ちょっと駅から歩くけど、そのくらいはエクササイズだと思えば、どうってことないでしょ？」

「はい。でも、私、大丈夫でしょうか。都内に自宅があるのに」

「ほんとはダメなのよ。都内に家があるし、あなた、高校生だし。ここに入居しているのは、ほとんどが大学生なの。でも、特別。葛城さんのおかげよ。どこからか手を回して、特例として承諾してもらったんですって」

「そうなんですか。すみません」

鈴原はくすっと笑って、

「すみませんは、私じゃなくて葛城さんに言ってよ」

「そうですよね。分かりました」

「あなた、葛城さんの娘みたいなものなんですってね」

「葛城のおじさまがそうおっしゃったんですか」

「そうよ。なんだか羨ましくなっちゃった」

父が亡くなった後、唯香はずっと葛城を頼りにしてきた。今回のことだってそうだ。一人暮らしをしようと決めたとき、葛城に相談するのをためらわなかった。葛城はいつも唯香のために時間を作ってくれ、親身になって相談に乗ってくれた。それは、葛城と父が学生時代からの友人であったためなのだろうと、これまでは単純に信じていた。けれど、それだけではなかったのだと今なら分かる。

葛城は母のことを大事に思っていた。だから、母の娘である自分のことをかわいがってくれたのだろう。

母の娘だから。

そう思うたび、唯香は憂鬱になる。

ここでもまた母だ。

葛城が注いでくれた愛情や優しさが信じられなくなったわけではない。ただ少し割り引いて考えなくてはいけないと、自分を戒める気持ちが生まれたのは否定できないことだった。

「ここよ」鈴原が立ち止まった。

外観はごく普通のマンションといった感じ。エントランスのオートロックパネルで『管理人室』をプッシュし、用件を告げる。

「はいはい。どうぞ」

愛想のいい女性の声が応じ、すぐにドアが開けられた。ドアを入ってすぐ左手が管理人室になっている。オフィスビルの通用口によくある受付窓口があり、ノートが置かれている。

「ようこそ。いらっしゃい」

管理人室から五十代と思われる女性が出てきた。鈴原を見て、笑顔が大きくなる。

「久しぶりねえ、お元気？」

「はい。おかげさまで」

鈴原がここで暮らしていた頃から、管理人はこの人だったらしい。管理人は唯香の方を見て、

「市ノ瀬唯香さんですね？」と確認する。

「はい。よろしくお願いします」唯香は丁寧に頭を下げた。

「はいはい。じゃ、ちょっとこっち入って」

管理人のあとについて部屋に入って行く。管理人室のテーブルに座った。

「まずは、これに名前と緊急連絡先を書いて」

渡された用紙に記入する。緊急連絡先には葛城の名前と電話番号を書いた。

「あとこれ。読んでおいてね」

『入室者のために』というタイトルの冊子である。ぱらぱらとめくってみる。夜十時以

降の外出と外泊する際は前もって管理人に届け出ること、朝食と夕食は食堂でとることができるが、必要のないときはその旨を前日までに伝えることなどといったことが事細かに記されている。

「じゃ、一通り案内するわね」管理人が立ち上がった。

一階には、食堂や談話室、コインランドリーといった共用スペースが続く。

唯香の部屋は二階の中程にあった。六畳のワンルームに、ユニットバスとミニキッチンがついている。ベッド、机、カーテン、照明器具、エアコン、小型冷蔵庫といったものは部屋に完備されている。新しく買いそろえなければならないものは、ほとんどなさそうだった。

窓に歩み寄って、外を眺めてみる。隣のマンションの壁がすぐ目の前まで迫っているので、眺めがいいとはとても言えない。けれど、唯香には十分に居心地の良い部屋に思えた。ここで一人暮らしを始めるのかと思うと、胸がどきどきし始めた。

「どう？」鈴原が訊く。

「早くここに住みたいです」

唯香が言うと、管理人が、いつでもどうぞ、と笑顔で言った。

「今月分から家賃を頂いちゃってありますからね」

葛城は何も言っていなかったけれど、家賃以外の保証金その他もすべて払込済みだという。

「ほんとにいつから住んでもいいんですか？」前のめりになって訊くと、管理人はゆったり笑って、もちろんよ、と請け合った。


それで、女子学生会館を訪れたその足で自宅に戻る気になった。必要な物をまとめ、宅配便で送っておこうと考えたのである。

今の時間なら、おそらく母はいないはず。

桜新町の駅で降りて、家までの道を歩く。夏の盛りの強い日差し。汗が滴り落ちる。なんだかとても新鮮な気分だ。幼い頃から数限りなく歩き、どこに何があるかを知り尽くした街が、きょうは違って見える。結婚した後、家を出てまだ三週間しか経っていないというのに、時間の隔たりを感じる。久しぶりに実家を訪れる娘というのはこんな気持ちなのかもしれないと思ったりする。

この街のほとんどの思い出が、母と重なる。それでもやはり懐かしく、心安らぐ場所には変わりがない。

マンションの入り口で管理人とすれ違った。軽く会釈をする。何か言われるのではないかと思ったが、まるで気にしていない様子で会釈を返してきただけ。母が管理人に家庭の事情をくどくど説明するわけもないし、唯香がここに住んでいたときも、管理人と顔を合わせるのはごくたまのことだった。向こうが何も気にしていないのは当たり前のことだった。

エントランスでオートロックパネルに鍵を差し込んでいると、今度は一階の住人と一緒になった。

「暑いわねー」と言うので、ほんとに、と応えてエレベーターホールの前で別れた。

唯香が帰ってきさえすれば、いつでも元通りの生活が送れる場所。その存在にほっとするどころか、重苦しさを覚えた。母の引力、なのだと思う。

自宅のドアの鍵を開け、ただいま、と声をかけながら家に上がった。しんとした室内。閉め切っているらしく、むっとする空気。母はいないようだ。不在だろうとは思っていたが、微かな不安はあった。実際に家にいないと分かってほっとする。

リビングルームに行き、エアコンのスイッチを入れた。ソファに腰を下ろし、息をつく。エアコンが動き出した音がする。それ以外は静かだ。こんなにこの家は静かだっただろうか。

ふと違和感を覚えた。次の瞬間、唯香はソファから飛び上がっていた。

「シュシュ！」

どこにいるのだろう。

いつもだったら唯香がドアを開けるのを待ち構えていて、ぱたぱたと千切れんばかりにしっぽを振りながらまとわりついてくるのだった。たまにどこかで寝ていたようなときでも、唯香がリビングルームに入る頃には現れて、あくびまじりに、きゅうん、と鳴く。なのに、きょうは声も気配もない。

「シュシュ」

呼びながら、まず自分の部屋を覗いてみた。唯香のベッドはシュシュのお気に入りだ。だが、姿はない。ベッドカバーをめくってみたり、机の下を覗いてみたが、いない。

気が進まなかったが、母の部屋を見てみることにした。最近のシュシュは、母の部屋を自分の定位置と決めている可能性もある。今、唯香に寄ってこないのは、もしかしたら放ったらかして出ていったことに対するシュシュなりの抗議なのかもしれない。

一歩、部屋に入ると、母がいつも使っているトワレの香りがした。幼い頃は大好きな香りだった。けれど、今は鬱陶しいだけだ。

ベッドやクロゼットの中を確かめる。シュシュがいないのが分かると、すぐに部屋を出たのだが、それでも母の香りが染み付いてしまっている気がする。唯香は香りを振り落とすかのように、軽く髪を揺すった。

「シュシュ、どこ?」

キッチンの一角には、シュシュの餌と水入れが置いてある。水入れは空だったが、餌入れにはドッグフードが残っていた。おそらく、朝、母が与えたものなのだろうが、食べた形跡がない。

シュシュくん、元気がないようだったよ。

谷のメールが蘇る。

もしかしたら、シュシュの具合が悪く、また入院しているのだろうか。谷がいれば教えてくれただろうが、彼は今、長野県の牧場で実習中のはずだ。唯香に激怒しているであろう母が、教えてくれなかったとしても不思議はない。

そう思い始めると、居ても立ってもいられなくなる。青柳動物病院に電話をかけようと、バッグから携帯電話を取り出す。登録してある番号の中から動物病院を探しながら、ふと洗面所を覗いてみた。シュシュのトイレが置いてある。トイレの隅に吐瀉物《としゃぶつ》らしきものがあった。小さな汚れが、点々とバスルームまで続いている。細く開いたバスルームのドアの隙間から、茶色っぽい毛が見えた。

嫌な予感に足が震えた。その足をなんとか動かして、唯香はバスルームのドアを開けた。母が出がけにシャワーを使ったのだろう。床が少し濡れていた。そこにシュシュが倒れていた。

「シュシュ！」

膝をついて抱き起こす。シュシュはぐったりとして目を閉じている。

「シュシュ。シュシュ」

反応がない。

心臓に耳を押し当てる。なんの音もしない。

シュシュを抱き上げた。軽い。いつの間にこんなに痩せてしまったのだろう。母はシュシュの体重の変化に気付かなかったのか。

母への怒りと、腕の中のシュシュをなんとかしなくちゃという焦りとで、目眩がしそうだった。

ラックに置いてあったバスタオルを取り、シュシュの体を包み込む。

シュシュを抱きしめたまま、唯香は洗面所に立ち尽くす。足が震えていた。自分の胸の中にいる小さな冷たい生き物が、既に息絶えているかもしれないと察してはいた。けれど、そんなこと、認められない。絶対に。

シュシュが死ぬわけがない。それもこんなふうに。たった一人で、濡れた風呂場で逝ってしまうはずがない。

病院に電話をしなくちゃ。

携帯電話をどこに置いたのか覚えがなかった。突っ立ったまま辺りを見回すと、洗濯機の脇に落ちていた。シュシュを抱きかかえたまま、床に膝をつき、電話を引っ摑む。青柳動物病院の番号を探す。携帯電話の操作など、目を瞑っていたってできるはずなのに、指が震えて思うようにならない。

何度も失敗した。唇を噛み締め、唯香はもう一度やり直す。やっとのことで動物病院の電話番号を表示させ、通話ボタンを押した。

第七章

1

　葛城寿々子から、たまにはお茶でも飲みましょうよ、と誘いの電話をもらったとき、万里は少なからず動揺した。もちろん、その気配を押し殺して、喜んでと答えはしたのだが。

　葛城と万里が京都の嵐山でボートに乗っている様子が写真週刊誌に掲載されてから、三週間が経った。その間、万里の方から寿々子に連絡をしようかと思ったことは何度かある。そのたびに、どの面下げてという言葉が浮かび、やめてしまった。そんな折の寿々子からの誘いだったから、有り難いような、気後れするような気持ちがした。屈託のないいつも通りの寿々子の声を聞いて、ああ、やはり寿々子の方がずっと人間ができている、と改めて思い知らされもした。

　乃木坂の美容院に行くついでがあるからと寿々子が言うので、美容院から歩いても近い六本木のホテル内のコーヒーショップで会うことにした。

万里の方が先に着いた。コーヒーを頼み、椅子に深く腰掛けて寿々子を待つ。落ち着け、と自分に言い聞かせてはみるものの、とてもではないが無理だ。さっき行ったばかりなのに、またトイレに行きたくなってくる。でも、トイレに行っている間に寿々子が来たらと思うと、席を立つ気になれない。

葛城との間には何もやましいことはなかったのに、なぜこんなにそわそわしてしまうのだろう。

不思議に思いつつ考えていたら、寿々子とこうして二人だけで会うのが初めてであることに思い当たった。万里にとって、寿々子は常に葛城の妻として存在していたし、寿々子にとっての自分は、夫の友人の奥さん、その友人が早逝したので何かと気に掛けてやらなくてはならないと夫が思っている相手、といった存在でしかないはずだった。

もちろん、寿々子に好意を持っていた。そうでなければ、いくら家族ぐるみとはいえ、何度も一緒に食事をしたりはしない。

食事の席での寿々子は、礼儀正しく、それでいて温かく、楽しく、申し分のない振舞いをする。万里の方はと言えば、努力はしているものの、寿々子ほど大人ではなかったような気がする。葛城夫妻の銀婚式を祝う会食の際にも、唯香が映画に出演したいと言い出し、万里が感情的になってしまう一幕もあった。万里はずっと寿々子を敬愛の目で見ていたが、寿々子の方がどう思っていたのかは、改めて考えてみるとはっきりしない。それが万里を不安にさせる。

コーヒーが運ばれてきたので、一口飲む。カップについた口紅を指先で拭っていると、エレベーターホールからこちらに向かってまっすぐに歩いてくる寿々子の姿が目に入った。寿々子は和服だった。銀色に近く見える薄いグレーの絽《ろ》。帯は濃い藍色のものを合わせている。その凜《りん》とした姿に目を奪われたのは、万里だけではない。コーヒーショップにいた他の客も、寿々子に目を向けていた。

寿々子は微笑みを浮かべて万里の前に立った。万里も立ち上がり、頭を下げる。

「お待たせしてごめんなさい」と寿々子が言う。

「いえ。私が早く来ただけですから」

「この髪、どうかしら」と言いながら、寿々子は体を少し斜めにして、カットしてきたばかりの髪を見せる。

思い切って短くしたようだ。襟足をすっきりとさせたボブヘアが、和服にとてもよく合っていた。

「すてきです」

「ほんと?」

「ええ」

万里が請け合うと、寿々子は微笑んだ。

「明日、お茶会があるのでね。それに合わせて」と寿々子が言う。

「お忙しいんですね」

「いえいえ、たいしたことはないのよ」と言ってから、注文を取りにきたウエイターにコーヒーを注文した。

それからしばらくは、お茶会のことやら、この界隈《かいわい》も変わったというような話をしていたが、突然、寿々子がすっと背筋を伸ばした。

「実はね、万里さん」

「はい」

万里も思わず身構える。

「よそから万里さんの耳に入ると、きっと嫌な思いをなさるだろうと思って、私からお伝えすることにしたんです」

「なんでしょうか」

「葛城と私、別居することにしました」

すぐには呑み込めず、ぽかんとして寿々子を見返した。それからふいに我に返ると、万里は深々と頭を下げた。

「申し訳ありません！　あの週刊誌の写真が原因ですね」

寿々子は小首を傾げて、

「きっかけにはなったけど、原因ではないわ」と言う。

「いえ。そうに決まってます。でも、あれは誤解なんです。週刊誌に書かれていたようなことではなくて、葛城さんは京都を案内してくださっただけなんです。それに私が甘えてしまって。すぐに寿々子さんにお詫びすべきでした」

「万里さん」

「ご不快は当然だと思います。申し訳ありません。でも別居なんて、そんな」

「万里さん、私の話を聞いて」

穏やかだがぴしりと言われて、万里は口をつぐんだ。

「謝らなければならないのは、こちらの方よ。週刊誌の写真で万里さんに迷惑が及んでいなければいいけど。ラ・ブランシェットのお客様やお知り合いが、あの写真に気付かなかった？」

「分かりません。もしかしたら、気付いた方もいらっしゃるのかもしれませんが、私の耳には何も届いておりません」

「唯香ちゃんは？」

「唯香は……」

なんと言おうかと一瞬迷ったら、寿々子はすぐに察したようだった。

「気付いたのね？」

「ええ」

「ごめんなさいね。唯香ちゃん、難しい年頃なのに。高校生くらいのときって、とても潔癖でしょう。唯香ちゃんが家を出たって聞いたわ。あの写真が原因？」

「いえ。私が映画の仕事をやめろと言ったからなんです」

「どうして。映画に出るのを許可したんでしょう？」

「一度は許しました。学業に差し障りのない範囲でという条件付きで。なのに、あの子、学校をずる休みして撮影現場に行っていたんですよ」

「それで、やめるように言ったのね？」

「ええ。唯香は絶対にやめないと言い張る。堂々巡りなんですよ。ついに唯香の方が家を飛び出してしまって」

「そう」

「唯香が家を飛び出したのは、五十嵐監督の映画にのめり込んでしまっているせいなんです。誰にもあの子を止められないわ」

「でも、万里さんは止めたいのね？」

「止められないって頭では分かっているんですけど、気持ちがついていかないんです。もしかしたら、まだ止められるんじゃないかって思ってしまう。それで喧嘩になってしまって」

「唯香ちゃんは自分の足で歩き出したのよ」

「そうなんですよね。分かっているつもりです」

「映画に出たいって言ったときの唯香ちゃん、目がきらきらしてたもの。生き生きしていた。悠太郎さんが亡くなってからの唯香ちゃんって、ずっと万里さんのお人形さんみたいだったのに」

万里さんのお人形、という言葉がずきりとくる。唯香を自分だけのものにしたくて束縛していたのかもしれない、と反省することもあった。だが、第三者から指摘されると応える。ぴしりと言い当ててくる寿々子を少し怖いとも思う。

「葛城と私も唯香ちゃんの背を押したわけだから、責任を感じるわ。唯香ちゃんが歩き出したことは喜ぶべきだと思うけど、万里さんの気持ちも分かる。切ないわね」

「ええ」と言ってから、万里は一つ大きく呼吸をし、「それで、葛城さんとの別居の件ですけど」と話を戻した。

「私たちの別居に関して、あの写真週刊誌の件がきっかけになったというのは、その通りなの。でもね、それは私たち夫婦に必要なきっかけだった。何かがなければ、思い切れなかったのよ。だから私は感謝したい気持ちよ。あんな俗っぽい週刊誌の記事でも、それがなかったら私は一歩踏み出す勇気が出せなかったのだから」

「一歩踏み出す勇気？　別居が、ですか」

「そう。私たちは長い間、同じ家に暮らしていても、魂の在処《ありか》が別々だったの」

「そんなふうには見えませんでした。とても仲の良いご夫婦で。唯香も私も、理想のご夫婦だって思っていたんですよ」

「知ってるわ。自分で言うのもおかしなものだけど、そう思って下さっている方が結構いるのよ。不思議なものよね。葛城と私はとてもよそよそしい間柄なのに。だからこそ、相手に気を遣う。その気遣いが、傍目には相手を思いやる姿として映るようなの。たとえば、虫の居所が悪いからといって、葛城が私に八つ当たりをすることなんて絶対にないし、私だってそうよ。お互いに常にテンションを一定に保ちつつ、穏やかな関係をずっと維持してきたわ。それができないときは、家を空けるの。もうだめだって思ったら、ホテルに泊まって一人になるの。一度、知人に話したことがあるのよ。たまに私、一人で都内のホテルに泊まることがあるのよって。そうしたら、いいわねーって羨ましがられちゃったわ」

「贅沢な気分転換法だと思いますものね」

「そう見えるのでしょうね。実際は、必死で葛城のそばから逃げ出したのだとしてもね。私はね、葛城に自分の感情をぶつけるのが怖かったのよ」

なぜ、そんなに気持ちを抑え続けなければならなかったのだろう。長年、連れ添った夫婦なのに。

万里の疑問が伝わったかのように、寿々子は悲しげに微笑んで続けた。

「私、若い頃にね、葛城の母と同じ先生のところでお茶を習っていたの。葛城の母が私のことを気に入ってくれて、それが縁で葛城と結婚したのよ」

「そうだったんですか」

「ええ。一種のお見合いみたいなものよね。親によって引き合わされた。私の方が年上だったけど、息子には年上のしっかりした女性の方がいいって、葛城の母が言ってくれてね。葛城は紳士的で優しかったし、若い頃から音楽に対する情熱は並々ならぬものがあって、実績もどんどんあげていて、うわあ、すごい人だなあって圧倒されたわ。尊敬もした。でも、やがて分かったの。彼が情熱を注ぐのは音楽に対してだけ。妻に対しては、お義理で付き合っているという感じだった。冷たいっていうのとは違うの。いろいろな話も聞かせてくれるし、優しいし、気前もいいから申し分のない旦那様なのよ。でもね、何か決定的なものが欠けていた。距離があったのよ、ずっと。私、葛城の胸で泣いたことが、一度もないの」

「え？」

「私が感情を露わにしたら、彼が困惑するような、不快に思うような、そんな不安にずっとつきまとわれていた。彼と一緒にいるときは気持ちを抑制するのが、当たり前になったわ。もともと私はあまり感情的な人間ではなく、クールだの、ドライだのって言われることが多かった。葛城と結婚して、それに拍車がかかったみたい」

ふと遠い日の記憶が蘇った。悠太郎が亡くなってしばらく経った頃のことだ。万里は、ようやく自宅に併設したケーキショップを再開した。周囲の人々の温かい言葉に励まされ、支えられていると感謝していたのに、ふいにそれが耐え難く思えた。頑張って、という言葉が鞭《むち》の一振りのように感じられてしまった。涙が溢れ出るのをどうすることもできないまま、店の片隅に立ち尽くしていたとき、葛城が入ってきたのだった。あのとき、万里は葛城の胸で泣いたのではなかったか。寿々子が一度も泣いたことがないと言う、あの人の胸で。

まさか。

衝かれるように思う。

葛城と寿々子の間にずっとあった溝は、私のせい？

そう思うのは、うぬぼれだろうか。それとも、そう思わないでいることこそが、愚鈍に過ぎるのだろうか。

葛城の好意は、ずっと以前から感じていた。それに対して感謝していた。そして、甘えてもいたのだ。彼の思いが恋愛感情だとは思っていなかった。いや、正確には思わないようにしていた。その方が居心地がよかったからだ。

凌駕という恋人がいるのを葛城に打ち明けたことはない。訊かれなかったからというのもあるし、一回り以上年下の男と付き合っていると伝えることに抵抗もあった。だが、それと同時に、葛城には知られたくないという気持ちもあった。事実を正直に言ったら、葛城が傷つくのではないかとどこかで思っていた。言わないでいた方が、今まで通りの優しい葛城でいてくれるという計算がなかったとは言えない。

なんというずるさ、意地汚さだろう。

自分自身に対して顔をしかめたくなるが、ずるくて意地汚いのが自分の本性だと認めなくてはいけないとも思う。寿々子につらい思いをさせたとしたら、その原因は自分にもあるのだ。

「なぜ万里さんが、そんな顔をするの?」寿々子が問いかける。

「え?」

「まるで責任を感じてるみたい」

万里はうつむいたままで答えなかった。

「いやだ、万里さん、まさか本当に責任を感じてるの?」と言った寿々子の口調は、それまでとは違っていた。

万里ははっとして顔を上げる。いつもの穏やかさが消えて、寿々子はひどく醒《さ》めた顔をしていた。唇に浮かぶのは、冷笑としか言いようのない笑み。

「万里さんが責任を感じるとしたら、あの写真週刊誌の一件じゃないわ。あなたの存在そのものよ」

「存在そのもの？」

「ええ、そう」寿々子が軽くうなずく。

「どういうことですか」

「どういうことって、分からない？」

「分かりません」

「困った人ね」寿々子は短く息をつく。

遠くに視線をやって、寿々子は何か考えている。ほんの少し体を斜《はす》にしている寿々子の首に、青く筋が立っていた。ほんの少し前までとてもよく似合っていると思っていた短めのボブヘアも、シャープすぎる毛先のラインが刃物の切っ先を連想させる。

ふいに寿々子が万里を見据えた。

「気に障るのよ」ぴしゃりと言う。「あなたには貝殻をなくしたヤドカリみたいなところがある。どこかに自分にぴったり合う貝殻がないかって探し歩いている。あれもいいな、これもいいなってきょろきょろしながらね」

「そんな……、ひどい」

「ひどいのはどっち？」

真顔で問いかけられて、万里は言葉を失う。

寿々子からこんなことを言われようとは。

これまで会ったときはいつも優しげな笑みを浮かべ、礼儀正しく、完璧な振る舞いをしていた寿々子。でも、心の中は違った。きっと、ずっと以前から違っていたのだ。

「万里さんが、早くにご主人を亡くされたのはお気の毒だと思ったわ。今も思ってる。万里さんはまだ若いんですもの、残された人生を有意義なものにしてほしいと願いもする。でもね、お願いだから自分の力でやってちょうだい。なんでもかんでも葛城を頼る必要はないでしょう」

「葛城さんには、今までいろいろ力になって頂きました。そのことで寿々子さんにご不快な思いをさせたのなら、謝ります。主人の古くからのお友達として葛城さんを頼りにしただけで、それ以上のことは何も」

言いかけるのを寿々子はさっと右手を振って遮り、

「きれいごとはもうたくさん。いい加減、いい人ぶるのはやめましょうよ。事実にきちんと目を向けなくちゃ。若くして夫に先立たれた女。あなたには強力なカードがあるんですものね。そのカードを最大限に使って、あなたは何もかも自分のものにしたがった。人のものまでね」

寿々子の目には、侮蔑としかいいようのない色が浮かんでいた。

「そんな物欲しげなことをした覚えはありませんけど」なんとか声を絞り出した。

「自覚がないの？　それは重症ね。誰の目にもはっきりしているのに。あなたの強欲ぶりは、私だけじゃなくて、唯香ちゃんの目にもはっきり映っているはずよ」

それだけ言うと、寿々子はバッグを引き寄せ、千円札を二枚抜いてテーブルに置いた。万里に言葉を挟む間も与えずに席を立ち、きれいに裾をさばいて歩き去る。

あとには、寿々子が身にまとっていたらしき、アイリスの香水がほのかに残っているだけだった。

どうやって家に帰ってきたのか覚えていない。

頭の中で寿々子から言われた言葉が渦を巻いている。

貝殻をなくしたヤドカリ。あれもいいな、これもいいなってきょろきょろ。

屈辱だった。

悠太郎が亡くなってから、自分の力で懸命に生きてきたつもりだった。けれど他の人の目には、支えになってくれる男を探してあっちへふらふら、こっちへふらふらしていると見えていたらしい。少なくとも寿々子の目には。そして、唯香の目にも。

ソファに身を投げ出すように横たわる。体に力が入らない。

横たわったままこめかみを揉む。このまま眠ってしまいたい。だが、頭の芯が妙に冴《さ》えていて、睡魔はとてもではないが訪れてくれそうもない。

家の中は静かだった。万里の息遣いだけが響く。短く浅い呼吸。だめだ。もっとゆったりと呼吸をしなければ。

自分で自分を追いつめていくようなもの。

かつて通ったことのあるヨガ教室を思い出す。何よりも呼吸法が大事だとインストラクターは繰り返していた。ゆっくりとした静かな呼吸を繰り返すことで、心身をリラックスさせる。

万里は深呼吸をした。一つ、二つ。

体に酸素が行き渡り始めたおかげだろうか。ようやく、自分以外のことに意識が向いた。

そう言えば、シュシュはどこにいるのだろう。

ふと思い、「シュシュ」と声に出して呼んでみた。静まり返ったままだ。

普段のシュシュは唯香のベッドで寝ていることが多い。万里に名前を呼ばれても、気が向けばやって来るし、気が向かなければ寝たままでいる。きょうは、気が向かないのだろう。

唯香がいたときは、こうではなかった。シュシュは唯香の足音が外廊下に聞こえただけで、玄関まですっ飛んでいったものだ。あの犬は唯香にしか心を開かない。

犬にまで好かれていないと思うと、情けなくなる。

顔を洗ってすっきりしようと、万里はのろのろと立ち上がった。洗面所に入った途端、万里は立ち止まった。

洗濯機の前にバスタオルが落ちている。朝はきちんと畳んでラックに置いてあったはずだ。

手に取ると、タオルが湿っていた。床が濡れていたからである。

濡れた床。洗濯機の前に落ちているバスタオル。

暗かった万里の顔が、一瞬明るむ。

唯香が帰ってきたんだ。

万里は確信した。

家に帰ってきた唯香は、久しぶりに自宅のバスルームでシャワーを使った。濡れたままの足でぺたぺたと洗面所を歩き回ることが、唯香にはよくあった。体や髪を拭くのに二枚も三枚もバスタオルを使うのが好きで、ラックに置いてある予備のタオルに手を伸ばすのも唯香のよくやることだった。

湿ったバスタオルと濡れた床をもう一度確かめてから、万里はほんの少し微笑んだ。

唯香はやっぱり帰ってきた。ここに、私のいる家に。

洗面所を出て、唯香の部屋を覗く。思った通りシュシュの姿はない。唯香が散歩に連れ出したのだろう。

娘が帰ってきたと知ったことで、先ほど寿々子から浴びせられたいくつもの言葉の毒が急速に薄らいでいくようだ。

今頃、唯香はシュシュと一緒に公園にでもいるのだろうか。

もう少ししたら帰ってくるだろう。紅茶でも淹れて待っていよう。

万里がキッチンに向かったとき、玄関のドアの開く音がした。

「唯香！」

走って迎えに出る。

玄関のドアが開いていて、風が流れ込んでくる。唯香はドアの外に置いたダンボール箱をそっと抱き上げた。

「お帰りなさい、唯香」にこやかに声をかける。

唯香は無言だった。血の気の引いた真っ白い顔をしている。尋常ではない様子に、万里はぎょっとした。

「どうかしたの？」

万里の問いかけには答えずに、唯香はダンボール箱を抱えたまま靴を脱ぎ、上がってきた。

「ちょっと唯香どうしたの？　ねえ、シュシュは？　一緒じゃなかったの？」

きっとした顔で唯香が万里を見た。

「シュシュ、ここにいるよ」震える声で唯香が言った。

「え?」

唯香は視線をダンボール箱に落としたままだ。おそるおそる万里は覗き込んだ。箱の蓋は開いていて、茶色いふわふわした毛が見えた。息を呑む。

「シュシュなの? 眠ってるの?」

「違う」

「だって」

「通してよ」

唯香は顎を小さく振って、万里にどくようにと言った。万里が動かずにいると、肩を乱暴にぶつけて強引に通ろうとする。万里は二、三歩あとずさった。唯香は部屋に入って、そっとダンボール箱を床に置いた。

「荷物をとりに来たの。シュシュがお風呂場で倒れてて、トイレに吐いたあとがあった。シュシュの体、冷たかった」断片的な事実を唯香が告げる。「シュシュ、死んじゃったの」

ダンボール箱の傍らに座り、唯香はシュシュにそっと触れる。

「青柳先生が、おそらく腎盂炎《じんうえん》でしょうって」

シュシュが死んだ?

万里にはまだ信じられなかった。

箱の中のシュシュを見た。いつもと同じかわいらしい顔。眠っているとしか思えない。

「お風呂場で倒れていたのは、たぶん、水を飲みに行ったんでしょうって。腎臓の病気って、やたらに喉が渇くらしいから。キッチンの水入れは空だった。飲み干しちゃったんじゃないかな。それできっとお風呂場に。シュシュってけっこうお風呂場好きだったし、ときどきお風呂場の床の水を舐めたりしてたし」

そういえば、そんなことがあったかもしれない。それに、ちょうど今日のような暑い日は、風呂場で昼寝をしていることもあった。床がひんやりとして気持ちよかったのだろう。

「どうしてこんなことに」万里がつぶやく。

その瞬間、唯香はさっと顔を上げて万里を見た。

「こっちが訊きたいよ。どうしてこんなことになったの？」

万里ははっとして口元に手を当てた。

「気が付かなかったの？」押し殺した、けれどとても強い声がした。

シュシュの亡骸《なきがら》を見つめながら万里は考える。

今朝、家を出るとき、シュシュの様子はどうだっただろうか。朝、ドッグフードを餌入れに置いても、シュシュは唯香の部屋から出てこなかったが、よくあることなので気に留めなかった。出がけにちらっと唯香の部屋を覗いたら、ベッドに丸くなって眠っているシュシュの姿が見えた。別に変わったことはなかったはずだ。だが、正直言ってよく分からない。もともと大人しい犬だったから、シュシュがひっそりと静かにしていても、別段、元気がないというふうには思わなかったのだ。

青柳先生から栄養剤を飲ませるようにと言われていたが、食べ物に混ぜてもだめ、無理矢理飲ませてみても、口の中のどこかに錠剤を隠しておいて、ぺっと吐き出してしまう。万里はとっくに、シュシュに薬を飲ませることを諦めていた。

たまに散歩に連れていってやろうと思って、リードを見せても、シュシュは一瞬、顔を上げはするものの、すぐにまた前足に顎をのせて寝てしまう。「あなたとじゃ、行きたくない」と言われている気がした。

ずっと万里は、シュシュに責められている気分だったのだ。「唯香を追い出したのは、あなたでしょ」。シュシュの茶色い目は、そう言っているようだった。いつしか万里の中に、シュシュに対する遠慮というか、気詰まりな気持ちが生まれていた。ドッグフードと水、トイレシートの交換、最低限の世話しかしていなかった。それ以上のことは、シュシュが望んでいないように思えたから。

あれがいけなかったのだろうか。

シュシュの命は消えかけていたのだろうか。それに私は気付かなかった？

「お母さん、シュシュの具合が悪いことに気付かなかったの？」

「朝はいつもと変わりなかったのよ」

「そんなはずない！　変わりないはずがないじゃない。だったら、どうして死んじゃったのよ」

「それは……」

「お母さん、全然シュシュのことを気にしてなかったんでしょ」

その通りだったかもしれない。

「ひどい。シュシュの調子が悪いことは知ってたはずじゃない。春に入院したこともあったんだから。それなのに、放ったらかしだった。ひどすぎる」

万里は唇を噛み締めた。

「お母さんはシュシュのことなんか愛してなかった。どうでもよかったのよ。死んじゃったお父さんがどうでもよくなったのと同じようにね」

支離滅裂な言い草だった。なのに、胸に突き刺さる。突き刺さったものは、どうやったところで抜けそうもない。

「お母さんはいつだってそう。自分のことしか考えてない。自分しか愛してないのよ」

涙でいっぱいになった目で唯香は万里を睨みつけてくる。その目に憎しみとしかいいようのない光を見て取って、万里の頭にかっと血が上った。

「あなたにそんなことを言う資格があるの？　シュシュはもともとあなたの犬でしょう？　そのシュシュの具合が悪いことを知っていて、家を出て行ったのは唯香じゃないの。シュシュを見捨てたようなものよ」

「見捨ててなんかいない」

「この家にいなかったら、シュシュの面倒を見られないでしょ。見捨てたも同然よ」

「私が家を出て行かなくちゃならなくなったのは、お母さんのせいじゃないの」

「私は出て行けなんて、一言も言ってないわ」

「この家にいたら、仕事ができなかった」

「その程度でできなくなる仕事なら、最初からやらなければいいのよ」

「映画の仕事ができなかったら、私、死んでた」

「じゃ、シュシュはあなたの身代わりね？　身代わりになって命を落としたのよ」

「そんな……、ひどい」

「あなたは映画を選んだのよ。違う？　今までシュシュのことを思い出しもしなかったんじゃない？　きょうこの家に帰ってきたのだって、シュシュのためじゃなかったんでしょ。荷物を取りに来たって言ってたわよね？　シュシュが倒れているのを見つけたのは、たまたまじゃないの。心配して様子を見にきたわけでもないのに、えらそうなことを言わないで」

「そんなことない。いつもシュシュのことを考えてた」

「いい加減なことを。家を出てから一度でもシュシュの様子を見にきたことがあるの？　そうだわ、青柳先生のところのアシスタントの男の子があなたにメールしたはずよ。彼からも、シュシュのこと聞いてたんじゃないの？」

「私のアドレスを勝手に教えないで」

「よかれと思ってしたことよ」

「ちっともよくない。谷さんに私のアドレスを教えている暇があったら、シュシュのことを気にかけてほしかった。気にかける責任があった」

「責任逃れはやめなさい」

鋭く言うと、唯香がきゅっと唇を嚙みしめた。眉が下がって頰が赤くなり、瞬きを繰り返している。

そんな顔をすると、幼い頃そのままだった。

万里は激しく後悔した。シュシュを失って悲しみの底にある娘と言い合うなんて。シュシュを置いて家を出たことを唯香はどれほど後悔しているだろう。悔やんでも悔やんでも、悔やみきれないに違いない。悲しくて悲しくて、どうにもならないのだ。

シュシュの死の責任は唯香にもあるし、もちろん万里にもある。お互いにそれはよく分かっている。相手を責める言葉を吐き続けながら、その何百倍の言葉で自分を責めているのは、二人とも同じなのだ。

唯香の背中が激しく波打った。手の甲を唇に押し当て、嗚咽が漏れるのを堪えている。万里がそっと背中に手を置こうとすると、身をよじるようにして振り払った。行き場のなくなった右手を、ダンボール箱に伸ばす。

「シュシュには、本当にかわいそうなことをしたわ」

シュシュを撫でようとした万里の手を、唯香がものすごい勢いではねのけた。

「さわらないで。シュシュにさわらないでよ！」

「唯香」

「お母さんは、あっちに行って。シュシュと二人だけにして」

それだけ言うと、唯香はシュシュの亡骸と向き合う。

万里は黙って娘の横顔を見つめた。

三週間会わなかっただけだというのに、唯香はひどく大人びて、無駄なものをそぎ落としたような顔をしている。愁《うれ》いを帯びたその顔、佇まい。

なんてきれいなんだろう。

涙で頬にはり付いた髪の毛さえも、切なく、美しい。

唯香は一人で旅をしてきたのだ。万里などには、到底見ることも、感じることも許されない何かを存分に味わっている。そして、彼女はまだ旅の最中《さなか》にいる。早くおいでよと、唯香を待っている人がいる。

次の瞬間、万里は自己嫌悪に陥った。

愛犬の亡骸を目の前にしながら、娘の美しさに驚き、彼女の前に広がっている広大な未来を一瞬目にしたような気がして、嫉妬とも羨望ともとれる、胃がよじれるような思いに襲われている。私は心の冷えた女だと思う。

「シュシュのお葬式はどうするの？」万里が訊いた。

「さっきペット霊園に電話をした。明日の午前中に引き取りにきてくれる。私、焼き場までついていく」

「私も行くわ」と万里は言った。唯香が何か言おうとしたが、それを遮って、「行かせてちょうだい」と重ねて言った。

「分かった。でも、今夜はシュシュと二人だけにして。シュシュとゆっくり……」

唯香の声は涙で消されて、最後まで聞き取れなかった。

2

下北沢にある凌駕のマンションを訪ねたのは、久しぶりである。

「よく来てくれたね」と言って凌駕は迎えてくれた。

万里は微笑んで応じ、リビングルームのソファに座った。

「コーヒー?」凌駕が訊く。

「ええ」

すぐにコーヒーのいい香りが漂ってきた。

凌駕の部屋で、彼の淹れてくれたコーヒーを飲む。ちょっと前までごく当たり前だったことが、今はとても貴重に、儀式めいたものにさえ感じられてしまう。

終わりが近付いているのかもしれない。

唐突に万里は思った。

それはふいに訪れた予感のようなものだったけれど、一方で、ずっと心の底に淀んでいたものをようやくすくい上げただけのような気もしていた。

「どうして急に見てくれる気になったの?」コーヒーを運んできながら、凌駕が訊いた。

「見てくれ、見てくれ、見てくれなくちゃ始まらないって言ってきたのは、そっちじゃない」

「そうだけど。でも、ずっと万里さんは、見る必要はないって突っぱねてただろう?」

「永遠に突っぱねていられるわけないのよね」

「唯香ちゃんか?」

「唯香が何か?」

「俺が訊いてるんだよ。唯香ちゃんが万里さんに頼んだの？」

「あの子は何も言わないわ。私に何かを頼んだりもしない」

「じゃあ、どうして」

「ようやく分かったのよ。私が唯香を独り占めにしておける時間は、もう終わったんだって」

「そうか」

凌駕はうなずいた。コーヒーを一口飲んでからデスクの上のパソコンを操作した。モニターに映像が映し出された。

女性が横たわっていた。体を細かな氷で覆われている。

「あっ」思わず万里は声を上げた。

死体のように見えたのだ。氷山で命を落とし、氷に閉ざされた世界で眠り続けた女性。息絶えてから長い時間が経っている。

けれど違った。カメラが寄るにしたがって、横たわっている女性が唯香で、うっすら微笑んでいるのが分かる。

溝口剛志という俳優が現れる。大きなボウルを手にしている。ボウルには大量の氷片が入っている。カメラが氷片を大写しにする。グラニテだ。万里はすぐに分かった。丁寧に攪拌されて作られた極上のグラニテ。溝口はグラニテを小さなスコップのようなものですくって、唯香の体の上の、まだ氷が載せられていないところに置き始める。

やがてボウルが空になった。

溝口は体を少し引いて、出来上がった作品を眺め渡した。空っぽのボウルを傍らに置き、それからおもむろに唯香の体に顔を近づける。肩の上のグラニテを一口食べる。また一口。

唯香は目をつぶったまま、身動き一つしない。

溝口の食べるスピードが速くなっていく。彼は夢中になって、唯香の体の上の氷菓を食べる。唇が赤くなり、口の周りや頬が濡れる。唯香の肌が次第に露わになっていく。

音声は入っていない。

溶けた氷菓が丸い水滴となって唯香の肌の上で光っている。

ああ、なんという美しさだろう。

万里はじっと映像に見入る。

唯香の肌の透明感、瑞々しさ。万里自身がとうに失ったものを、唯香は全身から溢れさせている。

そして、それを凌駕があまさずに見つめ続けてきたという事実に万里の胸は深くえぐられる。誰よりも熱心に、誰よりも思いを込めて、彼は唯香を見つめてきたのだ。

私も持っていたの、と叫びそうになる。

ぴんと張った美しい絹布のような肌、贅肉のないほっそりとした腕や脚、艶のある髪、濡れたように光る瞳、長く豊かな睫毛、筋張ったところなど一つもない柔らかそうな手。

唯香の持っているたくさんのものは、かつて万里も手にしていたものだった。なのに、今はもう凌駕に見せることができない。

もしかしたら……。

凌駕は唯香を通じて、かつての私を想像するのだろうか。万里さんも十代の頃はこんなふうだったのか、などと。

考えるだけで吐き気がする。万里が見てもらいたいのは、万里自身が持っていた美しさそのものであって、娘を通じて透けて見える想像上の姿では断じてない。

溝口の唇が唯香の胸元から臍へと下りる。その瞬間、唯香がぱっと目を開いた。

万里は画面に釘付《くぎづ》けになる。

溝口をじっと見つめる唯香の目。光線の加減で、瞳が色を変える。そして、唯香は微笑んだ。柔らかく、温かく、深い優しさを込めて。再び唯香が目をつぶったところで、そのシーンは終わる。

性的なメッセージの強い場面なのに、なぜこんなに悲しいのか。必死で氷菓を食べる溝口も、じっとして動かない唯香も、そして最後の微笑みも。どうにもならないほど相手を求め、自分のすべてを与えたいと願い、なのに気付くと何も得ていないし、渡してもいない。そんな虚無の中にいる。唯香の優しい微笑みに、絶望が見え隠れする。

何か言わなくてはと思うのだが、言葉が出てこない。今見た映像が、万里の頭の中で何度も繰り返される。

「万里さん」

凌駕に肩を抱かれた。自分でも気付かないうちに、泣いていたらしい。

「なんで泣いてるの？」

「分からないわ」

「あのシーンがショックだった？　水着を着ているとはいえ、唯香ちゃん、全裸になっているように見えるからな」

「そんなことは、いいのよ」

万里が言うと、凌駕が驚いたように顎を引く。

「水着を着てても着てなくても、それはもういいの」

「じゃあ、何？」

「うまく言えない」

「唯香ちゃん、よかっただろう？」

「そうね。すごくよかった」

「それじゃあ、いいんだね？　このシーンを使っても」

万里はうなずいた。

もう止められない。

それだけは分かった。

「よかった」心底ほっとしたように凌駕が言う。

「私がだめだって言ったら、使わないつもりだったの？」

「いや」と言って凌駕は言葉に詰まる。

「どっちにしても、このシーンは使うんでしょ。だったら、私のことなんか気にしなくてもいいのに」

「そういうわけにはいかない。万里さんに、認めてもらいたかった。認めてもらえないことには、先に進めない。俺も、もちろん唯香ちゃんも、そう思っていた」

それからしばらく二人は口をきかなかった。凌駕に肩を抱かれたまま、万里はじっとしていた。凌駕の体が触れている右半分だけが温かい。

凌駕の腕が万里の腰を引き寄せた。唇が下りてくる。優しいキス。唇を離してもう一度。それで終わり。

「コーヒーを淹れ直すよ」凌駕は立ち上がり、キッチンに入っていく。

まるでお愛想のようなキス。

あのまま凌駕の体がのしかかるように迫ってきて、そのまま無我夢中で愛し合えればいいのに。何も考えられなくなるほどに、めちゃめちゃにしてくれればいいのに。

けれど、そういうことはないのだ。撮影中の凌駕はとても禁欲的になる。今に始まったことではない。意図してそうしているというよりは、仕事以外のことに意識が向かないといったふうだ。映画監督、あるいは他のクリエイターと呼ばれる職業に就いている男性が、どうなのかは知らない。仕事に集中すると、相乗効果のように性的な欲求が強くなる、というのもありそうな気がする。

凌駕もそういうタイプだったらいいのに、と思ったそばから、万里はその考えを否定する。もしも、凌駕が仕事の情熱と性への欲望がリンクするタイプだったとして、それでも今、求められないとしたら？　それこそ救いがない。

ここのところ万里が心の中で転がしているのは、用済みという言葉だ。凌駕にとって、自分は既に用済みなのではないか。その事実を直《じか》に彼から突きつけられたとしたら、これから先どうやって生きていけばいいのか分からない。

コーヒーカップを二つ持って、凌駕が戻ってきた。先ほどと同じようにソファに並んで腰掛けて飲む。

「おいしいわ」

「うん」と言ったきり、凌駕は黙ってしまう。

凌駕はすぐそばにいて、こんなに体を寄せているのに届かない。彼の頭の中を占めているのは仕事のこと。おそらく、唯香の半裸場面に対して万里がオーケーを出したことを喜び、今後の段取りをあれこれ考えているのだろう。

「唯香は、ちゃんとやってる？」凌駕にもたれかかったまま訊いた。

「もちろんだよ。さっきの映像を見て分からなかったの？」

「あの映像を撮ったときじゃなくて、最近はどうかなと思って。愛犬が死んだのよ。すごくショックを受けていたから。犬のお葬式を終えるまでは家にいたんだけど、その後、また出て行っちゃって。今はメイクさんの家を出て、女子寮のようなところにいるらしいの」

「犬が死んだのは、気の毒だったね。でも、唯香ちゃんはショックを受けているような素振りは、全く見せないよ。犬のこともメイクの子から聞いて知ってたけど、唯香ちゃんは何も言わないし。自宅を出たことや引っ越しの件も、俺は直接は聞いてないよ」

「そうなの？」

「うん」

「万里さんが思っている以上に、唯香ちゃんは大人だし、プロなんだよ。自分の中でいろいろなことを解決している」

「そうかもしれないわね」

渋々同意すると、凌駕が少し笑った。

事実、唯香は自分の中でいろいろなことを解決してしまっている。

数日前に高校の唯香の担任教師から電話がかかってきた。唯香さんから連絡があって、しばらく学校を休みたいと言ってきたのですが、お母様はご承知なんでしょうか、という問い合わせだった。万里は返答に困ったが、承知していないと言うわけにもいかなかったので、はい、と答えた。娘に任せています、と。十七歳というのは難しい時期だから、親がもっと積極的にかかわらなければいけない、放任主義というのはいかがなものか、といったことを教師は並べ立てたが、万里は一通り話を聞くだけ聞いて電話を切ったのだった。説明したところで、教師には分かるまい。

「映画の出来はどうなの？」万里が訊いた。

「まだまだこれからだよ。でもね、唯香ちゃんに出会えて本当によかったと思ってる。彼女抜きでは『グラニテ』は成り立たなかった」

「そう」

「なんだよ、あまり嬉しそうじゃないね」

「そんなことはないけど、心配なのよ」

「大丈夫。完成を楽しみにしてなよ」と言って、凌駕は本当に楽しそうに微笑んだ。

ああ、この人は遠くに行ってしまう。

どんどん歩いて行ってしまう。

いつかはこうなると分かっていた。覚悟していた。

でも、今はまだだめ。行かないで。私のそばにいて。

万里は凌駕の首に両腕を回して引き寄せた。自分から唇を合わせていく。凌駕もそれに応えてくれたが、唇を離したときに不思議そうに万里を見て言った。

「どうかしたの？」

応えられず、応えたくもなく、万里はもう一度、彼を引き寄せる。

みっともなくてもいい。すがるような真似に見えてもいい。

凌駕の腕に力がこもるのを感じ、彼は私を抱きたくないわけではないらしい、という安堵とともに万里は目を閉じた。

「お願い」と囁いた。


凌駕の部屋を出た途端、万里はまるでこの世に一人きりで置き去りにされたような気分に陥った。体を重ねてきたばかりだというのに、猛烈な人恋しさを覚えている。

私はいったいどうしてしまったのだろう。

凌駕が変わったわけではない。彼はこれまで通り、優しく強く万里を愛してくれた。なのに、まるでお別れの儀式のように感じてしまった。

それはもしかしたら、凌駕が遠くへ行こうとしているからではなく、万里自身が離れようと、離れたいと望んでいるせいなのかもしれなかった。だが、その一方で、自分が凌駕と離れたいと望んでいると考えること自体、ものすごい強がりなのだという気もする。捨てられたときにできるだけ傷を負わないでいられるように虚勢を張っているのだと。

いくら考えても堂々巡りだ。

このまま帰る気になれない。きょうは一日、外出すると言ってあるので店に出る必要はないのだが、誰かに会いたくてたまらなくなった。それで、ラ・ブランシェット本店に寄ることにした。店に行けば、気心の知れたスタッフが、そして、万里の店を愛してくれるたくさんの客がいる。

ドアを開けて店に入っていく。スタッフがすぐに気付き、会釈をする。微笑みながら軽くうなずくことで応じ、万里は厨房《ちゅうぼう》に続くドアを開けた。真っ白いエプロン姿の秀美が、真剣な表情でパンケーキにクリームでトッピングをしていた。

「あら？」思わず万里は声を上げた。

秀美が万里を見て、ちょっと気まずそうな顔をする。

「それ、どうするの」万里が訊く。

「五番テーブルの注文です」パンケーキの出来上がりを待っていたらしいウエイターが答える。

「注文？　お客様に出すの？」

　ウエイターが困惑の表情で秀美を見る。

「ケーキが終わってしまったから、パンケーキを焼いたのよ」と秀美が言う。

「きょうだけ？　前から出してたの？」尖った声になる。

　返事がない。クリームを美しく絞り出すのに集中しているからとも取れるし、返事がしにくいからだとも考えられる。

「はい。出来上がり、五番にお願い」ウエイターに皿を示す。

「ちょっと待って。それを出すの？」

「万里ちゃん、もう注文を受けちゃったの。やっぱりできませんなんて、今さら言えないわ。いいから持っていって」ウエイターに言いつけてから、秀美は万里の方を向き、

「ごめん。ときどきパンケーキを出してたの」

「そんな話、聞いた覚えがないけど」

「お客様の感想を聞いてから、良さそうだったら万里ちゃんに提案しようと思ってたのよ」

「勝手なことをされては困るわ。ずっと、ケーキは売り切れご免の方針でやってきたのよ」

「分かってるわよ。でもね、ケーキがないって言うと、がっかりした顔をなさるお客様

も多いの。それでスタッフと相談して、空いている時間にパンケーキの試作をしてみたの。これならいけそうだっていうのができたから、お客様にときどき出してみて、反応が良かったら、万里ちゃんに伝えて驚かせようと思ってたのよ」

「無断で新しいメニューを試すなんて」

「ごめんなさい。でも……」

「秀美さん、あなたはここの店長よ。信頼して任せている。でもね、ラ・ブランシェットは私の店なの」

「分かってるわ」悲しげに秀美がうつむく。

「分かってるなら、どうして?」我知らず、万里の声が高くなる。

万里の声音にただならぬものを聞き取ったのだろう。厨房にいるスタッフに緊張が走る。

「万里ちゃん、向こうで話しましょう」秀美が万里の袖を引いた。

うなずき、奥のスタッフルームに向かう。部屋に入ってドアを閉めた。

「万里ちゃん、どうかしたの?」秀美が訊いた。

「質問しているのは私の方なんだけど。どうして私に断りもなくパンケーキを?」

「それはこれから説明する。でもその前に。普段の万里ちゃんだったら、スタッフがいる前であんなふうにキーキーした声を出したりしないでしょう。きょうに限ってどうしちゃったのかと思って」

キーキーした声と言われて、万里は口元に手を当てる。そんな声を出していたのだろうか。

「なんか、最近の万里ちゃん、ちょっと変よ。忙し過ぎるのかしら。余裕のない感じがする。だから私も、きょうになるまで話しそびれちゃったの」

「私のせいにしないでよ。パンケーキを出してもいいかって訊くくらい、簡単じゃない。話しそびれるようなことじゃないわ」

「私が話しそびれたって言ったのは、パンケーキのことじゃないの。私自身のこと」

「秀美さん自身のこと？」

「ええ」

秀美がきゅっと唇を引き結んだ。大事なことを告げるとき、彼女はよくこういう顔をする。

不安で胸がざわざわした。秀美が告げようとしていることが、決して万里にとっては嬉しい事柄ではないという予感がした。

「ジャンが日本に来たの」

ジャンというのが、秀美がずっと以前に別れた夫だと思い出すのに少し間が要った。パティシエだった秀美の夫。パリで勉強中に知り合って恋に落ち、彼の故郷のベルギーで店を持ったが、いろいろあって別れ、秀美は日本に戻ってきたのだった。

　黙っていたら、秀美が続けた。

「一緒に暮らしているのよ」

「よかったわね」他に言葉がなくて、万里は言った。

「馬鹿みたいでしょ？」秀美が自嘲気味に笑う。

「どうして」

「だって、十年以上も別れていたのよ。なのに、やっぱりお前と一緒がいい、なんて言って日本にやって来るんだもん。それを受け入れてしまう私も私」

「時間がかかったとしても、お互いが必要だって分かったのなら、よかったと思うわ」

「そうね。ありがとう」

「でも、それとパンケーキと、どういう関係があるの？」

　秀美はじっと万里の目を見つめてから言った。

「実はね、ジャンと店を持とうと思うの」

「えっ？」

「近々、ここを辞めさせてもらうことになると思います。辞めるタイミングは、万里ちゃんと相談して決めようと思ってた。話しそびれていたというのは、そのことよ。ごめんなさい」

そんな、と言いかけて、言葉を呑み込む。祝福すべき場面だった。秀美は、今度こそ自分の手で幸せをつかみ取ろうとしている。

「おめでとう」ありったけの努力を総動員して万里は言った。

「ごめんね。万里ちゃんを一人にするのが、すごく心配よ」

「やあねえ、大丈夫よ」と言って万里は笑ってみせる。

だが、秀美はよけいに心配そうな顔になった。

「パンケーキは、私の置き土産のつもりだったの」秀美が言った。「ケーキの代わりになる、ちょっとした軽食。簡単に作れるパンケーキは最適よ」

「でも」

「分かってる。メニューを増やしたくないんでしょ。食べ物はサンドイッチとケーキのみ。種類は少なくても、質の高い物を提供するっていうコンセプトだもんね。ケーキ類も、手作りにこだわって限られた数しか出してない。それが、効果的に働いたこともあったわ。でも、最近、売り上げが落ちてるでしょう？」

「真夏は仕方ないのよ。オープンエアの席が敬遠されるから」

「それを差し引いてもよ。近隣にカフェが増えたせいよね。ラ・ブランシェットはここら辺では、カフェの老舗として定評があるわ。一貫したコンセプトでやってきたのがよかったんだっていうのは認める。でもね、そろそろ何か新しい企画があってもいいんじやないかと思ったの」

売り上げが伸びないどころか、下降気味なのは事実である。定期的に相談に乗ってもらっている経営コンサルタントからも、繰り返し言われていることだ。営業時間を延ばす、メニューの幅を広げる、あるいは思い切ってラ・ブランシェットの外観をリニューアルするのもいいのではないかと。しかし、万里はそれらの案には懐疑的だった。常に変わらない空間、というのがあってもいいと思った。いつ訪れても、同じ雰囲気を持つ場所で、同じ味のメニューが提供される。その安心感、くつろぎを大事にしたいと思ってきた。食べる物はケーキとサンドイッチのみに絞った頑なさも、かえってラ・ブランシェットを特徴づけてくれるものと思っていた。

「万里ちゃんの言いたいことは分かる」先回りするように秀美が言った。「ラ・ブランシェットの存在意義は、十分に理解しているつもりよ。でもね、ちょっとした変化はあってもいいと思うの。事実、パンケーキを出したら、お客様が喜んでくれてるのよ。ケーキとサンドイッチのちょうど中間って感じだしね」

「でも、やっぱり相談してほしかったわ」

「うん。それは謝る。ごめんなさい」

秀美が頭を下げた。後ろで一つに束ねた髪が揺れる。今どき珍しく染めていない漆黒の艶やかな髪は、秀美のトレードマークだ。

この店で、何度その髪を目にしたことだろう。本店を訪れると、万里はまず秀美の長い髪を探した。店の様子を聞くためだったが、それと同時に、秀美がいるのを確認すれば無条件に安心できるからでもあった。その日その日で秀美は大股で店内を横切っていたり、ケーキを作っていたり、スタッフに指示を出していたり、お客さんと雑談を交わしていたりした。その秀美がいなくなる。

「万里ちゃん、どうしたのよ？」

何でもない、と首を横に振ろうとしたら涙が溢れ出た。

「やだ。泣かないで」秀美が万里の肩を抱く。

かけがえのない友人であり、頼りになる仕事仲間の秀美が、そばを離れていってしまう。秀美がジャンとともに店を持ち、新たな人生に踏み出していくのは万里だって嬉しい。心から祝福する。けれど、今は寂しさが先に立つ。

心細い。

でもこれ以上、甘えるわけにはいかない。

今まで十分に助けてもらった。力になってもらった。

「さっきのパンケーキ」と万里は少しかすれた声で言った。「試食させてくれる？」

「もちろんよ」

秀美がほっとしたように笑顔になる。

自宅のリビングルームに一人。唯香が出て行ってひと月半が経った。気が付けば九月。いい加減、慣れてもいいはずなのに、相変わらず万里は一人の時間を持て余してしまう。シュシュがいなくなってしまったことも大きい。唯香の犬だからと、ある程度の距離を保ちながら付き合ってきたつもりだったが、小さな生き物の温かな気配が消えてしまったことで、この家がひどく空疎に思われる。

以前は仕事を終えて家に戻り、ゆったりした気分でワインを飲むひとときが至福だと思っていた。でも今は違う。深みも渋みもあるいいワインだというのに、心を温めてはくれない。

リビングルームのカーテンを見ながら、新しい物に取り替えようかなと考える。そうすれば、少しは気分が変わるかもしれない。

携帯電話が鳴った。飛びつくように電話を手に取る。誰にせよ、電話をかけてきてくれたのが嬉しかった。携帯の液晶画面には、葛城の名前が表示されている。

ああ、この人はいつも私が必要とするときに、手を差し伸べてくれる。そして、おそらく寿々子はそれに気付いており、許し難く思っていたのだ。

こういうときに電話を取らずにいられたら、寿々子はいつか私を許すかもしれない。貝殻をなくしたヤドカリと言ったことを詫びてくれるかもしれない。そんな思いがよぎる。

　けれど、万里の指はそっと通話ボタンを押していた。

「万里さん、今、話しても大丈夫かな」葛城が言った。

「ええ。家で一人ですから。何か？」

「いや」と言って、葛城が黙る。

　沈黙が流れた。

「困ったな」と葛城がつぶやく。

「何を困ってらっしゃるんですか」

「いや」とまた言って黙る。

「なんだか変ね」

「ああ。変なんだよ。実は、特に用事もなく電話をかけたんだ。万里さんの声が聞きたくなってね。しかし、何を話せばいいのか、分からない」

　万里はちょっと笑った。

「唯香がお世話になったそうで、ありがとうございました。女子学生会館なら、あの子が一人で暮らしていても安心です」

「唯香ちゃんの一人暮らしを後押ししてしまったようで、心苦しいけどね。万里さんは、唯香ちゃんに戻ってほしかったんだろう？」

「ええ。でも、無理だっていうのも分かっていましたから。一番いい形で落ち着いたんじゃないかなって思います」

「それならいいけど」

「葛城さんには、本当にいつも助けてもらってばかり。お礼のしようもないくらい」

「今さら何を言ってるの？」と葛城は軽く笑った。

短い沈黙が落ちる。それを破ったのは万里だった。

「きょうね」

と言ったところで、話したいことが湧いてくる。凌駕の部屋で見た唯香の映像。ラ・ブランシェットでパンケーキを出すことにするかもしれないこと、秀美が辞めること。葛城は、うん、そうか、と相づちを打ちながら聞いてくれるだろう。励ましてもくれるに違いない。葛城も日常のあれこれをおもしろおかしく話してくれるかもしれない。話が弾み、孤独は遠くへ去っていく。

けれど……。

しなだれかかるように葛城に甘えてしまいそうな自分が、万里は怖かった。

自分の心が分からない。

寂しいから、葛城がタイミングよく電話をくれたから、なんでも受け止めてくれるから、寿々子と別居していると聞いたから。そんな理由で彼に寄りかかっていってしまっていいのだろうか。

確かに私は貝殻をなくしたヤドカリなのかもしれない。でも、あれもいいな、これもいいなときょろきょろしたりはしていない。絶対に。

「どうしたの？　きょうね、と言ったきり黙っちゃったけど」葛城が訊いた。

「ごめんなさい。きょうは、いろいろなことがあって」

「うん」

「それで、少し疲れてしまって」

迷った末に言ったことだった。中途半端な気持ちで、葛城を頼ってはいけない。彼の好意が分かるからこそ、安易な付き合いは許されないのだと自分を戒めた。

「ああ、そうか。ごめん。疲れているのなら、早く休んだ方がいいよ」

「そうします」

「おやすみ」

「おやすみなさい」

電話を切った瞬間、後悔した。また一人になってしまった。あと少し、葛城と話をしていればよかった。甘えるとか、頼るとかそういうことは抜きで、友人として話をしていればよかった。

「でも、これでよかったのよ」自分に向かってつぶやく。

一人でいると、時間の流れるのが遅い。
万里はワインをグラスに注いだ。

第八章

1

打ち上げは、横浜の中華街にある広東料理の店で行われた。『グラニテ』の撮影が終わったのである。あとは編集作業。唯香の出る幕はない。

テーブルに次々と料理が運ばれてくる。使われている材料が何なのか定かではない、得体の知れない料理も多いが、賑やかな雰囲気と、凌駕があまりにもおいしそうに食べているのとで、唯香もつられて箸をのばす。

やたらに喉が渇くのは、濃い味付けの料理のせいか、気持ちが浮き立って興奮しているせいなのか。唯香はジャスミンティーをお代わりした。他のみんなはビールを飲んでいる。

「唯香ちゃんも少し飲む？」溝口がビールを勧める。

「いえ。私はお茶で」

生真面目に断ると、溝口が声を立てて笑った。

「堅いよなあ、唯香ちゃんは」

「お前が軟らかすぎるんだろ」凌駕が言う。

「そうかなあ。ビールくらい、高校生だって普通に飲むんじゃないのか」

「冗談じゃない。未成年の飲酒、喫煙は御法度だ。これから注目されるのは間違いないんだから、唯香ちゃんは今からしっかり身を律しておいた方がいいよ。溝口、冗談でも酒やタバコを彼女に勧めるなよ」

「はいはい」

「そうよねえ、唯香ちゃん、絶対注目されるわよねえ」みどりが言った。アルコールのせいか、とろんとした目をしている。

「プロモーションがすぐに始まるから、また忙しくなる。休んでいられるのは、ちょっとの間だよ。体調管理をしっかり頼むよ」凌駕が出演者を見回すようにして言う。

「はい」と唯香は応え、溝口は、「ふわああい」と気の抜けたような返事をした。

「それより監督、こんなところでのんびり食事してていいの？　俺たちは、打ち上げーって感じでも、監督の方はまだ音入れや編集作業が残ってるんだからさ」溝口が言う。

「大丈夫だよ。順調に進んでいるから」

「でき上がりが、楽しみですね」

スタッフの一人が言い、皆がうなずいた。

「あのシーンを入れることに、唯香ちゃんのお母さんも最終的にはオーケーしてくれて、よかったよなぁ」溝口が言った。

「そうだな。本当によかった」

凌駕が言うのを、唯香は複雑な思いで聞いた。母の承諾のあるなしなど、問題ではないと思っていた。肌を晒すシーンは、『グラニテ』に必要だった。だから撮った。それだけのことだ。

それまで反対していた母が、シュシュの死後、急に態度を変えたのを凌駕から聞いて、唯香は妙に腹立たしかった。問題のシーンを許す気になったのは、シュシュを死なせたことへの罪滅ぼしのつもりなのか、それとも、ただ単にこれ以上反対する気力がなくなったからなのか、母の気持ちが読みとれなかった。いずれにしても、母は積極的に賛成したわけではなく、妥協したのだということは分かっていた。妥協などしてもらいたくもないのに、現実は、母が了承したことを凌駕をはじめ皆が喜んでいる。それが唯香には耐え難かった。

唯香は傍らのグラスに手をのばした。

周りでは皆がにぎやかに騒いでいる。次第にその声が遠のいていく。

「あ、唯香ちゃん、俺のビール飲んだだろう?」溝口の声がした。何か答えたつもりだったが、言葉になっていなかった。

「唯香ちゃん」とみどりに声をかけられて、ようやく唯香は目を開けた。

「着いたわよ」

タクシーのドアが開く。みどりのアパートの前だった。

「あ」

「どうしたの」

「私、自分の部屋に帰ります」

「いいから降りて」

急かされて車を降りる。

「みどりさんに迷惑かけたくないから」

「何言ってるのよ。お酒を飲んで、学生会館に帰るわけにはいかないでしょ。変な遠慮しないで、上がって」

「すみません」

みどりの部屋に入る。なんだか懐かしかった。母と暮らしていたマンションを飛び出して、しばらくの間ここに居候させてもらった。あのときの気持ちが蘇る。ようやく自由を手に入れたという喜びと、母に対する罪悪感。

「はい、お水」

みどりに渡されたコップの水を一息で空ける。ひどく喉が渇いていたことに、今になって気がついた。

「もう一杯？」

「すみません」

お代わりをもらい、それもまた飲み干す。みどりが笑った。

「唯香ちゃんにはびっくりさせられる。突然、ビールを飲んだり、テーブルに突っ伏して眠りこけちゃったり」

「すみません。なんとなーく、ビールグラスに手が伸びて、一口だけのつもりだったんですけど」

「飲み干しちゃったんだ」

「はい」

「酔いは醒めた？」

「まだちょっと」

「気分は悪くない？」

「大丈夫です」

「タクシーで爆睡したのがよかったのかな」

「爆睡してました？」

「まあね。それより唯香ちゃん、きょうはいいとして、これからはもっと慎重にならなきゃだめよ。監督も言ってたけど、たくさんの人に注目されるようになる。おもしろ半分の飲酒で身を滅ぼしたアイドルだっているんだから」

うなずきはしたものの、唯香にはぴんとこなかった。

たくさんの人に注目されるようになる? 私が? 本当だろうか。

「シャワー浴びる?」みどりが訊いた。

「みどりさん、お先にどうぞ」

「じゃ、そうさせてもらおうかな」

みどりがバスルームに向かう。

一人になって、唯香はふうと息をつく。まだ酔いが残っているのか、頭がぼうっとする。バッグから携帯電話を出してみた。メールが届いている。谷だった。

〈実習から戻って、久しぶりに青柳病院に行き、シュシュくんが亡くなったことを聞きました。残念だったね。あまり気を落とさずに、元気を出してください。〉

シュシュ。

思い出すと、また悲しくなる。風呂場に倒れているのを抱き上げたときの、シュシュの軽さが蘇った。

ちゃんと面倒見てたの? その場にはいない母に向かって心の中で怒声を浴びせなが

ら、唯香はシュシュを置いて家を出た自分の身勝手と甘えを悔いていた。

シュシュは唯香の犬で、シュシュの方も本当に心を許していたのは唯香だけだった。それは、よく分かっていたことだった。それなのに……。

自分が出ていったとしても、当然、母がシュシュの面倒を見てくれるだろうし、シュシュも寂しがりはするだろうが、家に誰もいないわけではない、大丈夫だろうと思い決めていた。けれど、そんなに簡単なことではなかったのだ。シュシュは唯香が考えていた以上に、寂しかったのだろう。唯香に捨てられたと思ったのかもしれない。二度と唯香に会えないと思っていた可能性もある。唯香の部屋で、シュシュは一人、待ち続けた。その頃、唯香は映画の仕事に夢中だった。シュシュを思わなかったわけではない。けれど、それ以上に仕事にのめり込んでいた。愛犬の様子を見るために、家に帰ろうとはしなかった。

唯香がいない。唯香がいない。シュシュはずっとそう思っていたに違いない。

そして、絶望したのではなかったか。生きる気力を失うほどに。

シュシュを死なせたのは、私だ。

改めて思った途端、涙が溢れ出た。

「お風呂出たわよー。唯香ちゃん、どうぞ」

みどりの声がして、あわてて唯香は涙を拭ったのだが、遅すぎたようだ。部屋を覗き込んだみどりが慌てた顔をして、どうしたの？　と言った。

「さっきまで大笑いしてたと思ったら、今度は泣き上戸になっちゃったの？　アップダウンが激しくて、忙しいわね」

手の甲で目をこすり、

「犬のことを思い出してたの」唯香は正直に言った。

「ああ、ワンちゃん。シュシュちゃんだっけ？」

「そう」

「何歳だったの？」

「十歳。もっと生きられたと思う。私が家出したりしなければ、きっと今も元気でいられたはず」

みどりはそっと唯香の肩に手を当て、

「あまりくよくよしない方がいいよ。亡くなってから、そろそろ一ヶ月経つんじゃない？　ワンちゃんの納骨は？」

「まだ」

シュシュのお骨は小さな骨壺に入れられて、今も唯香の部屋に置いてある。シュシュが好きだったパンを小皿に供えて。

「ずっと側に置いておきたい気持ちも分かるけど、納骨を済ませると、気持ちの整理ができるって言うわよ。ペット霊園とか、動物供養してくれるお寺とかあるでしょ？」

「うん」

「ワンちゃんだって、唯香ちゃんに早く元気になってほしいって思ってるんじゃないかな」

おそらくその通りだ。唯香がしょげていると、シュシュはいつだって、そばにきて元気づけてくれた。手や頬をぺろぺろと嘗めてくれた。温かなシュシュの舌。

「もう泣かないの」みどりが言う。

こみ上げてきた新たな涙を呑み下し、唯香はさっと立ち上がった。

「お風呂に入ってきます」

2

日曜日、唯香は大田区久《く》が原《はら》にある寺にいた。

「僕に声をかけてくれて嬉しいよ」谷が言う。

「すみません。お忙しいのに」

「構わないよ。一緒にシュシュくんを送ることができるんだから。きょうは唯香さんのお母さんは来ないの？」

「母には納骨のこと、言ってないんです」

「そうか」

それ以上、谷は訊いてこなかった。

納骨について青柳動物病院に問い合わせたところ、谷が電話を取り、動物供養をしてくれる寺としてここを紹介してくれた。その際に、一緒に行ってもらえないかと訊いたのだ。谷は、僕でよければ、と応じた。

受付で書類に記入し、納骨に必要な金額を納めた。三十分後に経を上げてくれるという。「読経が終わった後、ワンちゃんのお名前が記された卒塔婆《そとば》をお渡ししますので」と係の女性が言った。

谷と一緒にお堂に入り、椅子に座って読経が始まるのを待つ。堂内には、他にもペットの納骨に訪れたらしき人が何人かいた。犬を連れている人もいる。亡くなったペットを共に悼むのだろう。

「いいお寺ですね」唯香は言った。

住宅街の中にある寺は、緑が美しく、清々《すがすが》とした印象だった。ここなら、シュシュもゆっくり眠れるだろう。

「うん」

それ以上、何を話せばいいのか分からず、唯香は黙った。谷も無言で座っている。線香の香りが漂っている。

やがて僧侶が現れ、読経が始まった。きょう納骨された動物の名前が、一匹ずつ読み上げられる。「市ノ瀬唯香の犬、シュシュ」と僧侶が言うのが聞き取れた。

本当にこれでお別れだ。

そう思ったら、涙が止まらなくなった。

初めて会った日、モヘアの毛糸のようだったシュシュ。眠るときは、いつも唯香の足下で丸くなっていた。蹴飛ばさないようにと、唯香は眠っていても気持ちのどこかでいつも気を付けていた。シュシュの冷たい鼻、生乾きの毛布のようなにおい。子犬の頃からパンが大好きだったのに、腎臓を患った後は腎疾患の犬用のドッグフードしか食べさせてあげられなかった。

周囲から、すすり泣きが聞こえる。

愛されていた動物たちが、今、家族のそばを離れて、動物たちだけの魂の世界に入っていく。

唯香はハンカチを握りしめる。

シュシュ、さよなら。

天国でたくさんパンを食べてね。

コーヒーショップに立ち寄り、一休みしていくことにした。窓辺のテーブルに案内され、コーヒーを注文する。

「きょうは、ありがとうございました」唯香は谷に頭を下げた。

「唯香さんこそ、お疲れさま。気持ちは落ち着いた？」

唯香はあいまいにうなずく。

「シュシュくんは幸せだよ。最期までこんなに大事にしてもらって」

谷の言葉に、唯香は激しく首を左右に振った。

「シュシュが死んじゃったのは、私のせいですから。大事にしてたなんて言えません」

「なんで？　そんなことないよ」

「そんなことあるんです」意地になって言う。「青柳先生から聞いてらっしゃいませんか？　シュシュが死んだときのこと」

「病院に連れてきたときには、もう息を引き取った後だったということしか聞いてないけど」

「私が、シュシュのそばにいなかったから、家を出たりしたから、それでシュシュは……」また気持ちが昂《たかぶ》りそうになる。

そのときコーヒーが運ばれてきて、会話が一時中断された。その間に、唯香は深く呼吸をして、涙の衝動を封じ込める。

店員がいなくなってしまうと、谷が言った。

「あまり自分を責めない方がいいよ。寿命だったんだよ」

「でも、私があんなに映画に夢中にならなければ……」

「映画？」

「はい。そうなんです。映画です。そのことも、きょう谷さんにお話ししようと思っていたんです」背筋を伸ばし、唯香はまっすぐに谷を見る。「今年の春、母の知り合いの映画監督から、次の映画に出てほしいと言われて、ずっとその仕事をしていたんです」

「唯香さんが映画に出るの？」谷が驚いた顔をする。

「はい。最初は私にそんなことができるわけがない、絶対無理って思ってたんですけど、始めたら楽しくて、夢中になりました。こんなに熱中できるものに出会ったの、生まれて初めてだったんです」

「そうなんだ」

「でも、そのせいで母と喧嘩をして家を出ることに」

「お母さんは映画に出ることに反対してたの？」

「最初は、しぶしぶオーケーはしてくれたんですけど、私が撮影を優先させて学校をさぼったりしたから、キレちゃったの」

「なるほど」

「私にとっては、映画がすべてだったの。学校なんて、どうでもよくなっちゃって」

「気持ちは分からないじゃないけど、娘が学校をさぼったら、母親としては当然、怒るだろうね」

「それはそうなんですけどね。でも、母が怒っているのは、それだけじゃなくて」

「他に何かあるの？」

どういうふうに言うべきか少し考えてから、唯香は口を開いた。

「映画監督と私のことを心配しているんです」

「映画監督？」

「はい。私、監督のことが好きなんです」

言ってから自分で驚いた。こんなにはっきりと言葉にするつもりはなかったのに、気付いたときには口をついて出ていた。驚いたのは、谷も同じだったようだ。呆気に取られた顔をしている。

「好きっていうのは、監督を尊敬しているという意味なのかな？」谷がおそるおそるという感じで訊いた。

「もちろん、尊敬しています。でも、それだけじゃないんです。男の人として好きなんです」

谷は一口コーヒーを飲む。

「監督って何歳？」

「三十歳だと思います」

「けっこう年上だね」

「そうですね」

「何て人？」

「五十嵐凌駕さん」

「五十嵐監督？」

「知ってるんですか」

「そりゃ、知ってるさ。単館上映だったけど、前の作品を見たよ」

「そうなんですか。嬉しい」

「嬉しいって言われてもなあ」谷は渋い顔だ。「しかし、そうか、五十嵐監督か。唯香さんは、五十嵐監督の作品に出たわけだ。それは、すごいよ」

「そうですか」

「うん」と言って、谷は腕組みをして考え込む。「五十嵐監督が相手じゃ、僕に勝ち目はないってわけだ」

「私が一方的に監督のことを好きなだけなんですよ。監督には、他に好きな人がいるみたいですから」

それが母だとは、さすがに言えなかった。

「そうなの?」

「はい」

「それでも、好きなんだ?」

「はい。好きっていう気持ちは、どうにもなりません」

そう言っている間にも、凌駕への思いで胸が熱くなってくる。『グラニテ』の撮影が終わってしまった今、凌駕がもう自分を必要としてくれないのではないかという不安もある。

もちろん、映画の宣伝や何かのために、当面は唯香が必要だろう。問題はその後である。

凌駕に会えなくなってしまうのだろうか。もし会えたとしても、それは母の恋人としての凌駕なのか。

唯香が考え込んでいると、谷が小さく息をついた。

「唯香さん、分かってるかな。きみはものすごく真っすぐで、ものすごく残酷だよ」

「すみません」

「謝られても困るけどね。きょう、きみはシュシュくんだけじゃなく、僕にも別れを告げるつもりだったんだね?」

「別れなんて、そんな大げさなものじゃありませんけど。でも、私の気持ちは伝えておこうと思っていました。谷さんにいろいろ親切にしてもらった後で、こんなことを言うのは、ほんとに申し訳ないんですけど」

「分かった」

谷は寂しそうな顔で唯香を見ていたが、ほんの少し微笑んで言った。

「映画、僕も見たいな」

「是非、見てください。試写会の招待状、送りますから」唯香は身を乗り出すようにして言った。

3

試写会はもちろん、『グラニテ』の完成発表もまだしていないうちから、雑誌社からの取材の申し込みが相次いだ。インタビューを受けるのは監督の凌駕なのだろうとばかり思っていたら、雑誌社は唯香にインタビューしたいというのだった。五十嵐監督が見出した大型新人ということになるらしい。

「何を話せばいいのか分からないし、どうしよう」と腰の退けている唯香に、凌駕は笑って言った。

「翡翠を演じているときに、唯香ちゃんの感じたことを話せばいいんだよ。気の利いたことを言おうなんて思わなくていいから、普段のままで大丈夫」

普段のままで大丈夫と言われてそのまま信じたわけではないのだが、素の自分でいく以外、他にどうしようもないのは事実。実際よりも良く見せようとして、新人女優としての自分を即席で作り上げたところで、そんなものは簡単に剝げ落ちてしまうだろう。

写真撮影があるというので、せめて着るものくらいは女優らしくと思ってみどりに相談したら、「普段、唯香ちゃんが着てる服でいいわよ」とこちらも普段通りを支持する。

写真写りのいい服をみどりに貸してもらおうと思っていたのに、当てが外れた。ワンピースやジャケットなど、改まった席に着ていく服は自宅に置いたままにしている。母に会うかもしれないと思うと、取りに帰る気にはなれない。新しい服を買うお金もないし、困ったなと思っていたら、みどりが言葉を継いだ。

「おそらく、雑誌社の方で衣装もヘアメイクも用意してるんじゃない？」

そういうものかと納得した。それなら何も心配することはない。少し唯香は安堵した。

「でも、唯香ちゃんは、何にもしないのが一番かわいいんだけどねー」とみどりは付け加えた。

最初の取材は、女性ファッション誌のJである。当日は本当に普段通り、デニムにTシャツ、その上に、昨年母に買ってもらったざっくりしたニットを羽織って出かけた。

化粧も眉を整えた程度で、あとは何もしていない。

指定されたのは出版社の会議室だった。ドアの外までざわめきが聞こえてくる。「準備中のようですね」受付から案内してくれた女性が言い、ドアを開けて、どうぞ、と促した。

唯香が入っていくと、そこにいた人々がパッと振り返った。目をみひらき、誰も口をきかない。束の間、沈黙が支配する。

「こんにちは。市ノ瀬唯香です」唯香はドアの前で丁寧に頭を下げた。

張りつめていた空気がふっと緩み、一番、年かさに見える女性が、あらー！　と声を上げた。

「すっごいわ。もう！　天使！」

「え？」

「最高」

何を言っているのか、分からなかった。なのに周りにいた人たちは皆、その言葉にうなずいている。

「ごめん。さっきの服、やめる。片付けて」年かさの女性が、そばにいた女性に言った。

言われた女性は、ハンガーにかけてあった服を片付け始める。オレンジや黄色の幾何学模様のワンピースだった。

「ヘアメイクも最低限にして。このままの感じでいきたいから」

別の女性が、にっこり笑ってうなずく。

ちょっと待ってよ。唯香は心の中で叫ぶ。着るものもヘアメイクも全部やってもらえると思っていたから、普段通りの手抜き状態で来ているというのに。

「ええと」年かさの女性が誰かを探すように周囲を見回す。「マネージャーさんは？」と唯香に訊いた。

「いません」

「いない？」

「はい」

「付き人とか、事務所の人とかは？」

「いえ」

「いないの？」

「いません」

「どなたかご家族は一緒じゃないの？」

黙って首を横に振る。

「ということは、ここには一人で来たのかしら」

「はい。一人で来ました」

その場にいた人たちが顔を見合わせ、次の瞬間、楽しげな笑い声が響き渡った。

「それはそれは、失礼しました。マネージャーさんがいらしたら、その方に名刺を渡そうと思ったんだけど、そんな必要はなかったわけね。自己紹介が遅れましたが、真鍋《まなべ》と言います」その場を仕切っていた年かさの女性が、名刺を差し出した。雑誌Jの副編集長とある。

「どうも。市ノ瀬です」名刺がないので、再び頭を下げる。

「市ノ瀬唯香さんって、本名？」

「はい。本名です」

「プロダクションは？」

「まだ」

「どこにも所属してないの？」

「今のところは」

「やだ。五十嵐監督ったら、何やってるのかしらね」

プロダクションに所属していないことに別段、不自由を感じていなかったので、唯香は首を捻るだけだ。真鍋は唯香をじっと見て、にこにこしている。

「雑誌の取材は、うちが初めて？」

「はい。初めてです」

「やった」真鍋がぽんと手を叩いた。「嬉しいなあ。ますます気合いが入っちゃう。じゃ、簡単にヘアメイクしてから撮影に入りましょう。髪をブローする程度でいいんだけど。あちらでやってもらってください」

会議室の奥に小部屋があるらしい。ヘアメイク担当とおぼしき女性が、こちらへどうぞ、と連れていってくれる。

よろしくお願いします、と言いながら、唯香はメイクルームに入っていった。

取材は一時間の予定だったのに、三時間近くかかった。写真撮影もインタビューも、どちらも長引いたせいだ。市ノ瀬さん、少し時間が長引いても大丈夫？　と途中で真鍋に訊かれて、はい、と応じはしたものの、こんなにかかるとは思っていなかった。

真鍋も、インタビュアーとして紹介されたフリーライターの女性も、カメラマンも、まるで時間など気にしていないような様子だった。唯香はへとへとに疲れたが、その場にいた人たちは皆、やけにハイテンションだったような気がする。

真鍋が呼んでくれたタクシーに乗り、一人になったところで凌駕に電話をかけた。

「今、インタビューが終わったところです」

「お疲れさま。どうだった？」

「疲れました」

凌駕はちょっと笑って、すぐに慣れるよ、と言う。

「ちゃんと質問に答えられた？」

「なんとか。映画のことだけじゃなくて、私自身のこともいろいろ訊かれました。趣味とか、休みの日は何してるの？　とか、好きな食べ物は？　とか、学校のお友達とはどんな話をするの？　とかいろいろ」

「まあ、そうだろうな。唯香ちゃんのデータは、まだ何もないわけだからね」

「私がプロダクションに所属してないって言ったら、雑誌社の人が驚いてましたよ」

「そうか。そう言われればそうだね。完成披露記者会見も間近いし、それまでにちゃんとしておいた方がいいな。どうする？　どこのプロダクションがいい？」

そんなことを訊かれても、心当たりなどない。

「分かりません」

「じゃ、俺の知ってるところでもいいかな。それとも、万里さんに相談した方がいいだろうか」

母の名前を出されて、かちんときた。

「母も、プロダクションのことは何も分からないと思います。監督にお任せします」

怒ったような口調になったのだが、凌駕はまるで気付いていないようだ。

「了解。じゃ、プロダクションの社長に話を通しておくよ」と言う。

「お願いします」

「この後も、いくつかインタビューの話が来てるんだったよね？」

「はい」

「今回は唯香ちゃんが広告塔になってくれるから、俺は試写会の準備に打ち込めて助かるよ」

「私、広告塔なんかじゃありませんよ」

「そうだよな。主演女優だもんな。ごめんごめん。とにかく助かる。頑張って」と言って、凌駕は電話を切ってしまった。

通話の切れた携帯電話を見つめながら、唯香は小さくため息をつく。

凌駕にとって、市ノ瀬唯香とはどんな存在なのだろうか、と思った。

広告塔、映画に主演した新人女優。でも、子供。とても女性としては見られない。そんなところか。

『グラニテ』を撮り終えたばかりだから当たり前なのかもしれないが、これから先のことを凌駕は何も言わない。次の作品については、まだ何も決まっていないのだろう。具体的な構想がないのに、他の人間に話せるわけもない。

それでも、唯香は凌駕に言ってほしくてたまらない。

唯香が待っているのは、ただ一つの言葉。

「次の作品にも出てくれないか」

その言葉さえあれば、胸にくすぶる不安はきれいさっぱり消えていくだろう。

けれど、これまでの凌駕の作品で、二本続けて出演している女優はいない。毎回、凌駕はまったくタイプの違う出演者を選んでいる。『グラニテ』は、一種のおとぎ話のようなラブストーリーだった。次回作では、きっとまったく違うものに挑むのだろう。そうなると、唯香にお呼びがかかる可能性は低い。

翡翠を演じることにこれほどまでに熱中できたのは、五十嵐凌駕の作品だったから。凌駕の映画で演じられるのが嬉しかったからだ。女優になりたかったわけではない。ましてや、有名になりたいなどという気持ちは少しもなかった。ただ、凌駕の映画に出たかっただけ。

これから先、私はどうなってしまうのだろう。

家を飛び出し、一人暮らしを始めた。学校にはほとんど行っていない。今さら以前のような普通の高校生に戻りたいとは思わないし、戻れるとも思えない。しかし、凌駕の紹介でプロダクションに所属したところで、どうなるというのか。『グラニテ』公開直後は、ちょっとは市ノ瀬唯香の名前が話題になるかもしれないが、おそらくそれだけのことだ。注目されると凌駕やみどりは言うけれど、それも一時的なものだろう。

凌駕が次の作品で使ってくれないのだとしたら、もう何もやることはない。やりたいこともない。

凌駕との繋がりが切れてしまう。

なんて呆気ないんだろう。仕事を通じてできあがった凌駕との絆《きずな》は、彼の恋人である母との間のそれよりもずっと強く、どこまでも続いているように思えたこともあった。

けれど、違う。撮影が終わって、それを思い知らされた。

どんなときでも、凌駕にとってのかけがえのない女性であり続けられる母。

撮影が終わり、映画が公開されてしまえば、あとは自分で頑張ってねと放り出されてしまう私。

やっぱり、母には敵わないんだ。

その思いを嚙みしめ、唯香はうなだれる。

タクシーが女子学生会館に着いた。料金は、真鍋にもらったタクシーチケットで支払う。

「お帰りなさい」

エントランスを入って行くと、管理人が声をかけてきた。

「ただいま」

「市ノ瀬さん、どうしたの？　なんだか疲れた顔してる」

唯香はちょっと肩をすくめただけで応えなかった。

「無理しちゃだめよ」管理人が優しく言う。

「はい」と応えて、部屋へ向かった。


自分の部屋に入って、ベッドにどさっと身を投げだしたときに携帯電話が鳴った。凌駕ならいいな、母だったらいやだなと思いながら電話を手に取ってみると、どちらでもない。葛城からだった。

通話ボタンを押す。

「唯香ちゃん？　今、話していても大丈夫かな？」

「はい。部屋にいます。ちょうど帰ってきたところなの」

「出かけてたの？」

「雑誌のインタビューがあって」

「早速、インタビューを受けてるわけか」

「そう。緊張しちゃった」

「最初はそうかもしれないね。でも、唯香ちゃんなら大丈夫だよ。普段通りにしていればいい」

何度目だろう。普段通りにしていればいいと言われたのは。

「ところで、今夜、食事でもどうかな」

「お食事？」

「うん。撮影が終了したんだろう？　お祝いしないとね」

『グラニテ』の撮影が終わったことは、メールで葛城に知らせてあった。〈よかったね、お疲れさま。〉という返信ももらっていた。

「お祝いなんて。私の方がおじさまにお礼をしたいと思ってたの。出演料が入ってからになっちゃうんだけど」

映画出演を後押ししてくれたのも、この部屋を借りてくれたのも葛城だった。感謝してもしきれない。

葛城はちょっと笑い、

「気持ちだけで十分だよ。まずは、僕に食事をごちそうさせてくれないかな。唯香ちゃんの初仕事だったんだから」

「でも……」と言って躊躇ったのは、葛城にごちそうになるのが心苦しいというのもあったが、もう一つ、気にかかっていることがあったからだ。

「何？　どうかしたの」葛城が訊く。

どうしようかと思ったが、思い切って言葉にした。

「母も来るの？」

「どちらでもいいよ。万里さんを誘ってもいいし、唯香ちゃんが会いたくないのなら、誘わない」

「母は誘わないで」

「いいよ。分かった」

「すみません」

「いや。唯香ちゃんとデートできるのは、光栄だよ。何が食べたい？」

「何でも。あ、でも、あまりちゃんとしたお店じゃない方がいいな。着ていくものがないから」

「じゃ、適当な店を予約して、あとでメールするよ」

「ありがとうございます」


葛城が予約してくれたのは、青山にあるイタリア料理の店だった。以前、母を探して出かけていった『A・O』とかいう画廊に近い。あの日、初めて凌駕に会ったのだ。母と並んで立っていた凌駕は、静かで落ち着いて見えたが、意志的な目が彼の強く激しい内面を語りかけてくるようだったのを覚えている。シュシュの具合が悪かったことで気が動転していたにもかかわらず、あのとき唯香は母を羨んだ。こんなにすてきな人を恋人に持っている母という女を、羨み、密かに憎んだのだ。

店に入っていくと、葛城は既に来ていた。唯香に気付き、さっと立ち上がって迎えてくれる。

「唯香ちゃんは、会うたび大人びていくな」

「そうですかぁ？」唯香は首をひねる。

インタビューに着ていったのと同じ格好である。大人びてはいないはずだと思うのだが。

〈気取らない店だから普段着で大丈夫だよ。〉と葛城のメールにあった通り、温かな雰囲気のところだった。先客が既に何組かいて、楽しげにメニューを眺めたり、料理を取り分けたりしている。

「料理はどうしようか」

「お任せします」

葛城はうなずき、店員を呼んで相談しながら、料理を決めた。食前酒として葛城はシャンパン、唯香にはノンアルコールのカクテルをもらう。

グラスが運ばれてくると、すぐに葛城は手に取った。

「お疲れさま。撮影終了、おめでとう」

「ありがとうございます」

すっきりとした甘みのノンアルコールカクテルだった。飲んでいるうちにふと思い出して、横浜の中華街での打ち上げの際、ビールを飲んで眠ってしまった失敗談を話した。

葛城は笑いながら聞いていて、酒は最初に失敗しておくとあとが楽だよ、などと言う。

「別に酒飲みになるつもりはないもの」

「分からないよ、それは」

前菜の盛り合わせが運ばれてきた。葛城が取り分けてくれる。料理に合わせて葛城はワインを頼み、唯香はアイスティーにした。

「撮影が終わってほっとした？」フォークを手にしながら、葛城が訊いた。

「ほっとはしたけど、それ以上に寂しくて」

「撮影現場が楽しかったんだね？」

「ええ。楽しかった。それにやっぱり、五十嵐監督ってすごいなって思って。そういう人のそばにいられるのが、嬉しかったの」

「そうか。初めての仕事でいい監督に巡り会えて、唯香ちゃんは幸せだ」

「私、また五十嵐監督の映画に出たいんです。だけど、今のところ次の話はなくて」

うーん、と葛城が唸る。

「同じ監督とばかり仕事をするのは、どうかな。唯香ちゃんは、いろんな人と仕事をして、勉強して、新しい可能性を見つけていった方がいいように思うけどね」

「でも……」

「これからきっといろんなところから、仕事が舞い込んでくるよ。自分のやりたいもの、自分自身のためになるものを選んでやっていくといい。そうやって続けていけば、いずれまた、五十嵐監督と仕事をする機会にも恵まれるよ。僕のオケでもね、若手の楽団員などは、うちのオケを離れて別のところで仕事をしたいと言うことがある。僕はそれを止めない。いつか戻ってくると信じているし、戻ってきたときには、必ず、一回り大きくなってるからね」

葛城の言うことはよく分かる。正論だ。それでもやはり唯香は、次も凌駕のもとで仕事をしたいと思うのだった。

前菜が終わり、パスタが二種類運ばれてきた。バジリコのシンプルなスパゲティとトマトソースのペンネ。どちらも唯香の好きなパスタである。

「母には会いましたか」

「いや。電話だけだよ。いろいろ大変らしい。ラ・ブランシェットの店長が、辞めることになったとか」

「店長って、秀美さん？」

「さあ。名前までは聞いていないが。万里さんの古くからの友達だとか」

「秀美さんだわ。なんでラ・ブランシェットを辞めてしまうのかしら」

「ご主人と店を持つそうだよ。独立するわけだから、万里さんとしても留められないだろう」

「そうなんだ。秀美さんが」

ずっと母の右腕だった秀美。唯香のこともかわいがってくれた。ラ・ブランシェットには、いつも彼女がいた。長くて美しい黒髪を後ろできゅっと一つに結んで立ち働く姿に、見惚れたことが何度もある。

「唯香ちゃんが家を出て、長く働いていた人が辞めて、飼い犬がいなくなって、万里さんも寂しいんだろう。かなり参っているようだったよ。疲れた声だった」

だったら、おじさまが元気づけてあげて、と言いかけてやめた。葛城だってそうしたいに決まっている。なのに、電話のやりとりだけだというのは、母が葛城に会おうとしないからだろう。

母は今、一人で寂しさに耐えている。

でも、それはあくまでも、今だけ。

おそらく、母は待っているのだ。凌駕が自由になるのを。

今の凌駕は、まだ『グラニテ』に捕われている。音入れや編集作業は終わったようだが、完成披露記者会見や試写会の準備、他にもさまざまなプロモーション行事などがあって気が抜けないらしい。母に会う時間も取れないのではないか。

けれど、これが一段落すれば……。

凌駕は再び母のもとに戻る。母はもう寂しさに襲われることはない。唯香がいなくても、秀美がいなくても、シュシュがいなくても、母には凌駕がいる。

二人の寄り添う姿が目に浮かんだ。

唯香は思わずフォークを握りしめる。

いやだ。絶対にいやだ。

フォークが皿に当たって耳障りな音を立てた。

「どうした？」

「おじさま」

「うん」

「おじさまは、母のことが好きなんでしょ？」

葛城が黙る。

唯香は質問を変えた。

「寿々子おばさまとは別れてしまうの？」

「そうなるかもしれないね」

「母はそのことを知っているんですか」

「そのことって、我々夫婦が別居していることかな」

「はい」

「知ってるよ。家内が万里さんに会って話したらしい」

「それなら、何も問題ないじゃない」

「問題ないって、何が？」

「母とおじさまが付き合うのに」

「唯香ちゃん。別居していても、夫婦は夫婦だよ」

「そんな……。じゃあ、ずっとこんな中途半端な状態を続けるってこと？」

「今は何とも言えないな。家内とゆっくり話をする機会がないからね」

「機会を作ればいいじゃない」

「簡単に言うね」

「だって、簡単なことだと思うから。話し合いたいと思うなら、その機会を作ればいい。機会がないって言ってるのは、その気がないからよ」

「手厳しいな」

「おじさま、お願い。早く母と付き合って。そうじゃないと、私、もう耐えられない」

フォークを置き、葛城が唯香をまっすぐに見る。

「ちゃんと話してくれないと分からないよ。どうして僕が万里さんと付き合わないと、唯香ちゃんが耐えられないのかな」

唯香はきゅっと唇を噛みしめ、うつむいた。気持ちが波立っている。鎮めようとしても鎮まらない。

胸の中に押し込めて、そこにいるのを隠し続けてきた怪獣が、今、姿を現し暴れ出そうとしている。

もうだめだ。止められない。

唯香はぱっと顔を上げ、葛城を見返した。

「おじさま、母は父が亡くなってからずっと独身だったの。その間、恋人がいなかったと思う?」

「いや、そうは思わないよ。付き合った相手がいたかもしれないね」

「じゃ、今は?」

一瞬、虚を衝かれたような顔になったが、葛城はすぐに落ち着きを取り戻して訊いた。

「今も誰かいるのかな」

「います」

「そうか。不思議じゃないよね。万里さんは魅力的な人だから」

「どこが? 母のどこが魅力的なの?」

「簡単には説明できないよ」

「説明してください」

葛城は少し考えてから言った。

「ひたむきなところかな。仕事にせよ、唯香ちゃんにせよ。万里さんは命がけで愛している」

「命がけで？」

「うん」

　唯香はちょっと笑った。我ながら歪んだいやな笑い方だと思いつつ言う。

「その母が、本当に命がけで愛しているのは、五十嵐監督なのよ」

「五十嵐監督？」

「そう。五十嵐凌駕さん。『グラニテ』の監督の」

　葛城は黙っている。

　唯香は何かに憑《つ》かれたかのように言葉を継いだ。

「母が凌駕さんの恋人だっていうのが、私、耐えられない。絶対にいや！　母は凌駕さんよりもずっと年上なのに、おばさんなのに、許せない。いい加減にしてほしい」

「唯香ちゃん、きみ……」

「母は凌駕さんを幸せにできないわ。絶対に無理よ。凌駕さんは、凌駕さんは……」

「唯香ちゃん、落ち着きなさい」

　唯香は肩で息をつく。

「唯香ちゃん、きみは五十嵐監督のことが好きなのか」静かに葛城が訊いた。

「そうよ。好きです。本気なの」

「そうか。なるほど。そういうことか」

葛城は背もたれに体を預け、長く息をついた。葛城が指で目頭を揉む。うつむくと顔に影が差して、急に歳をとったように見える。

何ていうことを言ってしまったのだろう。

葛城が長い時間、母を愛し続けてきたのを唯香だって分かっていたのだ。凌駕が母の恋人であると告げれば、どれほど傷つくかも想像できた。それなのに、ぶちまけてしまった。

葛城に助けてもらいたかった。凌駕を母から奪いたかった。他にどうすればいいのか分からなかったのだ。

「料理が残っている。食べようか」葛城が言った。低くかすれた声だった。

葛城は残っていたパスタを、唯香と自分の小皿に取り分けた。唯香はそれを黙って見ている。葛城はフォークを手に取って食べ始めた。

「せっかく食事に来たんだから」と唯香を促す。

唯香もフォークを手にして、パスタを巻き付ける。食べた。でも、味など分からない。ごめんなさい、という言葉が何度も喉まで出かかった。なのに、言えない。謝っていいことなのかどうかも、今の唯香には判断がつかないのだった。

第九章

1

火曜日のきょうはラ・ブランシェットの定休日で、久しぶりに万里はゆっくり過ごした。朝、ベッドから起きたのも遅ければ、朝食ものんびり。音楽を聴きながら昼間から風呂に入り、洗濯や掃除が一通り終わったときには、午後三時を過ぎていた。弛緩《しかん》した時間が心地よく、たまにはこういうのもいいわよね、と一人つぶやく。

夕方ポストを覗いてみたら、何通かのダイレクトメールに混じって封筒が届いていた。差出人は唯香。中に入っていたのは、『グラニテ』試写会の招待状が二枚。

それを目にした途端、緩みきっていた万里の気持ちと体が一瞬にして引き締まった。

マスコミ向けプレミア試写会と書いてあるが、出演者の家族や知人にも配られる。これまでの凌駕の作品のときもそうだったから、何も珍しいことではない。試写会が行われるのは、三週間後の金曜日、場所は銀座の映画館である。

万里はソファに座って、しばらくその招待状を見つめていた。

映画が完成し、試写会が行われる。当たり前の運びなのに、身動きできなくなるほどずしりと重く心に響いた。

やがてゆっくりと立ち上がり、万里は携帯電話を手に取った。四回目のコール音で葛城が出た。

こんにちは、という万里の声と、やあ、という葛城の低い声が重なった。

「唯香から試写会の招待状が届いたんです」

万里の言葉に葛城は、うん、と応じ、「僕のところにも届いたよ」と言う。

「そうでしたか」

「二枚もらった。寿々子おばさまといらしてください、という唯香ちゃんのメモ入りで」

そんなメモをつけたところを見ると、唯香は葛城と寿々子が別居していることを知らないのだろうか。

万里の思いを汲み取ったように葛城が言葉を継ぐ。

「僕ら夫婦が別居していることは、唯香ちゃんにも伝えてあるよ。先日、唯香ちゃんと食事に行って、話をする機会があってね。大人になったなと、驚かされるばかりだったよ。おそらく唯香ちゃんは、僕の煮え切らない態度が気に入らないんだろう。家内とちゃんと話をして決着をつけろ、という唯香ちゃんなりの意思表示じゃないのかな」

「そんな差し出がましいことを」

「心配してくれているんだよ、きっと」

「それにしたって」

いったい唯香は何を考えているのか。大人の事情に口を挟むような真似をするなんて。

「家内も映画を見たいだろうしね。唯香ちゃんが、家内と僕にもう一度会って話をする機会をくれたんだから、素直に従ってみようと思う」

葛城が寿々子と何を話すのかは分からない。別れるつもりなのかもしれないし、しばらくはこのままでいようと言うのかもしれない。どちらにしても、こちらから尋ねることではないと万里は思った。

「会場で会えるといいね」葛城が言った。

「ええ」

試写会に一緒に行ってもらおうと思っていたのだが、当てが外れてしまった。

落ち着いて考えてみれば、葛城が寿々子と一緒に試写会に出かけるのは当然のことだ。葛城が寿々子と別居中で自分に優しくしてくれるからと、一緒に行ってもらおうと考えた図々しさを反省した。

葛城との電話を切り、今度は秀美に電話をかけた。試写会に誘うと大喜びである。

「楽しみー。でも、どきどきする。スクリーンの中の唯香ちゃんを見るなんて」

万里だってそうだ。どきどきするどころではない。正直に言うと、怖い。できれば見たくない。凌駕の作品の中の唯香など。

けれど見なかったら、死ぬほど後悔するのも分かっている。唯香があれほど熱中した仕事。家を出て、万里と離れてまで選んだ仕事。

凌駕への恋心に引きずられた面もあるかもしれないが、唯香が映画の世界に魅了され、のめり込んだ気持ちは本物だ。万里にはそれが分かる。短期間のうちに、唯香の顔つきが、佇まいが、かもし出すすべての雰囲気が変わった。オーラと呼ぶべきものが備わったと言ってもいいのかもしれない。

そしてもちろん凌駕も、唯香に、そして『グラニテ』という作品に夢中になっていた。万里にとってかけがえのない存在である二人の情熱が、掛け合わされて結実したのだ。それがどのようなものであっても、見ておかなければならなかった。

「二枚しかなくて、ごめんね。ジャンも一緒に行ってもらえればよかったんだけど」

万里が言うと、秀美はさばさばとした口調で、そんなの気にしないでよ、と応じた。

「ここのところ、ジャンと顔を突き合わせてることが多いじゃない。煮詰まっちゃうときもあるのよ。だから、一人で出かけられるのは嬉しいの」

「そういうもの？」

「そうよ」

秀美はまだ正式に辞めてはいないものの、ラ・ブランシェットに顔を出すのは週に二度だけで、他の日はジャンと新しく始める店の準備に忙しくしているようだ。

秀美がいなくなってしまうので、今は万里がオーナー兼店長として店に出ている。日々、店で立ち働いていると、くよくよしている暇がない。秀美が辞めることを聞いたときは、これから先どうしようかとひどく不安になったし、唯香もシュシュもいない自宅に帰るのが耐え難く思えたこともあった。葛城が心配して何度か電話をくれたが、元気なふりをする気にさえなれず、沈んだ調子の受け答えに終始してしまった。

それが最近少し変わってきた。店のスタッフに囲まれ、客の求めに応じながら体を動かして仕事をしていると、次第に万里の中に気力が再燃し始めたのである。

店の定休日をこんなふうにのんびりと満ち足りた気持ちで過ごせるようになったのも、ごく最近のことだ。オンがあるからオフがあるのだと、改めて感じた。それまでは、休みの日も落ち着かず、常に何かし忘れたことがあるような気分で過ごしていた。気持ちばかりが焦り、休んだ気がしなかったのだ。

「会場には唯香ちゃんも来るんでしょ？」秀美が訊く。

「舞台挨拶みたいなものがあるんじゃないのかしら」

「そうよね、きっと。ちょっとは会ったりもできるのかな」

「さあ」

短い沈黙の後、秀美が気遣わしげに訊く。

「唯香ちゃんと直接話してないの？」

映画出演の件で揉めて、唯香が家を出て行ってしまったことは秀美にも伝えてあった。その後、唯香が女子学生会館で一人暮らしをしていることも。けれど、母と娘が口もかない関係になっていることまでは伝えていない。

「試写会の招待状が送られてきただけ。話はしてないわ」

「届いたわよって、唯香ちゃんに電話をかければいいのに」

「そうね。そうなんだけど」

「万里ちゃんっておかしいわね」秀美がくすっと笑う。

「何が？」

「変なところで意地を張る」

「変かしら」

「変よ。だって、唯香ちゃんは万里ちゃんの娘じゃない。喧嘩したって、何をしたって、それは変わらないんだから、電話したいと思ったらすればいいのよ」

凌駕との関係を知らないから、秀美はそんなふうに言えるのだ、と心の内で万里は考える。

「唯香ちゃんは、まだ十七歳なのよ。今は、たった一人で大海原に漕ぎ出しちゃった気分なんじゃないかな。きっと万里ちゃんに励ましてもらいたいと思っているはずよ」

その通りだろう。心躍ることもたくさんあるだろうが、不安に苛《さいな》まれることも同じくらい多いはずだ。大丈夫、うまくいくから。そう言って抱きしめてやる人間が必要だ。けれど、それをするのが自分の役割なのかどうかが万里には分からない。

「私があれこれ言うようなことじゃないけどね。万里ちゃんと唯香ちゃんの間には、他人からは窺い知れない、つよーい絆があるんだし。それじゃ、試写会楽しみにしています」と言って秀美は電話を切った。

つよーい絆？

本当にそんなものがあるのだろうか。

万里は首を捻りながらも、試写会へ一緒に行ってくれる相手が見つかったことで少しほっとしていた。

キッチンで紅茶を淹れてから、リビングルームに戻った。香りの良いアップルフレーバーティー。この紅茶でグラニテを作ったら、きっと唯香が喜ぶだろう。と思ったそばから、唯香にグラニテを食べてもらう機会がこの先あるのだろうかと考えるのだった。

地に足がつかないというのは、こういうことを言うのだろう。

2

『グラニテ』の完成披露記者会見は、日比谷のホテルの広間で行われた。

監督の凌駕に続いて、出演者が広間に入っていった途端、カメラのフラッシュが焚かれる。想像以上の数のマスコミが来ていた。

唯香以外の出演者はベテランばかりなので、皆、堂々としたものだ。カメラに向かって笑顔を向け、きれいなポーズを作っている。溝口など、知り合いの記者と軽口を交わしたりしている。

そんな中で唯香は、うつむいてばかり。どこを見ればいいのか分からないので、そうなってしまう。会場に入る前にみどりから、背筋をまっすぐにして、一点を見るようにした方がいい、口角は常に上げてね、とアドバイスを受けていたが、とてもではないがそんなことはできやしない。

「市ノ瀬さん、こちらを向いて」

「カメラを見てください」と声がかかる。

言われた瞬間は顔を上げるものの、唯香はまたすぐにうつむいてしまう。

「では、皆さま、ご着席ください。五十嵐監督から今回の映画についてお話しいただきましょう」

司会者が言い、凌駕がマイクに向かう。

「きょうはこんなに多くの方にお集まりいただきまして、ありがとうございます」という挨拶からはじめ、凌駕は映画『グラニテ』についての概要を話していく。『グラニテ』というタイトルの意味、着想をどこから得たのかといったことだ。

凌駕が話している間も、唯香はほとんど上の空だ。早くこの場から立ち去りたいとそればかり考える。多くの人の視線に晒されているのが苦痛だった。

どうか、凌駕の話が永遠に続きますように。などと埒《らち》もないことを考える。そうすれば、自分に質問が向けられることもなくて済むから、と。

けれど、凌駕は話を短く切り上げてしまった。

「では、お時間に限りがありますが、ここからは質問を受け付けたいと思います」と司会者が言った途端、たくさんの手が挙がる。

テレビで見たことのある芸能レポーターたちだ。指名された男性レポーターが名乗り、凌駕に映画の見どころを尋ねた後、唯香の方を見た。

「主演の市ノ瀬唯香さんにお尋ねします。この映画の中で一番苦労なさったところはどこでしょうか？」と訊く。

マイクが唯香に渡された。

「初めまして。市ノ瀬唯香です」とまず挨拶をした。

「初めまして」質問したレポーターが大げさに頭を下げた。

「一番苦労したところは」そこで言葉を切り、少し考えてから消え入りそうな声で続ける。「全部です」

場内に温かな笑いが湧く。

「映画に出演されたのは初めてでしたよね？」

「はい」

「現役の高校生だそうですが？」

「はい」

「学業とお仕事の両立はたいへんではありませんでしたか」

「両立……できたんでしょうか、私」

唯香が言うと、質問をした相手が苦笑する。

「映画に出演してみて、どうでしたか？」

どうでしたか、と言われても答えようがない。

唯香が困っていると、隣にいた溝口がレポーターに向かって言った。

「彼女、今はこんなに恥ずかしがり屋みたいですけど、いざ、撮影になるとすごいんですよ」

「すごいんですか」

「ええ。すごいんです」

会場がざわめく。

溝口さん、と低く言いながら、唯香が肘でつついた。

「いいじゃないか、ほんとのことなんだから」

溝口が言って、また会場が沸く。どうしていいのか分からなくなって、唯香はまたうつむいてしまう。

「ところで溝口さん、恋の噂《うわさ》が囁《ささや》かれているようですが」

レポーターが別の話題に移ってくれたので、唯香はようやくほっと息をついた。

しばらくは溝口に質問が集中した。さすがに慣れたもので、溝口はどのように切り込まれても余裕のある受け答えをしている。しばらくやりとりを続けた後で、

「僕個人のことはこのくらいにして、もっと映画の話をしましょうよ。ねえ、監督」と

溝口が凌駕を見た。

それを合図にしたように、レポーターから凌駕への質問が始まる。

3

秀美に勧められたからというわけではないのだが、試写会の招待状を受け取ったことを唯香に伝えた。電話ではなくメールでだったが。

〈映画の完成おめでとう。これから改まった場所に出る機会も増えるでしょう。お洋服や何かを買うお金を、あなたの銀行口座に振り込んでおきます。〉

それに対する唯香の返事は、素っ気なかった。

〈ありがとう。フォーマルな衣装についてはみどりさんが用意してくれるし、あと、事務所の人も助けてくれるから大丈夫。〉

事務所というのは、凌駕の紹介で所属手続きを済ませたプロダクションのことである。手続きの際、万里は送られてきた書類に判を押しただけだ。

映画の完成披露記者会見の様子はテレビで見た。ワイドショーの中でちらっと取り上げられただけだったが、唯香は終始うつむき加減で、恥ずかしそうに質問に答えていた。まったくもの馴れていなくて要領も悪い。それにもかかわらず、唯香の透明感と独特の存在感は伝わってきた。

唯香は唯香のままでいるだけで、人を惹き付ける。今はまだ唯香自身がそれに気付いていないようだが、いずれは十分に自覚し、おそらく磨きをかけていくことだろう。唯香にそのくらいの賢さが十分あることを万里はよく分かっていた。

私が唯香のためにできることは、もうない。

改めて万里は思う。

ドレッサーに向かい、万里は丁寧に化粧をする。眉を描き、マスカラを塗る。

これから試写会に出かけるのだ。万里がメイクに気合いを入れなければならない筋合いはないのだが、手を抜いていくわけにもいかないような気がする。それに、丹念にメイクをしていれば、少しは気が紛れる。実のところ、朝からそわそわと落ち着かないし、動悸もしていて、やたらにトイレに行きたくなる。なんでもいいから、気持ちを紛らわせられればありがたいのだった。

メイクが終わってから、服を着替える。濃紺のパンツスーツを身につける。これまでにも何度も着たことのあるスーツだ。肌触りが良くてしわにならず、着ていて落ち着く。イヤリングとネックレスは、亡き夫から贈られた一揃《ひとそろ》いを選ぶ。悠太郎にも、唯香の映画を見てもらいたいと思ったのだ。

秀美とは銀座のカフェで待ち合わせている。そこから、会場までは歩いても五分ほどだ。

少し早いが、家を出ることにした。お祝いにと用意しておいた花束とシャンパンボトルを抱え持つ。

道路を歩きながら深呼吸をする。何度も繰り返してみるが、あまり楽にはならない。胃がねじれるようだ。

私でさえこんなに緊張しているのだから、唯香はどれほどだろう。

4

「はい、できあがり」

唯香の髪のブローを終えたみどりが、ぽんと両肩を叩いた。

「ありがとう」

「すごくすてきよ」

「ほんと？」

安心させるように深くうなずいてから、みどりは言う。

「それにきょうの唯香ちゃんはリラックスしているみたい。この間の記者会見のときとは別人のよう。あのときはあのときで初々しくてよかったけど」

「別人なんてことはないけど」と言って唯香は首をひねる。「でも、この間よりはリラックスしてるかも。て言うか、わくわくしてるの」

「わくわく？」

「そう。だって、完成した『グラニテ』を大きなスクリーンでちゃんと見るのは、きょうが初めてなのよ」

出演者やスタッフは、完成した作品を通しで見てはいる。けれど、作品に関わった人間だけが小さな部屋に集まって見るのと、大勢の観客と一緒に映画館で見るのとでは全く違う。

「そうか。そうよね」

「すっごく楽しみ」

唯香はにっこり微笑む。

強がりでもなんでもない。本音だった。

少し前までは、凌駕が次の作品について何も言ってくれないことが不安でたまらなかった。これでもう凌駕との関係は切れてしまい、自分の手元に残るのは、相変わらずあやふやな未来だけだろうと思っていた。

けれど、試写会を目前にしてみると、そんなことを思い悩んでいる暇もなくなった。とにかく今は『グラニテ』だ。『グラニテ』のことだけを考えよう。自然にそういうモードになっていた。そして、『グラニテ』さえ成功すれば、何もかもがうまくいくような気がしていた。

「そろそろ舞台の袖に行っておいた方がいいわね」とみどりが言って、控え室のドアを開ける。

最後にもう一度、鏡の中の自分を確かめた。ほんの少し頰が紅潮している以外は、いつもの自分だ。光沢のあるグレーのロングドレスは、ごくシンプルなデザインのもの。ブローした髪は艶やかなストレート。濃く入れたアイラインが、大きな目を強調している。こんなもんでしょ、と心の中で自分の姿にOKを出してから、唯香は控え室をあとにする。

舞台の袖に立つと、場内のざわめきが伝わってきた。ひそやかな話し声と抑えた笑い。期待と興奮。あの中にはきっと、母の声も混ざっているのだ。葛城や寿々子の声も。

そう思っても、いたずらに緊張することはない。

みんなに見てもらいたい。その気持ちでいっぱいだった。

五十嵐監督の作品を、みなさん、見てください。

しばらくすると、凌駕と溝口がやって来た。二人とも黒のタキシード姿である。唯香を見て凌駕は軽くうなずいただけだったが、溝口は大げさに目をみはり、

「おおっ。見違えちゃうなー」と言う。

凌駕は微笑んでいる。

映画会社の広報担当者が足早に近付いてきて、「そろそろよろしいでしょうか」と訊

いた。

「はい」凌駕が応じる。

担当者が、きょうの司会をする女性に合図をした。司会者はうなずき、マイクを手にして舞台に出ていった。ざわめきが止む。

「皆様、本日はようこそおいでくださいました。これより五十嵐凌駕監督作品『グラニテ』のプレミア上映を始めさせて頂きます。最初に、五十嵐監督、そして主演のお二人からご挨拶を頂きます。では、どうぞ」

「じゃ、行こうか」

凌駕が溝口と唯香を振り返った。

5

抱えてきた大きな花束とシャンパンのボトルを受付に渡していたら、こんばんは、と声をかけられた。スーツ姿の男性が二人立っている。

「どうも」と万里に向かって頭を下げたのは、青柳動物病院の青柳先生だった。動物病院で白衣を着ているイメージが強かったので、一瞬、誰だか分からなかった。一緒にいるのは谷である。

「いらしてくださったんですね。ありがとうございます」

「唯香さんに招待状をもらったんです。と言うか、僕が送ってくれって催促したようなものですけど」と谷が言う。

「青柳先生もお忙しいのに」

「楽しみにしてきましたよ。ただ、こういう晴れがましい席には縁がなくて、場違いじゃないかと」と青柳先生は照れくさそうだった。

「青柳先生、ご紹介します。こちらは、私の古くからのお友達の秀美さんです。秀美さん、こちら、うちのシュシュを診てくださっていた青柳先生とアシスタントの谷さん」

万里が三人を引き合わせる。

「初めまして」

一通り挨拶を交わし合ってから、ロビーに向かった。そこではシャンパンが振る舞われている。それぞれグラスを取り、乾杯した。周囲には、テレビで見たことのある映画評論家や芸能人の姿もある。華やかだった。

シャンパンを飲み終え、場内に入る。よかったらご一緒に、と万里が青柳と谷を誘い、四人で並んで座ることにした。

腰を下ろす前に場内を見回したら、離れた席で手を挙げている男性がいた。葛城である。隣には寿々子の姿が見える。きょうも寿々子は渋い色合いの和服を着ていた。ダークスーツを着た葛城としっとりと落ち着いた風情を見せる寿々子は、どこから見ても理想的な夫婦に思える。今でも、二人が別居しているというのが、万里には信じられない。

葛城と寿々子に向かって軽く会釈をしてから、万里は席に座った。

しばらくすると、ロビーで談笑していた人々が足早に会場に入ってきた。そろそろ始まるらしい。

司会者が前方に現れた。それまでのざわめきが止んで静かになる。万里は一つ、大きく深呼吸をする。秀美がちょっと笑って、緊張してるの？　とささやきかけてきた。

「当たり前でしょ」小声で答える。

秀美がまたちょっと笑った。

「皆様、本日はようこそおいでくださいました。これより五十嵐凌駕監督作品『グラニテ』のプレミア上映を始めさせて頂きます。最初に、五十嵐監督、そして主演のお二人からご挨拶を頂きます。では、どうぞ」

司会者が言い、ぱっとスポットライトが当たる。タキシード姿の凌駕が現れた。拍手が湧き上がる。

「あらっ」

右隣の席で、秀美が小さく声を上げた。そして、次の瞬間には、先ほどよりも強く手を叩き始める。

凌駕と溝口に挟まれる格好で、唯香が舞台に出てきたのである。

光沢のあるグレーのロングドレスは、大きく襟の開いたノースリーブで、流れるようなラインが美しい。アクセサリーを一つもつけていないが、それがいっそう内側からの輝きを際立たせ、見る者を魅了する。

「あれが唯香さん?」左のほうで谷が言う。

「ええ。唯香です」万里が答える。

「シュシュくんと一緒にいる唯香さんしか知らなかったから、別人のように思えます」

万里だってそうだ。自分の娘が、別人のように思えてしまう。

うわあ、きれい、かわいい、顔が小さい、肌が輝いてる、といった声がそこかしこから聞こえてくる。唯香に向けた賛辞だろう。

万里は少し面映《おもは》ゆい。そして、もちろん嬉しい。

これまで唯香と凌駕の間にある緊密な繋がりを思うたびに覚えた嫉妬は、不思議にも消えている。今は唯香にしか目がいかない。唯香のすぐ隣にはタキシード姿の凌駕がいるというのに、唯香のボディガードぐらいにしか見えないのだ。はっきり言って、唯香以外はどうでもいい。

唯香、しっかり。私がついてるわ。

何度も心の中で繰り返す。

小学生のときの学芸会で、唯香は雷様の子供の役を演じた。毛糸を使って、もじゃもじゃ頭のかつらを万里が手作りした。気が付くと、あのときと同じ心持ちになっている。客席でどきどきしながら、がんばって、とひたすら応援した。

司会者から紹介され、凌駕がマイクに向かう。

「きょうは皆様、お忙しい中、『グラニテ』のプレミア上映にお運びいただきまして、ありがとうございます」

響きのいい凌駕の声を聞きながらも、万里の目はひたすら唯香を追う。唯香は凌駕の隣で微笑みを浮かべて立っている。背筋の伸びた美しい立ち姿だ。

「タイトルの『グラニテ』というのは、ご存知の方も多いと思いますが、シャーベットのような氷菓のことです。シャーベットよりは粒子が粗く、ザラメ状なんだったかな。まあ、とにかく冷たい食べ物なんです」

そこでいったん言葉を切ってから、凌駕は続ける。

「何年か前、僕は初めてグラニテなるものを食べる機会に恵まれました。氷を粉々にしただけのようなものなのに、凍りかけたときに何度も冷凍室から取り出して攪拌しないと、きれいなザラメ状にならないんだそうです。そのときは、ずいぶん面倒なものなんだなぁ、と思っただけでした。しかし、不思議なことに、手間をかけて作られるグラニテのことが、ずっと僕の心のどこかに残っていたんです。凍りかけたところで取り出して、一度、粉々にしてからもう一度固め直す。それを繰り返して、初めて美しい氷菓ができる。それをモチーフにした作品を撮りたいと思うようになりました。そして、今回ようやく実現できました。グラニテのような透明感のある映画になったと思っています。映画を見終わった後、グラニテが食べたくなるか、作りたくなるか、もうお腹いっぱいという気分で食べたくもなくなるか、それは分かりませんが」にやっと笑って凌駕は挨拶を終えた。

拍手が湧く。

次に、唯香が紹介された。唯香をよく見ようとして、万里は客席で伸び上がる。マイクを手にした唯香は、さぞかし緊張しているだろうと思いきや、先ほどと変わらぬ笑顔を浮かべている。

テレビで目にした完成披露記者会見と比べたら、まるでベテラン女優のように落ち着いている。この子の女優としての成長速度はいったいどれほどなのだろうと、万里は感嘆を込めて思う。

「初めまして。市ノ瀬唯香です」

細いけれど、よく通る声だ。

「私は子供の頃からよくグラニテを食べていました。母が作ってくれたんです。食べるのはもちろん、母が作っているのを見るのも好きでした。透き通って、冷たくて、ちょっと甘くて、今でも大好きなデザート。私が、五十嵐監督の『グラニテ』に出ることができたのは、運命のような気がします」

と言った瞬間、唯香が自分の方を見た気がした。けれど、それは万里の錯覚なのかもしれなかった。唯香は一点に視線を据えたまま話し続けているようでもあったから。

「きょう、みなさんと一緒に『グラニテ』を見るのを、とても楽しみにここに来ました。わくわくしています。私、すごく幸せです」

唯香が頭を下げると、会場から大きな拍手が湧いた。

秀美が肘で万里をつつく。秀美の方に身を屈めると、

「唯香ちゃん、立派ねえ。落ち着いてる。きらきらしてて、スターって感じ」潤んだ声で言う。

万里は小さくうなずき、また視線を前方に向ける。

拍手が鳴り止むのを待って、溝口が話し始める。

「監督と唯香ちゃんの挨拶で、もう十分かもしれませんね。みなさん、早く映画が見たくてうずうずしてらっしゃる。分かってますよ。長話はしません。今回の僕の役割は、ひたすらグラニテを食べることでした。食べて、食べて、食べまくる。撮影が終わったときは、ああ、もうこれでグラニテを食べなくて済む、とほっとしたものです」と言って笑わせた。

「ですが、不思議なもので今はまたグラニテが食べたい。と言うか、もう一度、あの撮影現場に戻りたい。それほどに作っている過程が楽しく、充実していました。僕も唯香ちゃんと同様、たいへん幸せです」

司会者がそのあとを引き取ってしめくくり、凌駕たちの挨拶は終わった。その後、彼らも二階席で映画を鑑賞するらしい。

しばらくすると場内が暗くなった。映画が始まる。

6

不思議な気持ちだった。スクリーンの中に自分がいる。自分自身だけれど、私じゃない。あれは翡翠なのだ。

ずっと気持ちを閉ざしていた翡翠。

両親を失い、祖母と二人暮らし。もともと体が弱かったせいもあって、十七歳になっても引き籠りがちの生活を続けていた。菓子作りだけが彼女の喜びだ。

焼き上がったばかりのケーキや、作り立てのグラニテをすぐ近所のカフェに運ぶのが、翡翠の日課である。カフェの客が自分の作った菓子を食べてくれるのが、何よりも嬉しい。そんな日々の中で幹生に出会う。

翡翠の気持ちが、唯香の中で再び蘇っていく。

唯香は食い入るようにスクリーンを見つめる。今、自分がいるのが映画館の席で、すぐそばにいる凌駕や溝口、そして一階の客席にはマスコミ関係者はもちろんのこと、母や葛城、谷もいるのだが、もはやそんなことは意識の外だ。

幹生と一緒に暮らし始めた翡翠。翡翠にとっての初めての恋。真実の恋。

彼と過ごす時間は、すべてが新鮮で輝いている。何もかもを与えたい。幹生が欲しいというのなら、すべてをあげる。

傷ついてもいいと、もしかしたら傷つけてほしいとさえ翡翠は思ったのかもしれない。ひたすら恋人の体の上のグラニテを食べるだけの幹生、幹生にとっては、それが唯一の愛の交歓なのだ。

幹生が翡翠の体の上のグラニテを食べるシーン。透き通るような翡翠の肌。しゃりしゃりという咀嚼音だけが響く。幹生の唇は濡れて光り、一瞬目を開いて彼を見つめた翡翠はうっすらと微笑むが、すぐにまた目を閉じてしまう。

その愛の形を美しいと思うか、残酷ととるかは、人それぞれだろう。翡翠を演じながら、ただひたすら切なかったことだけを唯香は覚えている。

いつしか唯香の瞳から涙が落ちていた。自分でもなぜ泣いているのか、分からない。スクリーンの中の自分を見て泣いているなんて、自己愛に満ちたみっともない行為だと思う。けれど、涙が止まらなかった。

気が付くと、会場のそこかしこから、啜《すす》り泣きが漏れていた。

翡翠と幹生が、彼らなりのやり方で愛し合う場面が人々の涙を誘っている。凌駕の狙い通りなのだろうか。それとも、凌駕自身も観客の反応に驚いているのだろうか。そして、この映画館のどこかで、母も頬を涙で濡らしているのだろうか。

唯香は膝の上でぎゅっと両手を握りしめた。

ひっそりと息をついて思う。

この映画に巡り会えてよかった。翡翠を演じることができてよかった。

満足感が唯香の胸を浸す。

一人、翡翠がキッチンでグラニテを作るシーンで映画が終わる。

スクリーンに映し出されるうつむき加減の自分自身の横顔を見ながら、ふと唯香は奇妙な感覚に襲われた。どこかで見たことのある光景。目をつぶって記憶を引き寄せる。

オレンジ色のキッチンが浮かんだ。幼い頃に住んでいた家のキッチンだ。流し台の前のタイルや棚に置いてある保存容器、ケトル、タオルも全部オレンジ色だった。父と母と唯香の三人で暮らしたあの家。キッチンでグラニテを作っていた母の横顔を唯香は飽きずに見つめていた。

「お母さん、まだできないの」

「もうちょっと待ってね」

　母の声はいつも温かかった。

　父が亡くなってしばらく経った頃、母があのキッチンでぼうっとしているのを見たことがある。母は空《くう》を見つめて調理台の前に立っていた。身動き一つしない。魂が抜けたような横顔に唯香は言い知れない不安を覚えて、思わず駆け寄った。唯香が抱きつくと、母はようやく呪縛が解けたように体の力を抜き、そっと唯香の背中を撫でた。

「何か作るわね。お腹がすいたでしょ」と母は言った。

　もしかしたらあの時、母は父の側にいきたいと思っていたのではなかったか。

　でも、母はどこにも行かなかった。唯香の側にいてくれた。

　母の心の一部はずっと虚《うつ》ろなままだったのかもしれないが、唯香の前でそれを見せることはもうなかった。

　そして、母は凌駕さんに出会ったのだ。一回りも年下の男性に対して母からアプローチするとは思えないから、おそらく凌駕の方が積極的だったのだろう。母はきっとおそるおそる踏み出したはずだ。凌駕のような男性と付き合うのに、不安を覚えたこともあったのではないか。彼のことが大事になればなるほど、よけいに。

　根っこの部分に保守的なものを持っている母だから、凌駕はいずれ彼にふさわしい女性と結婚して家庭を持つべきだと思っている可能性もある。凌駕に若い恋人ができたら、自分は身を引くつもりで。

もしも私が娘ではなく、ただの新人女優だったら、母は心が砕け散るほどの努力をして、私と凌駕を祝福してくれたのではないか。

唯香は胸を衝かれるように思う。思った瞬間、胸の奥が痛んだ。

お母さん、かわいそう。

父がいなくなってから母はずっと寂しくて、凌駕さんに出会ってようやく一人ではなくなった。なのに、娘が自分の恋人に恋をした。

ごめんね。

唯香は心の底の方でつぶやいた。

音楽とともにキャストやスタッフのテロップが流れ、エンドロールが続く。その瞬間、拍手が湧き上がった。場内にライトが点る。

凌駕に促されて、唯香と溝口は立ち上がった。一階席の人々が皆立ち上がって、拍手を送っていた。

目の前が曇って、唯香にはもう何も見えない。凌駕の腕が支えてくれているのが分かった。

7

「最後に出ましょうよ」と言い張ったのは秀美だった。「その方が、唯香ちゃんとたくさん話せるんじゃない？」

凌駕や溝口と一緒に、唯香もロビーで挨拶をしているはずである。秀美は、唯香ちゃんのサインをもらうんだと楽しみにしている。

万里は迷っていた。今、唯香に会ってもどういう顔をすればいいのか分からない。照れくさいような気分なのだった。人の波に紛れて、唯香や凌駕の前を通り過ぎてしまった方が気が楽だとさえ思ってしまう。

それでも秀美に押し切られるような格好で、場内の人々が出口へ向かう間、じっと席で待った。青柳と谷は、お先にと言って既に帰ってしまった。

「そろそろ行こう」人の姿がまばらになったのを見計らって、秀美が万里を誘う。

立ち上がり、ゆっくりと出口に向かった。

ロビーには映画関係者が並んでいた。一番手前にいるのは溝口だ。

「おめでとうございます」

秀美と一緒に軽く頭を下げながら、溝口の前を通り過ぎた。溝口の隣に唯香が立っていた。化粧は先ほどの涙で流れてしまったのだろう。素顔に近い。幼く見える。

「唯香」

その瞬間、唯香の表情が引き締まる。背筋をすっと伸ばして、まっすぐな視線を向けてくる。

ああ、この子は身構えている。

さっきまではあんなに落ち着いて自信に満ちて見えたのに、今は違う。私の前に立った途端、必死で肩をそびやかし、虚勢を張っている。

もしかしたら、映画を誉めてもらえないのではないか。凌駕とのことを何か言われるのではないか。唯香の心の中に渦巻く思いが見えるようだ。

自惚《うぬぼ》れかもしれないが、唯香が誉めてほしい相手はただ一人、私だったのだと思った瞬間、万里の胸は張り裂けそうになった。

「唯香」

もう一度呼んだ。けれど返事がない。

「唯香ちゃん、最高だったわよー」隣で秀美が言って、ぱっと唯香に抱きついた。

唯香は突然のことに驚いたのかバランスを崩しかけて、よろめいた。慌てて万里が支えてやる。久しぶりに触れた娘の体。肩の辺りはほっそりして見えるのに、触れてみると筋肉が張っているのが分かる。仕事を始めてから、唯香は体を鍛え始めたのかもしれなかった。

「ほんとに、ほんとに、よかったわよー」秀美は唯香の手を握る。

「ありがとう。秀美さんも、自分のお店を持つんでしょう。すごいよね。おめでとう」

と唯香が言うと、秀美は、何言ってるのよ、と唯香のことを軽く叩いた。

「私のことなんて、今はいいの。『グラニテ』の夜なんだから」

「それはそうだけど」

「そうよ、そうよ。本当に唯香ちゃん、きれいだった。びっくりしちゃった」

秀美の賛辞に唯香は素直に笑顔を見せ、その笑顔のまま万里を見た。

「すばらしかったわ」万里が言う。

やっと言えた。

本当にやっと。

ずっと言ってやりたかったのに。

あなたは、とてもすばらしいと。

なのに、こんなに時間がかかってしまった。

「本当？」かすれた声で唯香が尋ねた。

「本当よ。想像していた以上だった。よく頑張ったわね」

唯香はゆっくりと瞬きした。それから、じっと万里を見つめた。襟元を見てから、耳たぶへと視線を動かす。万里はネックレスに手をやった。

「お父さんも見てくれたんだ」

唯香の卒業や入学など節目の日には、いつもこのネックレスとイヤリングを身につけていた。悠太郎が贈ってくれたものだ。

「天国で、お父さんも唯香のことを誉めてるわ。私たち、娘を誇りに思ってる」

うん、と言って唯香がうつむく。噛みしめた唇が震えているのが分かる。万里の胸にも熱いものがこみ上げてきて、少しでも気持ちを緩めたら号泣してしまいそうだった。

「おめでとう」

最後に一言言うと、万里は一歩踏み出した。秀美はまだ唯香の側にいる。パンフレットにサインしてもらっているようだ。

万里は凌駕の前に立った。

「おめでとうございます」

「万里さん」

凌駕は微笑みを浮かべている。

「すばらしかったわ」

「だろう?」

凌駕はにやっと笑ってみせる。誇らしさと照れがないまぜになった凌駕の笑み。

ああ、私はこの人のことが本当に好きだった。万里は胸を衝かれるように思った。大好きだった。

なんとか笑顔を作って、万里は凌駕を見つめる。凌駕も笑顔のまま見返した。ほんの数秒。おそらくもう二度と訪れない、二人だけのとても親密な数秒。

万里はきちんと姿勢を正して頭を下げた。

「唯香がお世話になりました。ありがとうございました」

凌駕は、うん、とうなずいて、

「万里さん、今度、ゆっくり会えるかな。話したいことがある」と言った。

「分かりました」と答えて万里はその場をあとにした。秀美もすぐ追いついて、万里と一緒に映画館を出る。

万里は頭の中で『グラニテ』を反芻《はんすう》する。翡翠を演じる唯香の表情、撮影の間、誰よりも熱心にそれを見つめていたであろう凌駕の瞳、二人の間に生まれた強い絆。それはおそらく恋愛ではない。もしかしたら、唯香の方には恋愛感情に近いものがあったかもしれない。けれど、凌駕はあくまでも映画監督として、ものを創り出す人間として唯香を愛し、貴く思っていたに違いない。恋愛などよりもずっと純粋で、一度生まれたら飽きることも消えることもない感情。

もう嫉妬するような段階ではないのだ。

唯香は表現者として凌駕を魅了した。この先も魅了し続けるだろう。

「飛んでいっちゃったわ」万里がつぶやく。

「唯香ちゃん？」

万里はうっすら微笑む。

「寂しい？」秀美が訊いた。

「どうかしら」

と答えながら万里は思い出していた。スタンディングオベーションに応えていたときの唯香の顔を。懸命に笑顔を浮かべていたつもりだったのだろうが、万里には泣きべそ顔にしか見えなかった。

幼い頃の唯香は泣き虫で、ちょっと万里が叱ると、すぐにああいう顔をした。あの顔を見ると途端にかわいそうになって、ぎゅっと娘を自分の胸に抱き寄せたものだ。

今だって万里は唯香を抱き寄せたい。唯香の温《ぬく》もりを、この腕の中に感じたい。いつまでも、いつまでも感じていたい。

8

観客はみな帰ってしまった。ロビーに残ったのは『グラニテ』の関係者だけである。

「さてと」と溝口が言った。

「うん」と凌駕が応じる。

　誰からともなく、長く息をついた。全員の顔に安堵と満足感が滲んでいる。

「お疲れさん。じゃ」と言って凌駕が言葉を切ったので、次に何を言うのかと思って待っていると、彼の口をついて出たのは、「じゃ、とりあえず着替えよう」という当たり前の言葉だった。

　その場の空気が緩んだ。

　溝口が控え室へと向かう。凌駕も溝口と一緒に歩き始めた。唯香は慌ててあとを追う。

「監督」

　凌駕が立ち止まった。溝口は手振りで先に行っていると伝え、一人で歩いていってしまった。

「ありがとうございました！」唯香は勢いよく頭を下げた。「私を映画に使ってくださって」

　凌駕はしばし黙って唯香を見つめていたが、やがてゆっくりと言った。

「礼を言うのは俺の方だよ。ありがとう」

　その言葉だけで、唯香の胸はいっぱいになる。

「監督」

「何？」

「次は？」

「次？」

「次の作品は、どうなさるんですか」

ありったけの勇気を振り絞って発した質問だったのだが、凌駕はごく普通の口調で応えただけだった。

「『グラニテ』が一段落したら、しばらくニューヨークに行ってこようかと思ってるんだ」

「ニューヨーク？」

「うん」

「次の作品の舞台がニューヨークなんですか」

「それはまだ分からない。そうなるかもしれないし、ならないかもしれない。当面は勉強のためにね」

「勉強？」

「うん。向こうに知人がいて、前から一度来てみないかと誘われていたんだ」

「一人で？」

「え？」

「ニューヨークには一人で行くんですか」

「そうだよ」

「そのこと、母は知っているんですか」

「まだ言ってないよ。でも、薄々感づいているような気はするけどね」

　薄々感づいているような気はする。その言い方に、凌駕が母に寄せる信頼を感じた。

万里さんは俺のことをすべて分かってくれている、凌駕はきっとそう思っているのだ。

凌駕は母に甘えている。

なんだ、私と同じじゃないか。そう思ったら、おかしくなった。

「監督」

「うん」

「私も薄々感づいていました」

「え?」

「監督が、どこか遠くへ行ってしまうような気がしていたんです」

　本当だった。この作品が凌駕にとって、何か個人的な意味を持つものであるような気がしていた。

　今になると分かる。『グラニテ』は凌駕から母へのプレゼントだった。甘えさせてくれたことへの、理解してくれたことへの、出会えたことへの感謝の気持ちだった。

「遠くと言えば遠くだけど、それにしても大げさだな。一生ニューヨークに行ったきりってわけでもないのに」

「分かってます。ていうか、ようやく分かりました。だからいいんです」

「唯香ちゃん、何を言ってるのか、分からないよ」

「すみません。支離滅裂で」

言った途端、おかしくなって唯香は笑い転げる。

「唯香ちゃん、きみ、飲んでるの?」

「ちょっとだけ。さっきシャンパンを少し飲みました」

「それでか」

「違います。別に酔っていません。本当に私、分かったんです」

「だから、何が分かったの?」

「少し前まで、私、不安で堪《たま》らなかったんです。監督の次の作品で使ってもらえなかったら、どこにも行く場所がないって思ってました。宙ぶらりんで、何をすればいいのか分からないって。でも、違うんだってことが分かったんです」

「当たり前じゃないか。唯香ちゃんは、これから売れるよ。仕事のオファーがいやってほどくる」

「それはどうだか分かりません。ただ、これで終わりじゃないのは確かだと思います。

だから、大丈夫。監督が戻ってきたときに、また会いたいです」

「もちろんだよ。こちらからお願いする」

「監督」

「何？」

「私、市ノ瀬万里の娘なんですよ」

「知ってるよ」

「本当に知ってましたか」

「ああ、よく知ってる」

「それならいいんです」

第十章

甘く香ばしい香りが漂っている。

今やパンケーキは、ラ・ブランシェットの人気メニューである。

秀美が退職したあと、万里はずっとオーナー兼店長として立ち働いている。当面、新店長を探すつもりはない。近い将来、日吉と用賀の支店を閉めて、本店のみの営業に絞ろうかと思っている。これまでラ・ブランシェットは順調すぎた。追い風を当たり前だと思って支店を増やしてきたが、ここのところ他店に押され、業績が振るわない。一度、初心に戻るべきなのではないかと万里は思っている。

ドアが開いて、カウベルが鳴る。ぱっと入り口に目をやる。もしかしたら、唯香が訪ねてきたのではないかと思って。

けれど入ってきたのは、若い女性の二人連れ。唯香ではない。

「いらっしゃいませ」と言って万里が客を迎え入れる。

女性たちは楽しそうに喋りながら、ショーウインドウの中のケーキを見ている。チーズケーキに決めたようだ。

「どうぞ。こちらへ」奥まったテーブルに案内しながら思い出す。

数ヶ月前、唯香がふいにラ・ブランシェットを訪ねてくれたことがあった。その事実が万里の胸を温かくする。

年が明けて間もない金曜日だった。

白いダウンコートを着た唯香が店のドアから入ってきたとき、万里は入り口近くのテーブルにパンケーキを運んでいた。万里は唯香を見て一瞬、棒立ちになったが、すぐに気を取り直して、パンケーキの載った皿をテーブルにきちんと置いた。

それから唯香に歩み寄って、いらっしゃいませ、と言ったのである。

唯香は空いているテーブルを目で示し、

「ここ座っていい？」と訊いた。

「どうぞ」

唯香はコートを脱いで椅子の背にかけた。腰掛けながら、懐かしそうにゆっくりと店内を見回す。

「何か食べていく？」と万里は訊いた。

「うん。さっきの何？　おいしそうだったけど」

「パンケーキよ」

「そんなメニュー、前からあった？」

「秀美さんの提案で出すことにしたの。食べる？」

「食べる、食べる。カフェオレも一緒に」

一昨日も昨日も店を訪れていたかのような気安さで唯香は言い、万里も同じくらいの気安さで、はいはい、と答えた。

「五十嵐監督がよろしくって」厨房に戻ろうとする万里の背中に、唯香が何でもないことのように言った。

「そう」

「うん」

唯香は成田からの帰りにラ・ブランシェットに立ち寄ったのだった。凌駕が発つ日だというのは、万里も知っていた。凌駕から、ニューヨークに行くこと、いつまで滞在するかは未定だということを聞いたときに、フライトの時間も教えてもらっていた。見送りには行かないわよ、と万里が言ったとき、凌駕は、分かったと言ってうなずき、そっと万里を抱きしめた。

その日、唯香はパンケーキを食べ、カフェオレを飲み終えると、じゃあね、と言って帰っていった。大した話はせずじまいだったが、それでも唯香がラ・ブランシェットを訪ねてくれたのが、万里にはかけがえのないことだった。

あれから二ヶ月経った。

唯香は、今も女子学生会館で一人暮らしをしている。

『グラニテ』の評判は上々だった。監督の淩駕はもちろんのこと、唯香も、そして溝口も新境地を開いたとして高く評価されたようだ。唯香のもとには、たくさんの仕事のオファーが舞い込んだ。事務所の方針もあってこれからのことは慎重に考えているらしく、まだ次の仕事は決まっていない。今はもっぱら基礎から演技の勉強をしているようだ。

高校もなんとか卒業できそうだから安心してください、と言っていたと葛城から聞いた。部屋を借りる際に保証人になってくれた葛城には、唯香もきちんときちんと近況報告をしているようだった。

「心配ないよ」と葛城は言った。

「そうね」と万里は応じた。

本当に、唯香はさまざまなことを自分の力で解決していけるようになったのだと、改めて万里は思う。

「俺の言った通りだろう」

淩駕ならきっとそう言うだろう。

淩駕にはもしかしたら、思っていた以上にいろいろなものが見えていたのかもしれない。唯香の素質はもちろんのこと、万里が唯香をがんじがらめにしてしまっていること、唯香はいつか万里のもとを飛び出さなければならないということ、そして凌駕に対する万里の気持ち、といったものが。

　万里はテーブルに歩み寄り、オーダーを受ける。

「ホットミルクとカプチーノ」厨房にオーダーを伝えた。

「はい」厨房の中のスタッフが返事をする。

　温かな湯気の立ちこめる厨房。大勢の客の話し声や笑い声に満たされたホール。万里にとっての日常は、ここ、ラ・ブランシェットにある。そして、唯香が訪ねてきたり、時折葛城が寄ってくれるのが非日常に当たるのだろうか。

　カフェを訪れたときの葛城はコーヒーを一杯飲みながら、万里と少し話をしていく。話すのは、クレセント交響楽団のことや、公演先でおいしいものを食べたといったようなことだ。ときどきもらう電話でも同じような話をする。寿々子との関係がどうなっているのかは知らない。訊くつもりもない。

　私にはもう何もないのかもしれない、と思うことがある。たくさんのものを失ってしまった。誰かを心から好きになる情熱も、家族とともに暮らす安らぎも、親友と呼べる相手と一緒に働く楽しさも。

　それでも未来はやってくる。

　一人でいようと、二人でいようと、三人でいようと、未来は同じようにやってくる。

「オーナー」スタッフが呼んだ。

厨房の一角でぼうっとしていた万里は我に返る。

「チーズケーキ、なくなりました」

「もう？」

「はい」

「早いわね」

と言いながら、万里は厨房を出てまっすぐに店を突っ切っていく。

ドアを開けて外に出ると、入り口の脇に出してある小さな黒板の前に立つ。チーズケーキと書いてあるところに横線を二本引いて消した。

通りの向こうに目をやると、公園に午後の日が差していた。春が近いとはいえ、木々はまだ冬色だ。葉を落とした枝が、何かを求めるように空に向かって伸びている。

店の前で若い母親と男の子が立ち止まった。公園の帰りなのだろう。男の子はサッカーボールを抱えている。

「あ、チーズケーキ、なくなっちゃったんだ」母親が残念そうに言う。

「えー」と男の子。

万里は男の子に、にっこり笑いかける。

「他のケーキでしたらございますよ。チョコレートケーキやブルーベリーのシフォンケーキなど、いかがでしょう」

「どうする？」母親が男の子に訊く。

ちょっと考えてから彼は答える。

「他のでもいいよ」

母親はうなずき、男の子の肩にそっと手を置いた。

「どうぞ」

万里がドアを開けると、二人は並んで入っていく。万里もあとに続いた。

解説

吉田伸子

巧《うま》いなぁ。永井さんの物語を読み終えるたびに、そう思う。もっともっと、彼女の物語に酔っていたかった——。彼女の不在を憎むような気持ちで、そう思う。

本書は永井さんの後期の作品になるのだが、その練り上げられた人物造型といい、読者を引きつけて離さないストーリー展開といい、まさに円熟味を感じられる一冊だ。

本書の内容に触れる前に、本書が〝初永井作品〟となる読者のために、永井さんのデビューからの足跡を辿《たど》ってみようと思う。永井さんは、ちょっと変わった経歴の持ち主で、東京芸術大学（しかも音楽学部！）を中退し、北海道大学の農学部に入り直している。この進路変更に関しては、「WEB本の雑誌」内にある「作家の読書道」の第六十七回（http://www.webdoku.jp/rensai/sakka/michi67.html）を読まれたい。

一九八七年に農学部を卒業し、日本IBMやアップルコンピュータに勤務。その後、一九九六年、短編である「隣人」で第十八回小説推理新人賞を、長編の『枯れ蔵』で第一回新潮ミステリー倶楽部《クラブ》賞を、さらには、短編「マリーゴールド」で、第三回九州さが大衆文学賞（第十回以降は笹沢左保賞と改名）、を受賞、翌年の九七年に『枯れ蔵』でデビューされた。

ミステリの賞を二作で受賞され、デビュー作がミステリだったことから、永井さんのことをミステリ畑の書き手だと思われている読者も多いかもしれないが、私にとって、永井さんはヒロイン小説の書き手、である。そのヒロインが立っているところに「謎」があるかないか、の違いこそあれ、永井さんの物語の読みどころは、ヒロイン小説としてこそだと、私は思っている。そして、本書はそのことを証明している一冊でもある。

本書のヒロインは、三店舗のカフェを経営している万里《まり》。「今年の夏、四十三歳になる」万里は、十年前、夫を脳梗塞で亡くしてから、シングルマザーとして一人娘の唯香《ゆいか》を育てている。高校二年生の時、患者と若手歯科医として出会った悠太郎《ゆうたろう》から、大学四年生の時にプロポーズをされた万里は、洋菓子教室へ通うため半年間のパリ留学を経て、結婚。年上の夫から愛され、庇護《ひご》されてきた幸せな日々は、脳梗塞による悠太郎の急死によって、突然終わってしまう。

悲しみにくれつつも、それまで自宅に併設した小さなスペースで行なっていた手作りケーキの販売を再開した万里に、カフェの経営を勧めたのは、悠太郎の友人の葛城《かつらぎ》だった。

家を売り、マンションに引っ越し、残ったお金を開業資金とした。以来十年、万里は仕事に子育てに、と日々を送ってきた。そんな万里にとって、経営者でも母でもない顔で過ごせる、年下の恋人・凌駕《りょうが》との時間は何物にも代えがたいものだった。

万里が凌駕と出会ったのは五年前。映画監督の凌駕が、万里のカフェを撮影で使わせてもらえませんか、と申し出たことがきっかけだった。その映画の完成披露パーティの翌日、万里は凌駕から告白される。万里もまた凌駕に惹《ひ》かれていた。以来、二人は恋人どうしだ。

自分がうんと年上であることを自覚している万里は、いつかは凌駕の手を離す日が来ることを知っている。「それは予感というより確信だった。そうでなければならないという信念といってもいいかもしれない」。けれど、同時に、だからこそ凌駕に執着してしまう自分がいることも、万里はわかっている。「常に心の中で別れの準備をしておかなくてはならない。万里は自分に言い聞かせる。けれど、そうすればするほど愛おしさが募る。凌駕とともにいるこの時間が貴いものになる。彼との時間を一秒でも長く続けるためならなんだってする、と思ってしまう」

万里と凌駕との時間は、だから、終わりを迎えるにしても静かに、綺麗《きれい》にフェイドアウトするはずだった。けれど、ふとしたきっかけで凌駕が唯香を見初め、次作のヒロインに抜擢《ばってき》したことから、凌駕を頂点とした万里と唯香という、地獄のような三角な関係が出来上がってしまう。

凌駕の年頃に見合った女性が現れたら、潔く身を引く覚悟を持っていたはずなのに、よりによって自分の愛娘《まなむすめ》が凌駕に惹かれていることを知った時の万里の気持ちに、読んでいるこちらまで、胸が締め付けられてしまう。万里は万里で、彼（凌駕）が自分の恋人なのだ、と唯香に告白するわけにはいかないし、唯香も唯香で、母親と凌駕の関係を見抜いていることを万里には言えない。言えないどころか、母の恋人だと知りつつも、凌駕への想《おも》いを止められない唯香。

この、万里と唯香の母娘関係の描き方も絶妙で、緩やかに若さを失いつつある万里と、十七歳、溢《あふ》れんばかりの若さのただ中にいる唯香、という年齢的な対照だけではなく、母から見た娘と、実際の娘（万里にとっての唯香は、従順で大人しく、映画に出るようなポジティブさは持ち合わせていない、自分が庇護するべき対象と映るのに、実際の唯香は、芯がしっかりとしていて、意思も強い、大人のとば口にいる一人の女性）との母娘間の〝溝〟の描き方が秀逸だ。

そして、永井さんの巧さが光るのは、万里のキャラクタを、葛城の妻の視点からも描いていることだ。凌駕と唯香の件で疲弊した万里が、指揮者である葛城の京都のコンサートに出向いた翌日、葛城と二人でいるところを写真週刊誌に撮られる。その〝事件〟がきっかけになったのか、葛城夫妻は別居することに。夫の生前から、家族ぐるみで付き合ってきた葛城夫妻。仲睦《なかむつ》まじかった二人の関係に、自分のせいでヒビが入ってしまったのか。というか、もしかして、それ以前から、夫妻に溝を作ってしまったのは自分ではないのか。恐縮する万里に、葛城の妻である寿々子《すずこ》は言う。「いやだ、万里さん、まさか本当に責任を感じてるの？」と。

唇に冷笑さえ浮かべて、寿々子は言い放つ。「万里さんが責任を感じるとしたら、あの写真週刊誌の一件じゃないわ」と。あなたの存在そのものが、「気に障る」のだ、と。若くしてご主人を亡くされたのはお気の毒だと思ったし、今も思ってる。でも、「なんでもかんでも葛城を頼る必要はないでしょう」。

「主人の古くからのお友達として葛城さんを頼りにしただけで、それ以上のことは何も」と抗弁する万里を遮って、寿々子は言う。若くして夫に先立たれた女、という強力なカードを最大限に使って、「あなたは何もかも自分のものにしたがった。人のものまでもね」。

この寿々子とのシーンが〝効く〟のは、場を立ち去り際、寿々子が口にする「あなたの強欲ぶりは、私だけじゃなくて、唯香ちゃんの目にもはっきり映っているはずよ」という言葉があるからだ。このシーンがあることで、読み手には、娘が恋敵となった母の苦悩が物語のテーマではなく、娘との関係、恋人との関係を苦しみながらも乗り越えていく、一人の女性の成長の物語であることが、胸に落ちるのだ。

そして、同時に思い至る。本書のタイトルである「グラニテ」に。本書の中でも何度かその作り方が出てくるのだが、グラニテとはシンプルな氷菓子だが、「しゃりしゃりと口当たりが良ければそれでいいわけではない」。「硬質で、強く、輝きを宿していなければ」ならないものなのだ。「適度のザラメ状の美しいグラニテ」になるためには、冷凍庫で固まりかけたものを、きっちりと時間を計り、三十分置きに何度もかき混ぜなくてはならないのだ。

そう、グラニテはまるで人生のようだ。固まりかける、それをかき混ぜる、再び固まりかけたものを、またかき混ぜる。その度に、強く、輝きを増していくグラニテ。まるで、トライ&エラーが連続する人生のように。滑らかなだけでは物足りない、ざらりとした舌触りがあってこそ、が絶品のグラニテであるように、人生もまた、ざらりとしたことを何度も味わうからこそ、より強く、より深いものになるのだ。そのことを、永井さんは物語を通して、私たちに伝えたかったのではないか。固まりかけたものを、自ら壊すことを恐れないで。大丈夫、きっと、大丈夫。あなたのグラニテは、そうすることで、格段に素晴らしくなるはず、と。

永井さんの新しい物語がもう読めないことが、寂しくてたまらない。だけど、私たちは覚えていよう。永井するみという、とびきりの作家がいたことを。とびきりの物語に託して、読み手に寄り添ってくれた、一人の作家がいたことを。

（よしだ・のぶこ　文芸評論家）

本書は、二〇〇八年七月、書き下ろし単行本として集英社より刊行されました。

集英社文庫

永井するみ

欲しい

人材派遣会社を営む由希子は42歳、独身。恋人には妻子がいる。心の隙間を埋めるため、出張ホストを呼ぶのが常だった。ある日、恋人が不審な転落死を遂げる。由希子は事件の真相を探るが……。男女の欲望を精緻に描く、傑作長編。

堂場瞬一 いつか白球は海へ
堂場瞬一 検証捜査
堂場瞬一 複合捜査
堂場瞬一 解
堂場瞬一 共犯捜査
堂場瞬一 警察《サツ》回りの夏
堂場瞬一 オトコの一理
堂場瞬一 時限捜査
童門冬二 全一冊 小説 上杉鷹山
童門冬二 明日は維新だ
童門冬二 全一冊 小説 直江兼続《なおえかねつぐ》 北の王国
童門冬二 全一冊 小説 蒲生氏郷《がもううじさと》
童門冬二 全一冊 小説 二宮金次郎
童門冬二 全一冊 小説 平将門
童門冬二 全一冊 小説 新撰組
童門冬二 全一冊 小説 伊藤博文 幕末青春児
童門冬二 異聞 おくのほそ道
童門冬二 全一冊 銭屋五兵衛と冒険者たち
童門冬二 小説 小栗上野介 日本の近代化を仕掛けた男
童門冬二 全一冊 小説 立花宗茂
童門冬二 全一冊 小説 吉田松陰
童門冬二 上杉鷹山の師 細井平洲
童門冬二 巨勢入道河童 平清盛
童門冬二 小説 田中久重 明治維新を動かした天才技術者
童門冬二 大岡忠相 江戸の改革力 吉宗とその時代
十倉和美 犬とあなたの物語 犬の名前
豊島ミホ 夜の朝顔
豊島ミホ 東京・地震・たんぽぽ
戸田奈津子 スターと私の映会話！
戸田奈津子 字幕の花園
友井羊 スイーツレシピで謎解きを 推理が言えない少女と保健室の眠り姫
伴野朗 三国志 孔明死せず
伴野朗 呉・三国志 長江燃ゆ一 孫堅の巻
伴野朗 呉・三国志 長江燃ゆ二 孫策の巻
伴野朗 呉・三国志 長江燃ゆ三 孫権の巻
伴野朗 呉・三国志 長江燃ゆ四 赤壁の巻
伴野朗 呉・三国志 長江燃ゆ五 荊州の巻
伴野朗 呉・三国志 長江燃ゆ六 巨星の巻
伴野朗 呉・三国志 長江燃ゆ七 夷陵の巻
伴野朗 呉・三国志 長江燃ゆ八 北伐の巻
伴野朗 呉・三国志 長江燃ゆ九 秋風の巻
伴野朗 呉・三国志 長江燃ゆ十 興亡の巻
永井するみ ランチタイム・ブルー
永井するみ 欲しい
永井するみ グラニテ
長尾徳子 僕達急行 A列車で行こう
中上健次 軽蔑
中上紀 彼女のプレンカ

集英社文庫　目録（日本文学）

長沢樹　上石神井さよならレボリューション
中島敦　山月記・李陵
中島京子　ココ・マッカリーナの机
中島京子　さようなら、コタツ
中島京子　ツアー1989
中島京子　桐畑家の縁談
中島京子　平成大家族
中島京子　東京観光
中島京子　かたづの！
中島たい子　漢方小説
中島たい子　そろそろくる
中島たい子　この人と結婚するかも
中島たい子　ハッピー・チョイス
中島美代子　らも　中島らもとの三十五年
中島らも　恋は底ぢから
中島らも　獏の食べのこし
中島らも　お父さんのバックドロップ
中島らも　こらっ
中島らも　西《さい》方《ほう》冗《じょう》土《ど》
中島らも　ぷるぷる・ぴぃぷる
中島らも　愛をひっかけるための釘
中島らも　人体模型の夜
中島らも　ガダラの豚I～III
中島らも　僕に踏まれた町と僕が踏まれた町
中島らも　ビジネス・ナンセンス事典
中島らも　アマニタ・パンセリナ
中島らも　水に似た感情
中島らも　中島らもの特選明るい悩み相談室　その1
中島らも　中島らもの特選明るい悩み相談室　その2
中島らも　中島らもの特選明るい悩み相談室　その3
中島らも　砂をつかんで立ち上がれ
中島らも　こどもの一生
中島らも　頭の中がカユいんだ
中島らも　酒気帯び車椅子
中島らも　君はフィクション
中島らも　変!!
中島らも・小堀純　せんべろ探偵が行く
長嶋有　ジャージの二人
中園ミホ・古林実夏　ゴースト　もういちど抱きしめたい
中谷巌　痛快！経済学
中谷巌　資本主義はなぜ自壊したのか　「日本」再生への提言
中谷航太郎　くろご
中野京子　芸術家たちの秘めた恋　―メンデルスゾーン、アンデルセンとその時代
中野京子　残酷な王と悲しみの王妃
中野京子　はじめてのルーヴル
長野まゆみ　上海少年
長野まゆみ　鳩《はと》の栖《すみか》
長野まゆみ　若葉のころ

集英社文庫

グラニテ

2018年2月25日　第1刷　　定価はカバーに表示してあります。

著者　永井《ながい》するみ
発行者　村田登志江
発行所　株式会社 集英社
東京都千代田区一ツ橋2-5-10　〒101-8050
電話　【編集部】03-3230-6095
【読者係】03-3230-6080
【販売部】03-3230-6393（書店専用）
印刷　凸版印刷株式会社
製本　凸版印刷株式会社

フォーマットデザイン　アリヤマデザインストア　　マークデザイン　居山浩二

ISBN978-4-08-745704-9 C0193